CHESTER RONNING
A LIFELONG LOVE FOR CHINA

朗宁 的中国心

姚景灿 著

襄阳市政协文化文史和学习委员会 编

中国文史出版社

图书在版编目（CIP）数据

朗宁的中国心／姚景灿著；襄阳市政协文化文史和
学习委员会编. —北京：中国文史出版社，2024.1
ISBN 978-7-5205-4622-5

Ⅰ.①朗… Ⅱ.①姚… ②襄… Ⅲ.①纪实文学—中国—
当代 Ⅳ.①I25

中国国家版本馆 CIP 数据核字（2024）第 023719 号

责任编辑：梁　洁
书名题签：姚景灿
装帧设计：杨飞羊　王　琳

出版发行：中国文史出版社

社　　址：北京市海淀区西八里庄路 69 号　　邮编：100142
电　　话：010－81136606　81136602　81136603（发行部）
传　　真：010－81136655
印　　装：北京新华印刷有限公司
经　　销：全国新华书店
开　　本：787mm×1092mm　1/16
印　　张：19.75
字　　数：228 千字
版　　次：2024 年 5 月北京第 1 版
印　　次：2024 年 5 月第 1 次印刷
定　　价：69.00 元

胸佩加拿大平民最高荣誉加拿大勋章的切斯特·朗宁

《朗宁的中国心》编委会

主　任：李　诗　岳兴平

副主任：金崇保　王　红　丁曼珞　李少平

　　　　汪厚安　王明强　邹洪成

主　编：赵社教

编　委：曾慧前　程贤华　陈绍华　徐明文

　　　　周力勤

前　言

　　一部好的文史作品之于读者，应该具有回望历史、传承文明、启迪心灵、陶冶情操的功能，对于促进社会和谐文明进步能够发挥健康积极作用。

　　《朗宁的中国心》是一部纪实文学作品，作者以极大的热情，讲述了切斯特·朗宁这位襄阳生、襄阳长的加拿大国际知名外交家的故事。内容涉及朗宁家族三代人与中国及襄阳的渊源，时间跨度近百年。如他的父母在襄阳创办襄阳最早的新式学堂——鸿文书院（现襄阳市一中前身），最早的女子学校（淑华女子书院），建立最早的西医医院——鸿恩医院。尤其是以主人公朗宁的中国经历为主线，记述他在襄阳的成长，受聘回母校襄阳鸿文中学担任校长（1922年至1927年），亲历和支持襄阳新文化运动和传播马克思主义活动，曾任加拿大大使馆馆长（代理大使）以及为中加建交所做的贡献，他的女儿奥黛丽（美国《国家地理》杂志资深摄影记者、纪录片撰稿人）、女婿西默·托平（美国《纽约时报》前总编辑、普利策奖评审委员会前主席）接力于中西方沟通交流的经历，等等。正因为他一生为中加建交和增进中西方沟通不遗余力，作出过重要贡献，使他获得了加拿大国家平民最高荣誉"一级大勋章"。周恩来称他是"中国人民的老朋友"，曾数次邀请他以国宾身份访华。加拿大前总理让·克雷蒂安称他是"中加友谊的奠基人"。加拿大前驻华大使碧福评价他是"一位事实上把他的一生都献给中国人民事业的人"。这是近代襄阳走出的一位著名人物，堪称襄阳的骄傲，更是襄阳不可多得的人文资源。

全书以史为据，史实与文学可读性相得益彰。在大量占有档案史料，还原历史真实的基础上，加入文学性元素，文笔清新增添了此书的知识性、可读性和感染力。将人物故事及其心路历程融入时代变迁的大背景展开，从人物的命运与社会贡献透射当年动荡变幻的国际国内风云，开合有度，是本书的另一特色，读来让人仿佛时光回溯兴味盎然。

我们编辑出版这部作品，绝不单单是要为一个外国人树碑立传，而是对襄阳历史长河中一段珍贵人文情怀的沉淀，是对一位拥有强烈国际主义精神，并坚定支持中国革命事业，积极从事进步活动，为中国人民作出重要贡献者的纪念。我们希望，《朗宁的中国心》能够成为爱国主义、国际主义教育的生动教材，成为中西方人文与情感交流的一个载体和纽带，成为展示襄阳文化厚重、开放包容、具有国际影响力的新亮点。

编 委 会

2023 年 4 月

代序　朗宁家族的中国情结

奥黛丽·朗宁·托平

　　我谨代表切斯特·朗宁家族，对我们的朋友姚景灿先生表示感谢！他为我们敬爱的父亲写了一本好书。在本文中，我将经常提及我的父亲。如果父亲切斯特知道在他所热爱的出生地襄樊（阳），有这样一位优秀人士写出一本关于他的书，他将会十分高兴和自豪。

　　1946年，当时我17岁，离开了我们在加拿大阿尔伯塔省卡姆罗斯市平静的家，坐船到中国和父亲在南京团聚。我和母亲英佳、姐姐美美、妹妹凯琳还有弟弟哈蒙一起从旧金山出发，登上一艘由"二战"战舰改装的邮轮林克斯号（SS Marine Lynx）。当时父亲切斯特·朗宁在中国担任高级外交官，1945年曾驻任重庆，后来顺江而下，在蒋介石南京政府首都建立加拿大大使馆。

　　当时，中国正处于毛泽东领导的共产党革命军队和蒋介石领导的国民党军队之间的战乱中。但是，令我惊讶的是，当我到达首都南京时，国民党官员和来自其他国家的外交官们，最看重的莫过于一些排场和仪式，比如说政府接待、大使馆国庆日宴会、正式的舞会、羽毛球比赛和咖喱午餐会。

当邮轮抵达上海港时，我第一次感受到了文化冲击。几百个小贩和他们的家人一起摇着小船，围着邮轮叫卖着从饺子到假冒古董等五花八门的东西。我们带着巨大的困惑登陆以后，好不容易找到了父亲切斯特。他已经在中国待了近20年，能说流利的中文。他早已习惯了这种混乱的场面，但是我们却被深深地震惊。在尘土飞扬的码头上，父亲领着我们穿过拥挤的人群。一群苦力在往船上扛装满大米的麻袋。突然，我们被很多黄包车车夫围住，他们互相争着从刚到岸的乘客身上赚点微薄的车费。父亲选了8辆黄包车，来载我们和行李。在选择的过程中，黄包车车夫们争夺起来，他们都想拉带着行李的外国客人去和平饭店。黄包车夫的头儿站在一个箱子上，在空中狠狠地抽了一鞭子来维持秩序，鞭子打在了车夫们裸露的背上。我禁不住朝他大喊，让他住手。但父亲告诉我不要管。我感到很无助，意识到了这种现象在我们到来之前早已存在，在我们走后还会继续。我们还没爬上黄包车，就被乞丐们围住，他们有的身患残疾，有的满是伤痕。我和十岁的妹妹凯琳坐一辆黄包车，正当她要爬上黄包车时，一个人抢了她的单肩包逃走了。母亲和凯琳尖叫了起来，父亲也用中文大喊着追赶小偷，弟弟哈蒙也在混乱中喊着："小偷！小偷！"抢包贼回头看到洋人在追他，估计也吓了一跳。他把包扔向空中，自己逃跑了，引得人群中一阵嘲笑。父亲捡起了包，向众人的帮助表达了谢意。

那群乞丐并没有退去，他们在黄包车边上跟着跑。父亲警告我们不要给他们任何东西，但我们还是忍不住，把钱包里的所有的钱都掏给了他们。最后，我们实在没有东西施舍，其中一个乞丐就向凯琳的脸上吐了一口唾沫。父亲跳下了黄包车，追赶那个乞丐。他当时很勇猛，我之前在加拿大从来没有见过他那么勇猛。父亲的提醒是对的，这种情况下施舍只会带来麻烦。

我被街头贫穷的景象震惊，进入豪华时尚的和平饭店后，在曾经的英国租界看着著名的外滩，我感觉像是从地狱到了天堂。不可思议的是，我们进入了一个华丽的宫殿，里面铺着红色丝绒地毯，装着明亮的镜子和金色的雕刻，身着白色制服彬彬有礼的服务生站在两边。那是1946年的元旦前夜。

远离了上海街头的恐怖场景之后，我们在酒店里享用着十道菜的宴席，庆祝家庭团聚。我从来没有吃那么多，很快便忘记了街头上那些饥饿的乞丐。我还第一次喝了精致的法国香槟，后来我发现这种酒在中国的统治阶层很流行。元旦那天，我们上了一列开往南京的夜班火车。我们坐的是一等车厢，里面有餐车和可以睡觉的卧铺。三等车厢坐满了中国人，他们坐在木凳子上睡觉，他们当中有钱的会在各个停靠站买煮鸡蛋和面条来吃。那列火车没有二等车厢。

在南京，我们搬进了一栋很大的石头房子里，这栋房子有一个长满野草的花园。父亲从一个很富有的中国房东那里租来了这栋房子。我们的住所没有暖气，石头围墙上插着锯齿状的碎玻璃，房子有铁门和内门两道门，窗子是关着的。大吊扇和发霉的沙发让我打喷嚏。甚至父亲用来装饰的漂亮地毯和古董都笼罩着一种阴郁的氛围，我和我的姐妹深信这里闹过鬼。因此，一年之后，当我们离开这里搬到加拿大大使馆大院时，我们非常高兴。从加拿大大使馆大院可以俯瞰金陵女子大学，我当时在这所学校学习喜剧，也教同学们说英语。在被日本人占领的那段恐怖的日子，这所院校在加拿大基督教传教士的帮助下，庇护和拯救过上万名妇女，她们当时不顾一切地想躲避日本帝国军队的强暴。

南京不像蒋介石 1928 年选作首都的那个南方城市。大片区域还是战争留下的废墟。躲避北方战乱的难民大批涌入这座城市，他们被迫住在临时避难所里，这些临时避难所由旧纸板箱和美国军事顾问团营房留下来的瓦楞马口铁组装而成。很多难民露宿街头，很多流浪狗在街头流浪，搜寻着食物。我入读金陵大学，每天早上要花半小时坐黄包车去上课。一路上交通混乱，马车、军队吉普车、政府的黑色轿车和水牛等混杂其间，我还会看到一些可怜的难民的尸体，他们因饥寒交迫在前一天夜晚死去。他们的亲属没有殡葬费，只能把他们遗弃，由垃圾车拉走。拉垃圾车的是日本战俘，他们穿着绿色外套，戴着白纱面具。黄包车夫让我用围巾蒙住脸，说这样乞丐们就不会跟着我们了。

晚上，我们踏入了另一个世界。我的家人与记者和时髦的外交官们一起，穿着最好的中国绸缎衣服，去统治阶层的豪宅参加正式的招待会或大使馆舞会。蒋介石总统多次招待过我们，他身穿挂满勋章的制服，挥着双手，微笑着和他漂亮的夫人宋美龄欢迎客人。蒋夫人在美国受过教育，她经常带着一只傲慢的巴儿狗出席招待会，把它塞到她时尚的绸缎长袍宽大的袖子里。客人们很少说起共产党部队正在朝我们的方向前进。后来，我知道了一些中国官员的态度。一天晚上，我和姐姐美美穿着粉色雪纺礼服参加暹罗舞会，舞会结束后，我们和一个国民党官员一起坐轿车回家。当时是冬天，大街上有很多难民，他们冻得瑟瑟发抖。"噢，我的天！"路过一帮乞丐时，我惊叫道。他们蹲在路边，因为吃的是草，嘴上粘着绿色。"看到这些人在这么恶劣的条件下生存，我很心痛，你肯定更难过，因为他们是你们自己国家的人民。"那个官员惊讶地看着我，冷笑着说："我们根本不把他们当人看！"那一刻，我明白了蒋委员长和他的集团真的失去了民心。

放学后，我会去美国军队顾问团的电台做播音员。因为我是加拿大人，所以他们用中国货币给我发工资。当时，中国货币每时每刻都在贬值，我目睹了中国人对此是多么沮丧。发工资的日子，我会拿一个箱子去银行取工资。工资是新版货币，面值从一千元到一百万元不等。拿到工资的那一刻，我感觉自己像一个五分钟的大亨。当我跑到美国的银行去换汇时，我的数百万元仅能兑换80美元左右。1948年，通货膨胀简直不可思议，就连在我去银行换汇的路上，我的工资也在贬值。

国民党政府宣布政府储备将发行许可证，凭许可证可以以市场价的半价购买金条。上海和南京的银行挤满了狂乱的市民，他们急着在纸币变得一文不值之前买到金条。宪兵们持着枪，戴着头盔，受命在银行拉起隔离警戒线。那一天，黄金的市场价格为3800元每盎司。在疯狂的人群中，很多人被踩踏致死，还有更多的人受了伤。然而，这些恐慌的市民并不知道，所谓政府出售黄金只不过是一个幌子。蒋介石总统早已离开了他的出生地浙江溪口。他的国民党政府也在忙着把黄金、白银储备以及大量的国家艺术珍宝运到台湾。一起去台湾的，还有他的陆军精英部队和空军。

我第一次遇见我未来的丈夫西默·托平，是在一个南京美国军官俱乐部。当时我们一起参加一个美国陆军武官举办的招待会。他当时是一名战地记者，刚刚结束了在延安窑洞共产党总部对共产党领导人的采访返回南京。

"托普"（当时每个人都这么叫他）受到埃德加·斯诺的影响，来到北平。"二战"期间，他当了三年兵，在太平洋地区担任步兵军官。"二战"结束之后，托普没有返回纽约，而是在 1946 年 10 月来到中国担任国际新闻社的特约记者，他的头衔是驻华北和满洲首席记者。

当时他 24 岁，只在密苏里大学新闻学院《哥伦比亚密苏里人报》工作过。到达北京（当时叫"北平"）时，他还穿着步兵军官的制服。他第一次采访是和黄华一起，黄华协调他到延安采访。黄华后来成为中华人民共和国的外交部长，他们仍是很好的朋友。托普在汉语学习学院租了一个房间，开始学习汉语。他请一个中国裁缝给他做了一身有条纹的衣服和一件旅行外套。不久之后，他便申请了第一次战地采访。像大多数西方人一样，他对中国的古城充满好奇。

后来，他回忆道：北平是一座令人着迷的有城墙围绕的城市。在这座城市里，鹅卵石铺成的狭窄的街道上混杂着满载货物的骆驼、农民的马车、国民党的警卫部队以及外国领事馆锃亮的豪华轿车。为数不多的记者在北京工作，他们中大多数住在漂亮的四合院里，有中国佣人伺候，过着奢华的生活。他们受益于北平总部。北平总部由杜鲁门总统的特使乔治·马歇尔将军在 1945 年设立，旨在使当时的内战停火。和其他记者一样，我很快就被总部的美国分部、国民党分部和共产党分部派遣工作，乘坐内战调停小组的飞机到达内蒙古、中国华北和满洲。

到达北平几个月之后，托普乘飞机到达延安，通过采访多名共产党领导人，他对毛泽东的革命性质有了深刻的理解。他在延安窑洞里会见的共产党领导人从不掩饰他们要把中国逐步改造成共产主义国家的想法。这一点上，他们与斯大林不同，他们的策略是革命以农民为基础，而不是以城市工人阶级为基础。

我在金陵大学的同学大部分是国民党政府官员精英家里的孩子，但是他们支持革命。怀着让国家变得最好的想法，他们感到只有彻底的变革才能打开一条新的道路，通往一个崭新的、更现代和民主的时代。

自从1911年帝国时代终结后，中国经历了不堪的战乱，这是政权更替极其惨痛的代价。在国共内战期间住在中国的西方人目睹了国民党政权的腐败和无能，他们知道共产党的胜利是不可避免的。但是，只要有人报道这一明显的形势，他们就被划分为共产党。新中国的精神和理想激励着共产党的战士，而国民党的部队对此无动于衷。美国给国民党提供的大批武器并不能改变国民党颓败的趋势。事实上，很多重要的战斗中，国民党部队都是交出了所有的美国武器。讽刺的是，共产党用国民党军队投降交出的美国武器赢得了战争。

在外国记者和外交官家里举办的聚会里，大家热烈讨论着政治，大家不断讨论和思索美国立场的是非，一直聊到深夜。

一天晚上，在美国军官俱乐部跳完一曲《兰贝斯街区》后，我和托普开车到了紫金山顶。随后托普在那里向我求婚，我含泪答应了。但是我们的浪漫时光很快就被打断了，共产党部队即将横渡长江，打入南京，在南京的加拿大人被命令撤出南京。

我和母亲、妹妹凯琳还有10岁的弟弟哈蒙，一起乘坐澳大利亚C-47飞机飞越古城到达日本。姐姐美美嫁给了美国海军军官戴维斯，他们之前就随美国人一起撤离了南京。当哈蒙在南京机场和托普握手告别，笑着说"好吧。我想我再也见不到你了"时，托普的心不禁为之一颤。

在日本待了一个月后，我们登上了一艘开往旧金山的挪威货船。父亲和托普留在南京，目睹了南京在混乱中易手。

托普的实地报道写道："1949 年 4 月 24 日清晨，在中国共产党部队强渡长江之前，蒋介石的中国国民政府首都已经瓦解。南京已经被国民党守卫部队抛弃。市政府的警察已经逃跑。这座有着 120 万人口、由城墙围绕的城市的大门已被打开，无人守卫。暴民游走在街头，抢劫商店和国民党官员的住宅。外国大使馆门口设立了路障，政府大楼燃烧着的火焰映红了天空低沉的云。

"在共产党进入南京之前的时间里，这座城市一片混乱。在明孝陵机场，狂怒的国民党官员和富人们争着登上最后一班离开南京的飞机。难以置信的是，我看到一个国民党将军朝他的士兵大吼，命令他们把他的钢琴和其他家具搬上飞机。南京市长滕杰，在财政部拿了三亿金圆券装到车里，试图乘车逃跑，但是被他的司机和保镖拦住暴打，他的腿被打断了。第二天，他的金圆券被没收充公，当时市场价是 150 万元兑一美元，他的一番蓄谋和努力，结果仅仅值 200 美元。

"暴民们洗劫了这座城市，国民党留下的定时炸弹炸掉了关键的军事基地，焦虑不安的外交官们缩在设了路障的大使馆中。

"成千上万的穷人从夫子庙贫民区蜂拥而出，国民党官员的豪华住宅是他们洗劫的主要目标。一个老妇人，灰白色的头发在脑后绾成了一个发髻，身穿一件破烂的黑色大襟衣服，手中拿了四块精致的刺绣坐垫，颤悠悠地迈着那双按旧习俗裹成的小脚，喜不自禁。一个笑眯眯的士兵，枪也不要了，一只手拿一盏台灯，小心翼翼地往外走。在一个大米店，一个留着长胡须的老头在抢大米。我问他，为什么他和其他人都是每个人只拿一袋。老头咧嘴一笑，露出残存的几颗黑牙，答道：'一个人只准拿一袋。'"

12年后，在1961年5月下旬，我和托普很难得在日内瓦遇见了中国著名的元帅陈毅。那期间，托普常驻莫斯科，担任《纽约时报》莫斯科分社社长。我们把四个孩子留在莫斯科，前往日内瓦报道关于老挝的十四国会议。我们很高兴地发现，原来我父亲和我母亲也在日内瓦，父亲代表加拿大参会。

在日内瓦期间，我和托普参加了陈毅元帅的招待晚宴。当时陈毅元帅是中国的外交部长，晚宴是为了款待我父亲的。1945年，我父亲和陈毅在重庆曾友好相处。父亲问陈毅，是谁率领军队占领南京和上海，他能不能带西默·托平——一个美国记者参加晚宴。陈毅答道："当然可以，但他的身份只能是你女婿。"当时中国人不允许接受任何美国记者采访。尽管政策不允许，但是托普和陈毅两个人非常合得来。母亲和我坐在一旁，入神地倾听陈毅元帅向父亲和托普讲述，他是如何包围蒋介石的首都的。随后，父亲告诉他，他们当时亲眼看到了他的部队占领南京。托普讲述了他第一个向世界报道陈毅的胜利之师进军南京西北大门这一历史性事件的整个过程。那天晚上，他们喝了很多茅台。

1971年4月21日，从加拿大外交部退休的父亲，在收到了周恩来总理的特别邀请后访华，我陪他回到中华人民共和国。那次访问之后，我们又多次访问中国。

那次访问期间，我们受邀在人民大会堂参加周恩来总理的小范围宴请。周总理在门外迎接我们。他拥抱着父亲切斯特，说道："我永远忘不了你在日内瓦为我们所做的一切。"

我们在江苏厅用餐，这个厅的命名是周恩来出生的省份。周总理很放松，非常英俊，看起来比他73岁的实际年龄年轻很多。他问我们有没有看到湖北厅，那个厅命名的省份是父亲切斯特的出生地。我们说没看到，他耸了耸肩膀，笑着说："好吧，我带你们去看看。但是这个地方太大了，我不记得它在哪个位置。"

这次会谈内容和我对周总理的采访，还有周总理和我父亲切斯特谈话时我拍摄的照片上了世界头条。这是西方摄影师第一次拍摄到中国总理的照片。第二天，《纽约时报》在头版刊登了五张周总理的照片。后来，我拍摄的周总理的照片在全球多家杂志作为封面出版，包括《生活》《新闻周刊》和《国家地理》。

那天晚上，我在日记中写道：和周共进晚餐不仅是享受美食，还能感受到他言语中的智慧和风趣。他身上流露出机智和平易近人的魅力。我感觉他像一个虚拟的棱镜，向周围闪耀着光芒。同时，他又沉稳而有威严，折射出内心的力量。在我看来，这种力量就是新中国本身的写照。

后来，我有几次机会观察他，和他交谈。当他和一群像我父亲这样的老朋友在一起时，他非常放松和愉快；当他接受我丈夫西默·托平这样的记者采访时，他就变得警觉和严谨。很多文章报道了他精明的政治观点，但周总理并不总是严肃的，他还有着敏锐的机智和充满魅力的幽默感。

随后几个月，我们乘火车、汽车和船行走了七千多英里，在导游带领下游览中国。乘火车到达襄樊。我的祖父、祖母曾在那里传教，我父亲在那里出生。父亲望着窗外说道："城墙和瞭望塔都不见了。在旧社会，这些村庄到处都是土墙房子。每个村子都有一个瞭望塔，用来监视强盗和抢劫的士兵。"

我们在樊城（襄樊，现为"襄阳"）受到了很多老朋友的会见。很多好奇的居民听广播得知朗宁家人回襄樊了，也跑出来看我们。我父母离开襄樊已经 44 年了，但是我祖母汉娜和姑祖母西厄的白色大理石墓碑依然留在那里。她们的墓碑立在我祖父哈尔沃和祖母汉娜当年创立的学校里，上千学生欢呼着欢迎我们的到来。

后来，在周总理的建议下，我们游览了有历史意义的园林城市——杭州。我们很快便发现，这个世界闻名的政治家内心很是浪漫。古代中国的印迹在杭州几乎完好无损。历朝历代，那里都是皇帝们的度假胜地，中国人称她为"人间天堂"。我们住在西湖边上的豪华酒店。拱桥和凉亭点缀着深蓝色的湖面。那里有宋代的花园柳浪闻莺，有灵隐寺寺庙，有晨雾晚霞洞，有平湖秋月，这些都是周总理想让我们感受的美景。

5 月 21 日是我的生日。一名新来的导游于（音译）先生非常兴奋地走到我们面前，叫我和父亲跟着他走，我们感到莫名其妙。他只是笑了笑，并未作答。我们乘车到了机场，一架飞机刚刚降落，里面只有一名乘客。令我惊讶的是，他竟然是我的丈夫托普。生日快乐！托普祝福我，可起初他并不知道为什么会去杭州，这一切都是周恩来秘密安排的。

我们旅游三周之后，我和托普再次受邀在人民大会堂与周恩来共进晚宴。我们有机会用茅台向他敬酒致谢。周恩来允许托普采访他并发表采访内容。那次采访中，他第一次详细阐述了中国政府对台湾的长期政策，将通过和平互信的方式统一台湾岛，这一政策今天依然有效。

我和父亲切斯特最后一次见到周恩来，是在 1973 年皮埃尔·特鲁多总理访华。那是加拿大承认中华人民共和国之后特鲁多的第一次国事访问。一支中国军乐队开始演奏加拿大国歌，周为了向父亲切斯特表示敬意，让他站在中国总理和加拿大总理中间。军乐队用中国切分音演奏，特鲁多一时没能听明白，便问父亲切斯特："他们在演奏什么？"当父亲切斯特唱起加拿大国歌来作答时，他很是惊讶。我们在欢送特鲁多一行乘火车到洛阳访问的时候，周总理向我们表达了真诚的谢意。他握着我的手热情地说："我永远忘不了你们为中国所做的工作。"那一刻，我感到无比骄傲。

1975 年 9 月，我和父亲切斯特、姐姐美美返回中国，拍摄一部由加拿大国家电影委员会播出的影片。到达中国后，我们得知周恩来患了癌症，住进医院治疗。周恩来虽然得知我们到来，很想再见一面，但终因种种原因未能如愿。我们沮丧地离开了中国，感到十分忧虑。

从那以后，我又多次因为新闻工作回到中国。最近一次到中国是在 2010 年，我和托普到重庆看望我们的中国干儿子彼特·廖·朗宁，他现在在加拿大领事馆任商务专员。他为托普的 90 岁生日举办了一次盛大的宴会。

我们家族的成员亲历了义和团运动、清朝垮台、军阀混战时期、孙中山逝世、日本侵略中国、共产党革命、新中国成立、"文化大革命"以及中华人民共和国崛起成为一个世界超级大国。除了在中国影响、甚至拯救过一些人，我们的家族成员以传教士、教师、外交官和记者等身份工作，从来不会说是改变了中国的命运。但是我们确信，中国极大地影响了我们家族的命运。我的祖父母和父母相信，社会的彻底改变从每个个体开始。他们想努力改变的并不是人的本性，谁能道出人的本性是什么呢？但专制帝王时期形成的，主要是普遍自私的思维观念和习俗。作为一个家族，我们目睹了中国从一片饱受压迫和剥削的土地转变成为一个自豪、繁荣、充满民族自信的国家，并且看到她有希望走向中国式的民主。我们还知道，中国古代文明周期性革命的真正变革，永远不会是从外部被强加。

最后，永恒的中国将永远走她自己的道路。

父亲切斯特最后一次到中国是在 1983 年。他和他成年的儿女一起回到襄樊悼念他的母亲，和他亲爱的老朋友们庆祝他 90 岁生日，并且同他深爱的国家告别。

（作者系朗宁三女儿。限于篇幅，本文有删节）

2016 年 7 月 27 日
于美国纽约斯卡斯代尔

（重庆　位晓军译）

目录

楔　子

1949 年 10 月 1 日下午，南京。

这座昔日国民政府的首都，倾城而动，人海如潮。激情高亢的人群，在大街小巷，在五星红旗的海洋，载歌载舞，如醉如狂。所有人的脸上，无不洋溢着胜利的喜悦和从此当家作主的自豪。

这是一个伟大而幸福的时刻。此时的北京天安门广场，正在举行震惊世界的中华人民共和国开国大典。

而就在此时，南京市军管会外侨处的那座红墙大楼里，却聚集着一群高鼻深目西装革履的外国人。他们都是滞留南京的各国驻前国民政府外交使节，赶来参加中华人民共和国中央人民政府成立新闻发布会的。

这里原是国民政府外交部，整修一新的接见厅布置得庄严肃穆，主席台正面墙上的青天白日旗已被鲜艳的五星红旗取代。钟山风雨起苍黄，百万雄师已过大江。眼下的这些外交使节，面对中国的风云突变、政权更迭，显得有些仓皇和无措。

南京军管会外侨处处长黄华一身戎装，气宇轩昂地健步登上了主席台。他环视了一圈会场，清了清嗓子，然后郑重宣布《中华人民共和国中央人民政府公告》：中华人民共和国中央人民政府已于本日成立。本政府为代表中华人民共和国全国人民的唯一合法政府。凡愿遵守平等、互利及互相尊重领土主权等项原则的任何外国政府，本政府均愿与之建立外交关系。随后，他宣读了中华人民共和国外交部长周恩来致各国外长的信。

黄华发布完新闻之后，大厅里陷入一片沉寂。台下的那些大使们一个个伸长脖子，满脸茫然。他们按常规等待的英语翻译一直没有出现。

坐在会议厅一侧的澳大利亚大使凯斯·奥非萨终于忍不住站了起来，他用英语问道："尊敬的黄华先生！在座各位除去加拿大使馆的切斯特·朗宁外，其他人都不懂汉语，能否让他把您刚才说过的话译成英语？"

黄华没有作答，又是一片寂默。时间在尴尬而压抑的气氛中显得格外漫长。不知过了多久，那位白人大使涨红着脸，再次站起来弱弱地重复了刚才的意思，黄华依然没有表态。

这些外交官们忽然明白了，黄华是在向他们表明，共产党政权在自己的国家同外国人打交道时，要显示自己本民族语言的尊严。今天，他要改一改国民党政府在本国对外交往中使用外国语言的惯例。

这时，一位身材修长、银发碧眼、气质儒雅的外交官从座位上站了起来。他就是奥非萨所说的切斯特·朗宁，前加拿大驻华使馆代理大使。

朗宁微笑着用一口地道的汉语对黄华说："黄华先生！澳大利亚大使说，他们都不懂汉语，想问问您，能不能让我把您刚才讲的译给他们听。"

　　黄华用目光审视了一下，点头表示同意，并说明几天后会以书面形式把《中华人民共和国中央人民政府公告》和周恩来外长给各国外长的信，交由各国驻南京使馆照会。

　　朗宁翻译完毕，新闻发布会就此结束。就这样，这位加拿大人创下了新中国成立后的两个第一。第一个用英语向世界发布新中国成立消息的人，他翻译的周恩来外长致各国外长的信，是新中国成立后的第一件外事公函。

　　历史往往机缘巧合，但眼前这一幕更像是命运的刻意安排。因为这个出生于中国湖北襄阳的加拿大外交官，与中国有着太深的渊源和情结。他从来都是把自己出生地中国当作故乡，在过去的半个多世纪里，有一半时光是在中国度过，在之后的岁月里，他又一直不遗余力地为加拿大承认新中国，为架设中西方理解交流的桥梁和维护世界和平而奔走呼告。前加拿大总理克雷蒂安曾誉之为"中加友谊的奠基人"。

一、万端有缘

切斯特·朗宁的父亲名叫哈尔沃·朗宁。哈尔沃·朗宁出生在挪威特尔马克城一个叫作巴斯克朗宁的农庄，祖辈是地道的农庄庄户人家，父亲希望他能继承自己的那片微薄的产业，承担养家糊口的重任。

可是，哈尔沃却不这样想，那片贫瘠的土地已拴不住他那颗年轻而勇敢的心。他曾是挪威非常出名的滑雪运动员，性格倔强还喜欢冒险。当有一天他开始虔诚地迷上了基督教的时候，便打算将来要做一位传经布道的牧师。

1886 年，哈尔沃在挪威修完神学课程之后，便带着妹妹西厄游学到了美国。他从明尼苏达州雷得温神学院毕业，圆了牧师梦，妹妹西厄通过学习也成了一名传教士。

在明尼苏达，他们知道了世界上有个遥远的国家叫中国。有人把中国描绘成东方乐园，宫廷金砖铺地，民间珠玉叠翠；有人把那里说成人间地狱，贫穷落后，民不聊生；有人说那是文明古国，礼仪之邦；也有人把它看成被上帝遗忘的角落，因为那里的人不知道基督耶稣。这个众说纷纭、充满迷幻的国度，强烈地吸引着哈尔沃的好奇心。于是，兄妹俩一起周游美国，为实现他们到中国传教的梦想募集资金。

1890 年，哈尔沃和西厄来到美国依阿华州。在当地教堂说教时，哈尔沃认识了弹奏风琴的汉娜·罗雷姆。这位年轻美丽而又温柔典雅的姑娘，出生于美国依阿华州的一个挪威家庭，是当地学校的一名教师。早在 1845 年，她的父亲 Torgrim 就带着妻子安娜，驾着自己造的海盗船，穿越北海和大西洋来到了美国。

相似的命运，让他们很快擦出情感的火花。哈尔沃高大伟岸的身躯，睿智明亮的蓝眼睛，颇具阳刚之气的浓密胡子，还有他很有鼓动性的谈吐，拨动了汉娜的芳心。

哈尔沃发挥他丰富的想象力，极力鼓吹前往神秘遥远的东方中国，去普及基督宗教和开展神学教育。汉娜终于作出人生的第一个重大决定，要和哈尔沃兄妹一同到中国传教。她的想法得到了父母和兄弟姐妹们的支持。

1891 年 11 月 3 日，哈尔沃兄妹和汉娜接受美国基督教路德派西差会派遣，乘坐"中国女皇"号远洋轮船，穿越浩瀚无际的太平洋前往中国。当年哈尔沃 29 岁，西厄 25 岁，在从旧金山向东方中国上海港缓慢的行进途中，他们为汉娜庆祝了 20 岁的生日。

当他们到达上海时，先行而来的传教士们已在沿海地区开辟了教区。这样，哈尔沃他们便只好溯长江而上，前往大清帝国的中心城市汉口，准备在这一带选择自己的布道之地。

1891 年 12 月 8 日，他们到达了汉口。在漫长的旅途中，哈尔沃已与汉娜谈婚论嫁。刚安顿下来不久，两人便在美国驻汉口领事馆登记结婚。然后，他们决定先在汉口安顿下来，一边为将来顺利开展传教学习汉语，一边四处考察，选择合适的教区和教点。

1892 年，哈尔沃（右一）一家在汉口，从左到右为其妹妹西厄、夫人汉娜和长子内琉斯

在这段日子里，哈尔沃不仅熟练掌握了汉语，而且开始步入中国深厚的历史和传统文化。他时常面对着龟山脚下汇入滚滚长江的那一泓清流出神。这条被称作汉水的河流穿越数省绵延三千里，让他生出无尽的遐想。"上控陇坻，下接江湖"的汉水，是华夏腹地南北交通最为重要的大动脉之一。因为有了汉水，才有了汉朝、汉族、汉人、汉字、汉语这样的概念和名词，人们还想象着"汉水连天河"——把汉水和天上银河连接在一起，汉族的四大神话之一"牛郎织女"的传说也起源于这里。这一切，都像磁石一样深深地

吸引着哈尔沃。他想，在这条伟大而神奇的河流流域选择布道地，应该正是自己期盼已久的梦想。

经过一年的考察和筹备，1893年初，哈尔沃一家带着刚出生的长子内琉斯，乘着古老的白篷帆船，开始了他们沿汉水溯流而上为期六周的旅程。他们把此行的目的地定在汉水中游的重镇襄阳，打算在那里建立传教所。

清澈、安宁、美丽的汉水如诗如画，沿途的风光美不胜收。哈尔沃在给他哥哥的家书中这样写道："许多的乡村都有着大片的梯田和富饶的土地。这里生长着各式各样的绿色植物，大部分的庄稼都

哈尔沃一家从汉口乘坐白篷帆船沿汉江前往襄阳

是大麦和小麦。有许多事情让我联想到基督时代的巴勒斯坦。"

哈尔沃把布道之地选在襄阳和樊城自有他的考虑。这是一座古老的双子城，南城北市，隔江相望。襄阳城是官府所在地，老樊城是商业集散地。这里有汉江舟楫之利，又有南北通道之便。南船北马，七省通衢，千帆所聚，万商云集，大量的物流与人流，给这座古城带来了发达的经济和繁荣的文化。

哈尔沃（左一）在樊城公馆门外同基督教信徒及其孩子们合影

  经过一番实地勘察，哈尔沃决定在樊城十字街的西南侧置地建堂。因为这里地处樊城中心地带，又避开了东边的密集街区和北边的庄稼地，向南不过数百步出得城南门，便是公馆门码头。附近还有回族聚居区教门街和伊斯兰清真寺，位置和环境都再合适不过了。

  教堂建好以后，哈尔沃他们为自己的传教所取了一个中文名字，叫鸿恩会。他的解释是，"鸿"表示广阔的海，"鸿恩"寓意着主的恩德光耀。同时，哈尔沃又以他的姓氏 Ronning 英语谐音，为自己取了一个中文名字叫穰福林，"穰"在汉语中有丰盛的吉意，而且"穰"字的右半边是一个"襄"字，切合了襄阳的地名，这位洋教士如此的良苦用心和对汉文化的理解，不能不令人叹服。

鸿恩会建立时的老樊城街景

哈尔沃 1893 年在樊城修建的教堂，教堂后面是一方池塘

跟其他大多数传教士不同，哈尔沃一家并不强求让中国人接受西方生活方式，也不急于传经布道，相反他们入乡随俗，开始适应起当地的生活来。此时的哈尔沃，身着长袍，外罩马褂，头上的黑色瓜皮帽下拖着一条长长的假辫子，脚蹬长口布鞋，远远望去，一副儒雅的教书先生模样。略显有些特别的是他蓄着坚硬浓密的大胡子，而且修剪整齐，不像中国师爷的山羊胡子。汉娜将长发在脑后盘起一个高高的发髻，着一件大襟布扣长褂，双脚虽然不是本地女性的"三寸金莲"，但配上一双饰以精巧图案的绣花鞋，温文尔雅，入时得体，俨然一位中国传统书香门第的娴淑夫人。

在当时的襄阳樊城一带，传播的宗教主要是佛教、道教和伊斯兰教，人们对这些高鼻子、蓝眼睛的洋人，除了新奇之外，并不乐意接受他们关于基督天父之类的施教。

哈尔沃在家信里感叹："这里的人真多啊！而且他们都是异教徒。你简直无法想象，穿行于这成千上万对主全无了解的人们之中，是多么困难的事情。我们常常感到需要为这些人们祷告，然而对当地中国人来说，他们是无法理解身着奇装异服的传教士的。在他们眼中，外国传教士都是奇怪的蛮人。"

为了取得当地人们的支持，哈尔沃尝试在开始正式传教布道的同时，通过做一些慈善活动来聚集人气。于是，他便组织追随而来的传教士们，在教堂北边盖了几间房，依托鸿恩会办起一所蒙塾性质的信义学堂，后来取名为"鸿文书院"。

鸿文书院起初是想为教友子弟提供教育的，但很快就扩大了招生范围。哈尔沃给几个人大致分工，让他们在城里张贴启事，再分头到周边农村，动员他们把孩子送到鸿文书院来读书，由鸿恩会免费提供书本和文具。虽然许多人都对此投以怀疑的目光，前来报名

哈尔沃（二排左一）与襄阳鸿文书院身着校服的学生们合影

的学生并不多，但哈尔沃的学堂还是如期开学了。

随后，哈尔沃又争取到美国基督教会的支持，一批医护人员带着医疗器械陆续进入襄阳。他们在樊城开办了这座小城最早的西医院——"鸿恩医院"。后来，迁往汉江对岸的襄阳城西门外铁佛寺。

在襄阳，最早接受西医治疗的是基督教徒和下层民众。由于西医在短时间内就具有明显的治愈功效，加之下层民众生活贫穷，受主流文化的影响相对较少，因此他们进入教会医院时少些顾虑。随着治愈的人越来越多，襄阳人逐渐接触到了听诊器、注射器、血压计、体温表、消毒锅及小外科清创等西医器械和西药这些洋玩意

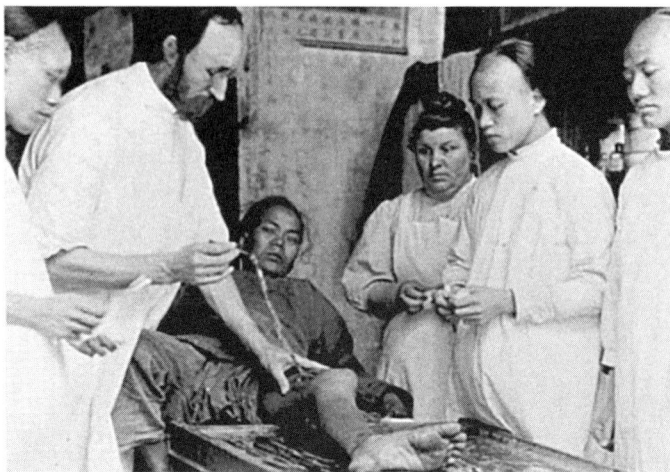

襄阳最早的
西医鸿恩医院。
图为医生为患者
做手术

儿。从怀疑、试用到最后的对比，襄阳人逐步接受了西医治疗的
方法。

随着鸿恩会影响力的扩大，皈依基督的教众也渐渐多了起来，
人们似乎从这里看到一丝来自西方文明的亮光。

二、童年时光

1894 年 12 月 13 日，一个普通却又值得记忆的日子。老樊城飘起入冬以来的第一场瑞雪，纷纷扬扬的雪花，霎时将整个小城覆盖成一片洁白晶莹的世界。

一群翱翔的鸽子在古城上空盘旋，然后纷纷落在了十字街福音堂尖顶的十字架上。教堂里轻轻飘出唱经班的歌声，在这肃穆而温馨的气氛中，哈尔沃正在弹奏那架脚踏风琴，领着教友唱着赞美上帝的歌——《爱，使我们相聚在一起》。

这时，哈尔沃家的厨娘匆匆赶来报喜，"恭喜穰牧师，穰师母生了，是个少爷呢！"在樊城，人们称哈尔沃为穰牧师，汉娜为穰师母。

"阿门！阿门！"肃穆的福音堂一下子热闹起来。在这个圣诞将至迎接希望的时刻，教堂的创建人哈尔沃牧师虔诚祈祷，感谢上帝赐予了他一个健康的小生命。大家都为穰牧师家喜添新口感到高兴，这可是在这座古城有史以来出生的第一个白人小孩啊。只是此时谁也不曾料到，这个初生的婴儿，日后竟然会成为中加友谊的奠基人。

街坊邻居们按照当地的习俗，纷纷送来一篮篮油果子（油条）、红糖、鸡蛋、挂面等祝礼。这让哈尔沃一家深深感受到这座城市热情包容和淳朴敦厚的民风。

哈尔沃高兴地给这个带来欢乐的小生命取名切斯特·朗宁（Chester Ronning）。同时，仿照中国人姓在前名在后的取名习惯，把姓"Ronning"与名"Chester"对调，给切斯特取了个中国名字叫穰杰德，杰德为英语切斯特的谐音。

然而，哈尔沃喜悦的脸上很快就罩上了愁云。月子中的汉娜身体十分虚弱，不久就断了奶水，这让一家人立刻陷入困顿。几乎半个樊城的人都在替这个新出生的洋娃娃生存问题牵肠挂肚。因为这里不是美国和挪威，根本没有可以替代母乳的牛奶，这个嗷嗷待哺的小生命又将如何生存下去呢？

一天，有位热心的邻居兴冲冲地跑过来告诉汉娜，住在城东头的李三姐不久前刚生了头胎儿子，听说奶水很足，问汉娜愿不愿意让孩子吃中国人的奶，他们担心人种不同会不会有什么不合适。

百般焦虑的汉娜喜出望外，连声道谢："唉呀！上帝保佑，这下我们的切斯特有救了，就怕人家不乐意啊。"

两边一说，热心的李三姐那边很快回过话来，说只当自己生的是双胞胎，两个孩子一起养，并约定每天可以定时过来或者把孩子抱过去喂几次奶。就这样，切斯特有了一个哺育他的中国妈妈。

正因为朗宁这段特殊的生存经历，才有了后来一场关于人性与奶水的经典辩论。

那是1932年加拿大阿尔伯塔农民联合会的议会选举，朗宁作为候选人参加竞选。

一天，有位支持他的朋友忧心忡忡地跑来告诉他说："你知道吗？你的竞争对手在背后到处散布言论，说你是‘吃中国人奶水长大的，因此就有了中国人的特性’。"在当时许多西方人的眼里，中国人就是东亚病夫的代名词。

朗宁与在他家当保姆的中国厨娘

朗宁先是吃了一惊，但很快就冷静下来。他一脸厌恶地对那位朋友说："对付这种无耻小人我可有得是办法。"

朋友疑惑地问："你能有什么好办法？"

"放心好了，到时候有好戏让你看。"

竞选大会上，朗宁在他的激情演说中主动把这件事给端了出来："是的，正如有人所说，我确实是吃中国乳娘的奶水长大的。但中国人是勤劳、善良、勇敢、智慧的，我永远感激也不会忘记那位无私奉献的伟大母亲。而据我所知，散布这话的人可是吃牛奶长大的，那他该是什么特性？"

他没有为了竞选议员，而拒绝承认一个慈爱的中国妇女的功劳，却用了中国古代先哲的"以子之矛，攻子之盾"，"以其人之道还治其人之身"。对手顿时哑口无言，满脸愧色。朗宁最终以中国人的睿智，为自己赢得了大多数选票，成为阿尔伯塔省最年轻的议员。当然这是后话。

李三姐是个眉目清秀的年轻妇人，此时正养着刚过半岁的儿子。听说穰师母的孩子没奶吃很是揪心，她虽然没皈依基督，但信

1898 年，朗宁（左一）与父母和兄妹在湖北襄阳樊城时的 "全家福"

奉佛教，有着行善积德的温良，她决定每天把自己的儿子抱过来，两个孩子一起养。她的到来让汉娜喜出望外，她们年龄相仿，脾性相合，甚是投缘。

哈尔沃家很快恢复了平静。两只摇篮并在一起，李三姐对扑闪着一对蓝眼睛的小朗宁十分爱怜，视如己出，总是先把他喂饱了再去管自己的孩子。说来也怪，小朗宁只要在奶娘的怀抱里就格外乖巧，一点也不哭闹，奶娘屡屡感叹："缘分！前世有缘啊！"

朗宁交替着在两位母亲的怀抱里慢慢长大，从牙牙学语开始，会说的第一句话就带有襄阳腔，汉语成了他的母语，而且一生都乡音难忘。汉娜让朗宁管奶娘叫"中国妈妈"，可小朗宁从来都是把前三个字省掉，像老樊城的孩子们一样直接喊"妈"。

哈尔沃整天忙于教会发展和管理鸿文书院、鸿恩医院的事务。而汉娜除了教会工作以外，主要精力则转入以鸿恩会名义开办的幼稚园（也叫孤儿院），园址就在东边穿过几条街道的瓷器街。

开办幼稚园，起因是汉娜为樊城孩子们的悲惨苦境所震撼。穷苦家庭生的女孩，往往被视为轻贱而遗弃。她在写给美国依阿华州家中的信里这样写道：我们无法忍受小孩子的尸体被食腐肉的狗拉扯的可怕景象，我的噩梦里全是那些可怜孩子的样子。

于是，她说服教会，办起这座城里的第一个幼稚园，将那些捡回来的女孩集中收养起来，长大一点儿后，就把她们编成班，教她们学习文化，这便是淑华女子书院的前身。

从幼稚园开始办起的淑华女子书院，是襄阳樊城境内最早的女校，不仅开创了这个地区幼儿教育的先河，而且比湖北官办的女子学堂要早十多年。

后来，淑华女子书院发展为设置有小学部（7年制）、中学部（4年制），每年秋季始业，招收一个班。小学1、2、3年级为复式班，合为一个教室，4、5、6、7年级各为独立班。中学分为4个年级，4个班，每个班学生30—40人。随着学校规模的扩大，招生延伸到钟祥、南漳、谷城、光化及河南新野、邓县等地教会系统子弟。办学经费，一是由教会供应，从美国基督教西差会的捐款中解决，二是教外学生学费收入（教会学生免交学费，经济困难的还供给衣食）。中学课程有修身、国文、数学、英文、物理、化学、博物、音乐、体操、历史、地理、圣经等。该校旨在为教会培养传教、医务、教育方面的人才。学生毕业后，想教书的报考山东齐鲁大学或者南京金陵大学；想传教的资送南京金陵女子神学院；想学医的报考协和医学院。

学校校规非常严格，住宿生一般是不准外出的，平时学生家长、亲朋会见，都需要校方批准，禁止学生参加各种社会活动。星期天全体学生都参加主日、做礼拜，听圣经课。多以旧约中的"古犹太国，系由神罚"为题材。

后来到 1928 年，淑华女校中学部改为三德女子圣经学校，小学部改为培文小学，两校直到新中国成立。

已深深融入这座古城的哈尔沃一家，有着极好的人缘。当地的中国牧师、查经班的妇女、鸿文书院的教师等等，都爱到家里来坐坐，谈论一些周边的人和新近发生的事。而此时的朗宁，总是对那些似懂非懂的东西充满新奇，在大人们的膝间穿梭嬉戏，谁也没再把他们当作外国人看。

朗宁很幸运，从小就有中国妈妈和厨娘的百般呵护。据说奶娘和厨娘都曾在襄阳那边的道尹和大户人家做过丫鬟，当过保姆。耳濡目染，使她们多了一些书香门第和大户人家知书达理的涵养和规矩。从朗宁开始记事的时候起，她们就引导着他进入了有趣的中国民间传说童话世界。襄阳乃一方山水灵秀、人文荟萃、英雄辈出之地，好听的童谣，猜不完的谜语，还有流传千古的人物传奇和神话故事，在奶娘口里总是动听悦耳活灵活现，一些本真朴实的人生道理，就像清澈的母亲河汉水，悄然滋润着朗宁稚嫩的心灵。"三国"故事许多就发生在这里，他尤其喜欢诸葛亮无所不能的智慧、关羽义薄云天的忠勇。

厨娘和奶娘带着朗宁小哥俩在节日中的老樊城游玩

　　这些启蒙的东西，成为朗宁儿时最为深刻而又温馨浪漫的记忆，直到几十年后仍然耳熟能详、信手拈来。

　　奶水跟基因没有太多关系，但奶娘的养育，给予他的不只是第二次生命，还在他幼小的心灵里融入了被称为"爱""温暖"和"感恩"之类的言传身教，还有爱憎分明、疾恶如仇。

　　当朗宁到了能在地上跑的时候，家里的小院就再也关不住他了，让他最快乐的事儿莫过于由母亲或者厨娘带着去逛樊城。

　　沿江蜿蜒的城垣，宛如一条依江而伏的春蚕。整个樊城9座城门，大小32个码头。与江岸平行的前街和后街横贯东西，又有多条南北走向的街道和小巷与之贯通，经纬交织的九街十八巷，构成了老樊城的街市骨架。人们在这些街巷里往来流动，仿佛就是古城生生不息的经络。虽然城区面积不过3平方公里，而人口却有3万。

　　各地商旅云集于此，催生出各具特色的老商号。像阮祥泰布

朗宁同哥哥坐着推车逛樊城是最开心的事儿

老樊城的街市是鲜活而生动的

庄、彭元昌绸缎庄、正兴和酱园、园和隆制皂厂、章记盐行、宝庆银楼、熊临丰中药铺，还有竹篾世家齐顺兴、蹄铁马掌李兴盛等等；那些数不清的大小店铺和手工作坊，青砖灰瓦，店铺相连；城河上清风杨柳掩映着拱起的小桥，青石铺就的街道被岁月打磨得青光瓦亮；棚檐下的铺板门，临空翘角的马头墙，雕梁画栋的几进院落，绘就一幅汉水之滨的《清明上河图》。

朗宁从小就穿行在这些街巷里，每每对那些叫作机坊街、油坊街、皮坊街、瓷器街、炮铺街、麻鞋湾等带有明显行业色彩的名字感到新奇。厨娘告诉他，这些街巷的名字都是按这里的行当取的。"油坊街"上是榨油坊，"瓷器街"主要卖瓷器，"炮铺街"是捻鞭炮的，"机坊街"是纺织土布的，"皮坊街"是硝皮制革的，还有专门加工竹器的街巷"篾匠道子"……这些五行八作的街巷原本没有名字，人们根据这些街巷里的手艺和行当随口叫起来，叫的人多了，就成了街名。

朗宁后来在回忆童年时，总爱对老樊城的生活情形津津乐道。

沉睡的老街通常不是被打鸣的雄鸡叫醒的，而是福音堂附近油坊街榨油的油夯声。重重的铸铁油夯在"嗨哟——油哇!"的吼叫中"嗵"地砸下，土榨芝麻油的香味便满城弥漫开来。他曾嗅着这浓郁的油香，去油坊看过那些光着膀子和脚丫的油匠们是如何抢锤榨油。

连街的商铺也有了动静，小伙计们在店主的喊叫下，不得不揉着惺忪睡眼麻溜儿起床。他们替主人涮完马桶，回头再将那些编了号码的店铺门板一块块拆下来，依次排在墙边。铺面一开，小店的营生就开始了。朗宁十分同情那些熟悉的小伙伴们起早贪黑的艰辛。

机坊街上传来吱呀、吱呀的织布声，早起的织工们已坐上了笨重的老式木制织机，磨得发亮的线梭在手中左右穿梭，厚厚的土布便一寸一寸地在脚下延长。

酱园后院的竹斗篷被掀起，深酱色的孔明菜（俗称大头菜）一坨一坨捞上来，着篮子拎了送到前屋铺面的柜台。

赶早集的乡下人进得城来沿街叫卖，他们担着的新鲜蔬菜还挂着露水，关在竹笼里的鸡鸭鹅们扑腾翅膀叫着，集市上顿时生动鲜活起来。

几十个码头沿江排开，货物从码头上起坡，由"脚子"（搬运工）从船上搬运到行栈。前街上一派繁忙，"脚子"们扛一包货物领一个"欢喜"（一支竹签，用作清货领钱的凭证），监工坐在高凳子上监视着，"欢喜"就在他的脚下……

江堤之外的码头下面，是一江穿城而过的碧水。她带着遥远的

老樊城的码头桅杆林立

神秘，由西北秦巴深处的崇山峻岭，向这座千年古城飘逸而来，在古城脚下稍事宁静，然后打了个优美的转身，便继续向南逶迤而去了。在这里，很少有人叫她汉水、汉江或者襄江，人们更习惯亲切地称之为大河。

大河有大河的风景。从骄阳午后到傍晚黄昏，一队队纤夫"嗨——哟"着沿河岸匍匐而来，转而一步步向西北的上游艰难行去。他们脚手拊地，弓着腰身，隆起的肩背油黑发亮。一条条长长的纤绳犹如一丝丝绷紧的琴弦，在夕阳的余晖里闪闪发光。纤夫们就像那琴弦上跳动的音符，和着船工号子，奏响着一曲曲不辞辛劳、不畏艰险、勇往直前的壮歌。身后的那串串脚印，时常可见斑驳的血迹，朗宁常和一帮孩子们好奇地踩踏着那串串深浅不一的脚窝，远远地追随着这血色浪漫。

汉江上的纤夫

小城就偎依在大河的臂弯里。朗宁在这亲切、善良、谦和的母亲河边长大，他喜欢热闹的集市，也喜欢肃静的庙观、教堂，还有经常可以看戏的会馆，小朗宁同他们混在一起，从来就没想过自己是一个外国人。那些和善熟悉的面孔，别有风味的土语乡音，浓郁的市井气息，也让他沉浸在古城的淳朴、祥和与安宁之中。这一切，都融进了朗宁儿时的梦里。

溯汉水而上的大薤山，那里还有朗宁的另一处家园，后来人们称之为"朗宁别墅"，那是他父亲哈尔沃建的。

大薤山地处樊城西南百公里之外的谷城。这里一峰突起，四无遮拦，加之南、北两河夹山而流，水流风动，环境十分清雅幽静，是个夏天避暑的好地方。

眼光独到的哈尔沃发现了这块风水宝地，便在山上置地一块，建起了这里的第一幢欧式别墅。这里既可避暑度假，又能作为一个新的传教点。

朗宁从小就迷恋那里的家。他们每次都是坐着名叫"慢赶"的帆船去的。"慢赶"向汉水的上游划去，然后在谷城溯支流南河而上，一直来到薤山脚下。

上山的交通工具是滑竿，朗宁十分喜欢这种轿子，觉得很是好玩。两根长长的竹竿捆在一把座椅两侧，由两个壮汉一前一后抬着，一颤一颤的。母亲身体不好，滑竿都是她坐，朗宁则和哥哥同父亲一起，跟在滑竿的后面步行上山。

听得前面的脚夫喊了一句"平坦大路"！后面的脚夫便应道"放开脚步"。随着一声吆喝，滑竿一弹就起步了。

要上坡了，前面的人喊"上滑坡了啊"，后面的便回声"高抬脚"。前面的喊声"大路朝天"，后面的应句"各走一边"，这一定是迎面来了一架滑竿，于是两人同时靠向右边，赶紧给对方让路。

遇到拐弯，就听见前边喊"右边拐"，后面便以"左边甩"呼应。前后的脚夫就靠着这种提醒和默契，轻松自如地攀上山脊。

朗宁和哥哥你一句我一句地一路学着脚夫的"号子"上山，十分开心。

接近山顶，老远就能

童年的朗宁兄弟生活在襄阳，身着的是中式服装

看到哈尔沃建造的别墅。顺着简易的石阶拾级而上，家到了。这别墅依山就势，独立而建。材料是当地的青砖灰瓦，但门窗和房型样式却是欧式风格。东、南、西三面均有宽阔的走廊，室内上有天花板，下面铺设地板，夏天隔潮，冬天保暖。三角形的壁炉烟囱半截高出屋顶，夏季排潮，冬季取暖排烟。

难怪传说基督耶稣是木匠出身，哈尔沃牧师同样有着非凡的建筑设计天赋，这幢后来被称作"朗宁别墅"的房子，成为其他人在此建造别墅的样板。

别墅的后面是隆起的山脊，被苍翠的树木掩映着，门前迎着东方，是一片平坦的台子。台子上有一个圆形的石桌，四周摆放着一圈石凳。在这里，每天可以迎接清晨的第一缕阳光，晚上可以数天上的星星。朗宁常常是在"青石板，板石青，青石板上钉洋钉，看得见啊数不清"的儿歌里进入梦乡。

一些远在河南、陕西传教的英国、挪威、加拿大、德国、美国、丹麦、荷兰和葡萄牙等国的传教士们，也纷纷到这里置地建房，形成了多达近百幢规模的别墅群。除了本省襄阳、光化、均县、房县、竹山、郧县和郧西县的传教士，还有周边地区甚至更远的新疆、河北等省的传教士也会来此避暑。薤山成了中原一带洋人集聚的重要据点。

在薤山一条叫作凤凰山的山脊上，建有网球场，周围设置许多石桌和石凳，以作观众的座席。在山北侧和东侧分别建有男、女浴池。眺望东南，可见波光粼粼的粉水（即南河）东流。

除别墅、娱乐设施外，这里还建有礼拜堂，每个礼拜天集中在此进行祈祷。另建有医院，既为西方人做保健，也为当地老百姓看病。这些西方人习惯于喝牛奶，于是在薤山喂养了许多奶牛。为解决奶牛的饲料问题，他们还从大洋彼岸引来了雀稗草（即大苑草）和苜蓿草，如今仍在大薤山遍地生长。

每年夏天，朗宁都会随家人来这里住上一段时间。日子一长，他便与附近山民家的孩子们打得火热。每天清晨刚被鸟儿叫醒，便会有小伙伴们来喊他一块儿出去玩耍。

朗宁很喜欢跟着他们一起到山上放牧。当他看着小伙伴们悠然自得地骑在那些牛、马背上时，便嚷着也要试试。那些山里孩子们就极热心地教他这位城里来的朋友："牛骑前，马骑腰，驴子要骑屁股梢。"他便念着这个顺口溜，尝试骑在各种牲口背上的感觉。

朗宁还喜欢跟他们一起光着脚丫满山撒欢儿乱跑，亲近大自然，去感受它的缤纷色彩和无尽的神秘。见到牛粪就用小脚丫把它拍平，让它快干，说是这样免得被屎壳郎拱成圆球推走了。等这些牛粪干了，小伙伴们还要捡回家去当柴烧呢。

每当遇到下大雨的时候，朗宁见小伙伴们总是先把牛和驴赶到附近的岩屋下避雨，而马却不去管它，便不解

在谷城薤山的"朗宁别墅"，朗宁度过了许多快乐时光

地问，为什么不能平等对待它们？小伙伴们认真地告诉他："马浇肥，牛浇瘦，驴子浇得光骨头。"牛和驴都怕雨淋，而马却不怕。

这些不经意间获得的知识，竟然为他后来定居加拿大，在伐尔哈拉做西部牛仔积累了经验。

转眼朗宁到了上学的年龄，上的自然是父亲创办的鸿文书院。此时的鸿文书院已初具规模，由当初主要为教友子弟和收养的孤儿提供读书机会的蒙塾，发展为同时面向周围市民子弟招生的正规学堂，招收的学生年龄大都为6至10岁不等的启蒙学童。

当时襄阳的少儿教育，依然沿袭着千百年来的模式，如儒学、书院、义学、社学、私塾。学习内容为清廷颁行的《三字经》《百家姓》《千字文》《幼学琼林》等。塾师们重背诵轻讲解，朗宁与其他孩子一样，"占哔呷语，送混沌之岁月"。

而鸿文书院则有着自己独特的地方。虽然主要课目和教学方式与当时的其他蒙塾差不多，但由于校长是外国人，教师中也有外国人，所以自诞生之日起，便被植入了"洋文化"的基因，结缘了当

时尚未为人知的"新式教育"，增设了其他蒙塾所没有的宗教课程。宗教课程主要为《圣经》，重点是创世论、赎罪论和耶稣生平等教义，学校规定宗教课不及格不能升级。此外，学生还被要求参加各种宗教活动，每星期日的上午到礼拜堂去参加"主日学"，在教会的重大节日如圣诞节时登台唱诗等。

在这所鸿恩会开办的蒙塾，由于"洋文化"基因的植入，注定会发生新式教育与传统教育的摩擦和碰撞。

有件事让朗宁记忆十分深刻。一天，有位美籍女教师大着胆子首次尝试在教室里教学生们唱歌。一向沉闷的学堂一下子变得活跃起来，孩子们无不为之欢呼雀跃。于是，那位教师向校方建议，为学生们开设唱歌课。但让她始料未及的是立即遭到当地塾师的激烈反对。那个蓄着山羊胡子的老学究丁芝山首先发难："孔门之地，嬉戏喧哗，自古以来闻所未闻，成何体统！"

"守旧派"与"革新派"展开了空前论战，丁芝山们一度以罢教相要挟，双方相持不下，作为一校之长的哈尔沃也左右为难。

回到家里，一筹莫展的哈尔沃还在念叨着唱歌、唱歌的事。朗宁一双渴望的眼睛望着爸爸，怯怯地央求道："我们都喜欢女老师教的歌，那可比丁老先生唱的《三字经》好听多了，他是闭着眼睛哼哼的。"

"是呀，学校怎么不能唱歌呢？无非唱的内容不一样嘛！"哈尔沃顿时有了调和的办法。最终"守旧派"妥协，在襄阳的这所蒙塾学堂里，破天荒地奏响音乐课的旋律。

随后，"洋"教师们又乘胜开设了算术、地理、幼童卫生学和万国史（世界史）等科目，"洋"义学里开始有了"新式学堂"的味道。据《襄阳县志》记载："是时，实由单纯性质，变入混合性

鸿文书院的教学研讨会（前排左为校长哈尔沃·朗宁）

质。以言教科，则中西混合焉；以言学生，则内外混合焉。"

1899年，席卷全国的"西学"风潮来到了襄阳。樊城的这所"洋"义学随即向社会宣称自己是一所西式学校，称"中西学馆"。增设高等小学，租用河南会馆旁边"广厦大宇，几净窗明"的民房，作为高等小学学生的教室。还从山东聘请来了郑峨等一批高等学校毕业的新知识分子来做教师。

朗宁在鸿文书院里，既接受了新式教育，同时也接受了"君子礼于谦恭，而习于忍让"的中国传统文化教育。他的很多玩伴都信奉佛教和孔孟之道。由此，朗宁担心因为他们不是基督徒而最终不能进入天堂。于是，他哭着恳求父亲，帮助祈求上帝，批准他的小伙伴们最终也能进入天堂。

父亲把手放在朗宁的头上说："我的孩子，不要担心，天堂不是基督教徒专有的，条条大路通罗马。"虽然父亲是个虔诚的基督教徒，但他经常讲述很多当时超出朗宁理解能力范围的宇宙奥秘。

那时的朝政由慈禧太后把持着，腐败无能的晚清政府不断被迫地签署着一系列不平等条约。所有外国人，包括传教士，都通过不平等条约获得了治外法权，享受着完全不受中国法律和司法约束的权利，这些条约也使得外国人获得贸易、商业和关税的重大特权。

在上海、汉口和香港等重要港口城市，此时正是帝国主义的黄金时代。英国人、德国人、美国人、法国人以及日本人等等，他们凭着中国廉价的劳动力、低廉的供应商和原材料发了财。他们却在中国的许多街道和公园挂着写着"华人与狗，不得入内"的字牌，这激涨了中国人心中的仇恨。

有一次，朗宁跟着父亲哈尔沃来到汉口。他们沿着一条街道从外国租界里穿过。在一座大洋房旁，朗宁突然停下脚步，惊骇地望着蜷缩在地上的那个衣衫褴褛、蓬头垢面的中国人。这人神色沮丧灰暗，手和脚被一条粗大的铁链子拴住，像牲口一样锁在水泥墩上，脖子上还扛着一个沉重的方形木质枷锁。

爸爸要带他走，他却呆呆地站在那儿不肯离开，那双清澈的眸子里早已噙满泪水，忍不住伤心地哭了。"在中国人的国家里，那些基督徒怎么可以这样残忍地对待中国人呢？"

爸爸不住地安慰朗宁："你还小，你不懂。这里不是中国，而是在中国的外国租界。那个人说不定做错了什么事，在受惩罚。你看，所有在中国的外国人都享有治外法权，但懂这个词对你太难了。"

他确实不懂这些，但他终于知道中国人为什么反对外国人了。

1899年冬，从山东传来消息，一名传教士被杀。随后各地警报频传。汉水是长江的最大支流，它险恶的流沙使外国舰船无法在江上巡逻，但不时活动着维护秩序的中国帆船式炮艇，这里反对洋人的斗争也在不断加剧。

一天，哈尔沃从樊城的十字街回来，发现一大群人跟在后面。突然有人对着他大喊："洋人！""杀！洋鬼子！"追着他一气撵到了教堂大院。

门房听到喊杀声，早已慌忙关闭了大门。无法进门的哈尔沃只好死命地往院墙上爬，结果被人从后面抓住辫子一拽，连着假辫子上的瓜皮帽子一起拽了下来。哈尔沃骑在院墙上大惊失色，引来人群一片嘲笑。手里抓着假辫子的那人以为这洋人会使什么金蝉脱壳的魔法，惊慌地逃开去。

赶来看热闹的人中有附近的邻居，见是哈尔沃，便对那群人说："穰牧师不是洋鬼子，是个大好人。"那个拎着假辫子的人赶忙把辫子送到墙下，门房这时才怯怯地从门缝里探出半个脑袋，然后开了院门。哈尔沃从墙上跳下来向送还辫子的人拱手道谢，并感谢众人的好意，邀请他们有时间来玩，然后掸了掸沾在袍子上的泥土，重新又把假辫子端端正正地戴回头上，背着双手，装作什么也没发生的样子，走进教堂的院子。

为了驱逐洋人，秘密团社开始结成。最著名的是义和团。此时，远离外国炮舰保护区的外国传教士很容易成为最初的受害者，美国传教局通知在华传教士们离开中国。

1900年，哈尔沃牧师决定带全家休假，这是他在中国工作9年后第一次选择离开。他们乘船沿汉水而下，打算取道汉口，经上海然后回祖籍挪威。一天晚上，他们在一个偏僻的小码头靠岸过夜。突然，义和团"杀！洋鬼子"的喊叫声把他们从梦中惊醒。那声音低沉暗哑，不断反复而且越来越近。哈尔沃赶紧催促船工起帆，船主因为自己的船上坐着洋人，吓得慌忙解缆开船，向江心驶去。

那是朗宁第一次，也是最后一次切身感受义和团。

随着义和团运动的风起云涌，洋校长、洋教师们在"打倒帝国主义"的怒吼声中全都黯然离开了襄阳，被称为中西学馆的鸿文书院陷入停顿。

哈尔沃带着夫人和孩子们离开了襄阳。他们经上海一直环球航行到了挪威，重回了祖辈生活的故乡。

在挪威，朗宁与哥哥和妹妹都学挪威语。紧接着去了美国依阿华州的姨妈家，他们又不得不学英语。爸爸、妈妈要求几个孩子坚持三种语言。一天三顿饭时，妈妈用英语与他们交流，爸爸用挪威语问他们问题。可是他们最喜欢和说得最好的还是母语汉语。一离开饭桌，他们就恢复了跟爸爸、妈妈说中国话。在周围人看来，他们这家人都几乎成了中国人。

1900 年 8 月，庚子事变，京师陷落，八国联军开始大肆捕杀义和团。风雨飘摇的清政府，最终以签订丧权辱国的《辛丑条约》换得了苟延残喘。

1901 年，朗宁全家经过环球旅行，又回到了樊城。教堂里又开始传出晚祷的钟声。

哈尔沃家一回到樊城，就开始着手恢复中西学馆。

1902 年，校舍改设在樊城樊侯祠。学校规模扩大，还为学生们解决了住校的餐宿问题。又从山东聘来教员孙登云，掌管校务。此人"为人踔厉奋发，校规务为严整。其为教，尽学生之长。课余闲谈，辄以科学常识相灌输。学生获益不浅"。

1903 年，校方又聘请了从日本留学归来的郤仲孚为教师。郤老师不为传统守旧势力所左右，按照新式学校的标准，锐意改革，

鸿文书院学生上体操课的情景

又增设了数学和英文等课程，学校从此别开生面。"学科之区分，功课表之分配，一如最新式学校，而体操尤为出色当行。学生乃始见学校之新空气焉。"哈尔沃校长要求，每周都要定期举行教学分析会，让外籍和当地的老师们一起交流教学方法。至此，襄阳第一所新式学堂已具雏形。

鸿文书院将办学的宗旨确定为："天下万物一体为度量，出入进退一丝不苟为风操"。提倡借劳助学，"欲培人自助之志，增人求学之机"。反对"中国之少年，有钱者，始能读书"的教育机制。鼓励学习西方教育，不可贱劳，勤工俭学，"以服役作工而易学资者"，"使学生以执校役以代学费"。

鸿文书院由高等小学加入中学一、二年级，后来更名为"鸿文中学"。

少年朗宁和家人一起在鸿文书院的家中享受着幸福时光

　　随着办学规模的扩大，鸿文中学又新建了一栋教学楼。可以分设 6 个教室，每间教室可列坐 20 余人。可分作 12 间宿舍，每间住宿学生 3 到 4 人。四周为环形走廊，"有高大华敞之观"。

　　学校建起了食堂、浴室、图书报刊阅览室等生活和学习设施。后又建上下两层的"九间楼"一栋，集中改善了教师们的住宿条件。

　　校园修有一片绿色的草坪，还有一个很大的操场，给学生提供课余时间活动和开展体育运动的场所。从此，这里便成了鸿文中学的永久校址。随后，鸿文中学区分学级，分设高等小学三年，中学四年。进一步丰富教学内容，加聘张定伯等一批科学、英文、图画、体操教员。

　　朗宁和哥哥内琉斯学了英语后回到樊城，鸿文中学的高年级学生们就不断来找他们，想向他们讨教英语学习。这些学生中有不少人会读英语，但大都是加了汉字注音的。所以，当他们大声朗读时，听起来十分生硬别扭，有的几乎完全让真正会英语的人无法听懂，更像是唱着一些没有意义的中国音节，他们是靠英汉对照和英汉辞典来朗读和理解英语的。

为了保住治外法权，西方的武装力量连同满清政府，残酷地镇压了义和团，还有中国民众，这让中国人越来越无法忍受，由孙中山领导的革命运动开始席卷全中国。鸿文中学这所教会学校的学生们现在不仅学习《圣经》，在会说英语之前，他们当中的许多高年级学生已会背诵美国的《独立宣言》了。

这些高年级学生私下成立了进步组织，他们收到从汉口学生那里传来的关于美国革命和法国革命的小册子，朗宁从他们那里第一次接触到《独立宣言》。他们在翻译《独立宣言》时，用"慈禧太后"代替"乔治三世"，列举慈禧太后相应的罪行，大家都感到很解气。

朗宁心想，他们的父母可不敢像他们那样挑战奉天承运统治着他们的太后娘娘，而学生们却敢于嘲笑她，拿她开涮。在少年朗宁的心里，也已播下了自由、民主、平等的种子。

这时，朗宁结识了一位高年级同学，他叫董曦偕。他们不仅成了后来的同事，更是最为要好的朋友。

董曦偕，原名华祖，字子佩，樊城人。8 岁时，父母死于瘟疫，兄妹 4 人，孤苦无依，过着流浪生活。12 岁时，被鸿文书院收留并在这里读书。由于他颖悟过人，勤奋好学，颇得校长哈尔沃的赏识。因此，哈尔沃也从不反对朗宁与他交往。

这是一个聪明、刻苦又充满激情的青年，他是那个秘密团体的领袖，许多高年级的学生都参加了这个组织。朗宁也时常会被他带去参加他们的集会。

有一天，董曦笤在向大家解释他们的目标时，突然身子一躬，让身后的辫子越过头顶甩到面前，大声叫道："你们看看这一切爱国的中国人的耻辱标志吧！'猪尾巴'！他们强迫我们蓄这丢人的东西。"他伸出手指做出剪刀的样子说："我们要把它剪掉，我们要留切斯特这样的头发，我们要团结全中国的学生推翻满清王朝。"

当朗宁知道他们正在宣讲的是要推翻满清政府的内容时，便故意说要告诉父亲这里发生的事情。董曦笤严肃地悄声叮嘱朗宁："切斯特，你可千万不要告诉'胡子大爷'！"鸿文中学的学生们私下称哈尔沃叫"老胡子"，他们怕老胡子反对他们革命。朗宁扑哧一笑："我也同你们一样，早就讨厌那条拖着的'猪尾巴'了。"

随着一天天长大，朗宁慢慢开始观察和理解中国年轻人所面临的问题。对于许多社会问题的思考，甚至显得有些早熟，与他的年龄很不相称。比如，他从同学们那里知道，他们中有的人从出生之日起就被父母给定了亲，而定下的那个人到结婚之前都是不允许见面的。认都不认得咋谈得上喜欢，不喜欢咋能结合在一起呢？男校与女校是分开的，他看到有的男同学对女校的某个女生产生兴趣，到要跟他们父母择定的姑娘结婚时，他们就惆怅、痛苦，甚至叛逆。他们渴望改变那剥夺了他们自由的旧传统，但父母使用起封建家长的权威，硬要他们服从时，他们又显得那么的无能为力。

哈尔沃和汉娜虽然大部分时间是同中国人来往，说着中国话，穿中式衣服，可理解这些却没有孩子们深刻。哈尔沃时常感叹，他们在外面劝中国人皈依基督，而自己的孩子们却在这里变成了异教徒。

时光在不知不觉中又过了 7 年，哈尔沃已有了 7 个孩子。他打算放下手里的事业举家休假，带着夫人和孩子一起到加拿大去看看自己的新家。自从在那里购置了一份土地，还一直没有去过。

那是庚子事变之后的 1901 年，他们全家从美国回中国，绕道加拿大，准备从温哥华乘坐太平洋游轮中国皇后号前往上海。

途经卡尔加里，火车在太平洋铁路的老站上添煤加水。这时，一群挪威人正在那里激动地议论着什么。哈尔沃好奇地凑了过去，一打听才知道这帮人最近在爱德蒙顿东南的巴尔多，用很便宜的价钱弄到了自耕农场。碰巧在这里他又遇到了老相识约翰·安徒森，约翰·安徒森是他在明尼苏达红翼神学院一位同学的堂兄，刚刚也在这里买了一份土地。

这位还在兴奋之中的约翰·安徒森，极力怂恿哈尔沃也到那里投资购买一份土地，好为将来老了或者退休预备一个归属地。当时，那土地便宜得惊人，三块钱一英亩，二十年付清，利息也极低。

哈尔沃这就动了心，委托约翰·安徒森也在巴尔多给自己买下了一份土地。正因为此，朗宁祖籍挪威，出生中国，侨居美国，而后来却成了一个加拿大人。

可是，汉娜没有等到去加拿大新家的那一天。

1907 年 2 月 9 日，再过三天就是中国的农历除夕，老樊城家家户户红灯高挂，都在忙着置办年货，一片大年气象。然而，对于哈尔沃一家来说，这却是一个最为寒冷的冬日。女主人汉娜，这位受人尊敬的穰师母、淑华女校的创办人，在为哈尔沃养育了 7 个孩子之后，因患猩红热走完了她生命的最后旅程。

送葬当天，老樊城数百人自发来到葬礼现场，与穰师母见最后一面。在低回的哀乐和唱经声中，人们流着眼泪，怀着敬佩、感

1907 年 2 月，在老樊城举行的汉娜葬礼（二排右二为朗宁）

在这个寒冷的冬日，汉娜的离世让哈尔沃黯然神伤

恩、追思之情，对这位远涉重洋而来，充满爱心的基督夫人扼腕叹息，致以悼念。就在不久前，汉娜刚刚才过 35 岁生日。

朗宁和哥哥手抚棺材，将这感人的一幕，深深地铭记心底。

哈尔沃将汉娜安葬在福音堂后面的教会公墓，带着朗宁兄弟到襄阳城南的岘山挑选汉白玉石料制作石碑，他亲自拟写碑文，请本地最好的石匠勒制于碑上。

寒冬的阴雨笼罩着这个家，女主人的离去让一家人陷入前所未有的困境，特别是几个尚未成年的孩子又该怎么办呢？

哈尔沃思量再三，决定把已能自理生活的朗宁和哥哥内琉斯，送到他们在美国依阿华州的姨妈家去，让他们在那里上学。哈尔沃带着剩下的几个还小的孩子留在樊城，他还需要一年的时间来交接他在中国的工作。

在离开中国之前，他们只穿过中国衣服。因为在樊城，没有会做西式服装的裁缝，总不能再把中国的长袍马褂穿到美国去吧。美国的亲戚们事先寄来了衣服和帽子，朗宁和哥哥这才把自己用"洋

1907 年，母亲汉娜去世后，朗宁（左一）不得不和哥哥一起离开樊城，前往美国依阿华州的姨妈家去。图为哈尔沃父子离别时的情景

服"包装起来。

1907 年 5 月，父亲把他们送到停泊在上海港的太平洋邮轮蒙哥利亚号的甲板上，托一位回美国的朋友把小哥俩带走。

在挥手告别父亲时，朗宁的帽子被江风吹落，像蛋壳一样在浑黄的江面上漂荡，这情景成为他多年后对离开中国时难以挥去的记忆。背后熟悉的土地越来越远，而眼前的大海却苍茫无际，未来在他依依惜别的心里一片茫然，小朗宁沮丧地想，这一去会不会就是与故乡的永别呢？

朗宁和哥哥到了美国依阿华州，从 7 年级读起。一到拉德克利夫公立学校，他们兄弟俩就失去了方向，对周围完全感到陌生。而他们每天都会受到大量的关注，特别是遭到当地学生的嘲笑和奚落。那些人时常围着小哥俩大声唱道："大清朝的中国佬，吃的是死耗子，咬得耗子嚓嚓响，像啃着姜饼子。"

朗宁和哥哥难以忍受，却不敢把这些侮辱告诉姨妈，而到了晚上，无法抑制的泪水，时常浸湿了枕头。他们怀念中国，怀念老樊城。那里的人对他们是多么的亲切而友善，从不对他们另眼相看。

一年之后，哈尔沃带着剩下的 5 个孩子离开中国樊城，定居加拿大。朗宁兄弟俩也离开依阿华，去了那里的巴尔多新家，全家加入了加拿大籍，从此成了加拿大人。

三、襄江潮涌

辛亥革命，风雷激荡。

曾经奉若上天的清王朝没了，只剩下一个年少的倒台皇帝被禁锢在紫禁城内。一天，沉寂十年之久的紫禁城突然热闹起来，逊位皇帝溥仪大婚，人们发现小皇帝早已剪掉了辫子，穿上了西服，他甚至还萌生了出洋留学的念头。由五四运动引发新文化运动的中国，许多学校把聘请外国人做教师当作一种时髦。

此时，朗宁在加拿大阿尔伯塔读完大学，已经到了可以获得土地财产的法定年龄。他在阿尔伯塔巴尔多的伐尔哈拉当了一年西部牛仔，可以驯服当地所有的骏马，还遇到了他心爱的英佳·玛丽·霍尔特小姐。英佳跟他打赌说，如果可以驯服她父亲那匹还没有任何人骑过的马驹，就答应嫁给他。结果，他不仅赢了英佳，还赢得了那匹桀骜不驯的小马驹。

当时的伐尔哈拉刚刚得到开垦，偏远且地广人稀。这里的每一个人都背负着一份远离故土、游离开荒的往事。来自不同地方的移民们迁徙于此，除了垦荒就是打猎，这片油黑的土地上，融入了他们特有的豪爽和对未来的希望。遗憾的是当他们为了孩子们接受教育而修建了一所只有一间教室的学校之后，却一时找不到合适的人来教书。因为这里没有一个师范毕业的人。

在中国做过学校校长的哈尔沃对外宣称，自己的儿子切斯特就是块天生做老师的料。于是，有着大学学历的西部牛仔朗宁，获得了第一份体面的职业——教师。

后来，朗宁应征入加拿大皇家工程兵部队当了一名工程兵，接着被调到皇家空军飞行队做空军士官生。但退役之后，他仍然受聘回到当地的学校教书。

朗宁从来都没有放弃回到故乡中国的打算。他和哥哥内琉斯曾经有个约定，希望有一天能在中国会师。不幸的是哥哥在斯拉夫大湖做地质考察时溺水身亡，这个愿望只有落在朗宁一个人身上。

1922 年初，机会终于来了。中国政府决定以聘请外籍教师的方式，吸收西方的教育和文化。朗宁获得了回襄阳鸿文中学从事教育工作的聘请，要去做母校的校长。

初春的加拿大阿尔伯塔卡姆罗斯小镇，依然覆盖着厚厚的冰雪，午后的阳光和煦，天空湛蓝，英气勃发的朗宁和妻子英佳牵着女儿，在白雪晶莹的山坡上开心嬉戏。

朗宁兴奋地对英佳说："亲爱的！你真的愿意和我一起回到遥远的中国？"

"当然，你口中的故乡太迷人了。"英佳毋容置疑。

朗宁眺望远方："那里贫穷落后，雨后满街泥泞；那里没有咖啡，没有黄油，也没有你熟悉的语言。但……"

英佳模仿朗宁的语气："但那里的春天燕子衔泥筑小巢，那里的面孔亲切熟悉，还有一条温暖的大河让你依偎，我们可以一起下河看鹰船捕鱼，去山坡上采野山楂……"

1922 年初，朗宁应聘回襄樊鸿文中学任校长。图为同妻子英佳、长女西尔维亚在前往中国的远洋客轮上

朗宁带着妻子英佳和三岁的长女西尔维亚，怀揣着对故乡的梦想，从温哥华登上加拿大女皇号，前往中国上海。然后取道南京抵达北京，按计划他们先要在那里接受短期的汉语培训。

他们在北京度过收获极大的一段时光。因为有多年在中国生活的基础，朗宁成了那所由几个外国教会联办的联合汉语补习学校的佼佼者。他用几个月时间完成了别人需要三到五年才能完成的学业，英佳也初步具备了汉语会话能力。

在这个沉重的帝王之都，朗宁强烈地感受到改朝换代后的清新空气。一批以反对封建思想、宣传新思潮为中心内容的进步报刊，

1922年，朗宁在北京联合语言学习班培训时游览名胜古迹

连绵不断地丰富着人们的阅读空间。从陈独秀的《新青年》到李大钊的《每周评论》，还有北京国民社、新潮社分别出版的《国民》杂志和《新潮》月刊等，发起对孔子儒学的批判，倡导文学革命，掀起唤醒人民"民主"与"科学"觉悟和意识的热潮，为新文化运动和爱国运动的全面展开推波助澜。

朗宁在这里接触到一大批有着激进思想的大、中学生。这些来自各地的青年要比世纪初更加活跃，更具有深刻的政治意识和强烈的社会责任感。他们因国家在列强手下遭到失败的耻辱而痛心疾首，因美国在巴黎和会上未能制止把中国领土出卖给日本而悲哀和愤慨，中国是第一次世界大战的战胜国，不仅没有得到相应的战争赔偿，反而雪上加霜，青岛被直接由德国人转手给了日本人。再加上北洋政府成为军阀和政客们挑起内战、争夺皇位的工具，他们更加感到极度的痛苦和失望。

朗宁隐隐意识到，在这种痛苦和失望的深处，正孕育着一场奋起与抗争的重大革命。

1922年暑假，朗宁的语言培训一结业，就急切地赶回樊城赴任。他时时做着各种设想，他那魂牵梦萦的故乡樊城，是不是也像京城一样。

朗宁一家先是乘坐京汉铁路的火车到达汉口，然后换乘汉江的白篷帆船前往樊城。

帆船沿着当年的航道，驶向温情的故乡。空气中流淌着温馨，船底下滚动着浪漫。朗宁兴致勃勃地与船工聊着那些久远而又清晰的记忆往事。汉江这母亲河流淌的是源远流长的历史和文化啊，两岸的风俗民情，美丽的神话传说，什么汉水连天河，牛郎织女鹊桥会，什么郑交甫奇遇汉水女神解佩相赠……朗宁就像采撷岸边盛开的牵牛花一样，轻而易举就能掬出一串瑰丽动人的故事，津津有味地讲述给英佳听。对于英佳来说，虽然这些东西还比较陌生和似懂非懂，但还是被朗宁的飞扬神采所感染，漫长又单调乏味的航程成了如诗如画亦梦亦幻的快乐之旅。

然而，故乡对于此时的朗宁来说，则更有一番深意。她不只是丝丝缕缕的情思和隐隐约约的故事，纠缠在梦里和途中更多的是对故乡现在模样和故乡人的猜测与臆想。

朗宁在鸿文中学任校长时的"全家福"

当故土一进入视野，一股亲入肌骨之情便扑面而来。当朗宁远远瞭望到襄阳城南岘山之上的岘首亭时，更是抑制不住内心的激动，他兴奋地告诉英佳，那个亭子就是从下游进入樊城的航标，那座山转个弯，绕过一个叫鱼梁洲的江心岛家就到了。经过近一个月的旅程，他们终于赶在秋季开学之前回到樊城。

船靠公馆门码头，眼前如林的桅杆，掩映着背后的古城，大大小小的船只相互簇拥，停靠在喧闹的码头。码头上南来北往、上船下船的人们，脚步匆匆，如潮涌动。满地的行李和各色货物，搬运工、小贩们的嘈杂喧嚣，无不显示着古城的繁华。这一切对朗宁来说，是那么的熟悉，那么的亲切。

即将弃船登岸了，朗宁屹立船头意气风发，回望波澜壮阔的襄江，大有一肩斜阳无限江山之慨。他在心里说，你的游子终于回来，他要从此报效生他养他的故乡了。

这时，一个身影在码头的趸船上朝他们招手，一个熟悉的声音传过来，"切斯特！切斯特！"

朗宁从人群中一眼就认出了那是董曦辔。老朋友相见分外兴奋，他激动地挥着双手，连声高喊"子佩兄，子佩兄！"此时的董曦辔已是鸿文中学的一名教师，早前就接到朗宁预计今天到达的电报，已在此等候迎接。原来这个内地小城已在几年前开通了电报业务。

没等船靠拢，朗宁就一个箭步跨了过去，一边与董曦辔热烈拥抱，一边不停地用手拍打着他的后背。

"那条讨厌的'猪尾巴'终于甩掉了！"朗宁不无感慨。

"是的，那已是十年前的事了。"董曦辔仰视着眼前的朗宁，惊讶地说："没想到你长得这么高。"

"你比我大八岁，当年分手的时候，我可比你矮半个头。"

"你的变化真大，可你这一口的襄阳腔这么多年咋就一点都没变呢？"

"这怎么能变呢，你不知道我是吃中国妈妈奶水长大的啊！"朗宁一脸认真的样子。董曦督先是一愣，继而两人都忍不住开心地笑了起来。

见过英佳和孩子，他们手拉着手踏着颤颤悠悠的跳板，下了趸船拾级登上码头的堤岸，边走边相互询问对方的别后之情，旁若无人一般。这位说得一口襄阳话的洋人的到来，引来一片好奇的目光。

接船的校工用独轮推车，推起朗宁的行李和女儿西尔维亚。朗宁指着木轮车子神秘地对西尔维亚说："你不知道吧，爸爸像你这么大时，就是坐着这样的车子逛樊城的。"西尔维亚眨着一双蓝眼睛，疑惑地盯着爸爸，她是无法体会那是一件多么有意思的事，但

朗宁在鸿文中学的家（内景）

朗宁在樊城的家

那张稚气的小脸此时已分明溢满快乐。

英佳跟在后面，一边充满新奇地东瞧西看，一边听着两位老朋友亲密的说笑，感受着这暖暖乡情，似乎忘了初来乍到的生疏，也找到了回家的感觉。

鸿文中学当年修建的那栋两层楼还在，过去他们曾经住过的几间房子早已腾空，被打扫得干干净净，使用过的家具也都保留完好，朗宁一家直接入住了。

门前的草坪绿色如茵，阳光透过树林洒满庭院，西尔维亚兴高采烈地在上面撒着欢儿，心想这里的新家一点儿也不比加拿大差。

鸿文中学为欢迎回归的游子，这位带来西方时尚的洋校长，教职员工和学生代表一起举行隆重的茶话会。这是一间教室布置的会厅，会桌是用课桌拼接起来的，上面铺着白色的土布单子。大家围坐在一起，吃着瓜子，喝着青茶，有的唱歌，有的演说，洋溢着热烈的气氛，谈笑间对未来充满希望。

一位学生代表昂着头不无自豪地说："我国是四大文明古国之一，有记载的历史长达四千年，人口多达四万万。"

朗宁不由得细细打量起这位眉宇之间透着一股英气的年轻人来。"你叫什么名字？"

"我叫董振。"

旁边的董曦筶笑着补充道："我的侄儿，我们鸿文中学学生。"

朗宁（前排中）与襄樊鸿文中学的老师在一起

朗宁竖起大拇指连连称赞："年轻人，有自信，讲得好！不过，据我所知，中国应该有五千年文明史了。在世界上的文明古国中，巴比伦、埃及、印度至今只是保留着某些方面的留存，而中国的古代文明却在一切方面一直持续到现代，是所有的文明古国中最持久也是最稳定的，它持续不断地影响亚洲广大地区长达好几千年了。"他特意用才在北京学来的北方话说着。

大家不禁惊诧，一个外国人不仅对中国的文明历史有着深入而独到的见解，竟然还会说很少听过的官话。

朗宁有几分得意地笑道："你们不晓得吧，我们襄阳方言里读作一声的字在北京的官话里读二声，二声的读四声，三声读成一声，四声读成三声。掌握这个规律，你们就也会说官话了。"这可是他在北京接受培训时，从北京话和襄阳话发音的音调特点对比中发现的。

朗宁知识渊博，讲起话来风趣幽默，大家不时报以热烈的掌声，打心里敬佩起这位刚刚回到故乡的洋校长。

此时的襄阳，已打破了过去单一封建正统文化独尊的局面，这让朗宁耳目一新。在襄、樊二城，除鸿文中学、淑华女中外，新建立了第十中学（鹿门中学）、省立二师等几所已具规模的正规学校。废科举，兴学校，大量西方文化书籍的翻译出版、进步报刊的发行和广泛传播，使各所学校都成了青年接受新潮思想的中心。一个新的、现代的、革命的知识分子阶层，迅速取代着旧的孔门精英，教师和学生们贪婪地涉猎着新文化，对于改革和中国的现代化满怀热情。

让朗宁尤为欣慰的是，当年的好朋友董曦辔能回到鸿文中学任教。十五年前他们分手以后，董曦辔去了山东济南，进了齐鲁大学。他不仅是中国的秀才，还取得了西方式的大学学士学位。他对中国的革命依然那么充满激情，曾积极组织参加过襄阳声援北京五四运动的行动。

出于多方面的考虑加上个人情感，朗宁向校董事会提议，由董曦辔出任鸿文中学校监，做他的助手。

朗宁就任之后，鸿文中学从 1923 年起，教学计划、管理制度、教员编制及毕业年限等，开始按北洋政府教育部颁发的有关规定执行。

这个时期，鸿文中学的教师结构仍然延续中西结合，基本由两部分人构成：一部分是教友，如董曦辔、马游、潘慧庵、张定伯等，他们有的毕业于山东齐鲁大学，也有的毕业于南京金陵大学、

1923 年，鸿文书院中学第十一次毕业师生留影（前排右二为朗宁，右三为董曦辔）

武汉文华大学、长沙信义大学等教会所办学校。另一部分则是科举时代的贡生，人们尊称为贡爷，如孟觉、张南楼、童子善、徐晓风等。学校管理层如校长、校监等，也是中外混编，互相制约而又互为补充，充分体现"中西合璧"精神。在课程方面，除国文、修身、经史、古典文学之类的文史课以外，又开设了英语、算术、格致（科学）之类的数理课，保留旧约之类的宗教课。

俄国十月革命一声炮响，给中国送来马克思列宁主义。1921年中国共产党成立。1924年1月，孙中山改组了中国国民党，并在广州举行第一次全国代表大会，实行联俄联共扶助农工的三大政策，与苏联和中国共产党合作，明确了反对帝国主义和封建军阀的民主革命任务，拉开了轰轰烈烈的大革命帷幕。

1924年春天，中共早期活动家、理论家萧楚女受邀来到襄阳，任教湖北省立第二师范。这已是他第二次来到襄阳了。

四年前，他来二师任教时曾提倡改革国文课陈旧僵化的教法，开设新文化课，讲授鲁迅作品和《新青年》上的进步文章，向学生们灌输反帝反封建的革命思想，抨击封建落后意识和反动势力，积极向学生传播马克思主义，还向学生们宣传俄国十月革命胜利和世界革命形势，发动学生发电给北洋军阀政府，要求与工农俄国恢复邦交。1921年夏，萧楚女受反动势力的排斥被迫离开襄阳。

萧楚女这次回二师任教时，已是一名中共党员。他的授课内容更加具有鲜明的革命性。

鸿文中学也许对西方民主思想接受得更早更多，宁静的校园率先沸腾起来，一些进步师生走出校园加入民主革命斗争的行列。

以董曦辔为代表的一批进步分子，很快便与萧楚女联系在一起，从而接触了马列主义，逐步走上革命道路。董曦辔曾写出"曦呈大地虹，綮系一天红"的诗句，以鸣其志。受萧楚女影响，他结合教国文、历史，开设了"社会思潮课"，给学生讲授新知识、新文化，以此提高学生们的爱国主义思想觉悟。并暗中策动和支持董振、高如松、宋良猷等进步学生组织"读书会"，以研究课外作业、活跃课外活动为名，吸收进步学生入会，传播进步思想。

面对学校激情澎湃的形势，朗宁也受到极大鼓舞，他似乎从学校师生的行动中看到中国的希望。自从 13 岁那年离开襄阳，很少听到中国的消息，偶尔从路德教会那里听到一些，也多是教堂的情况。在北京的那段日子里，他已感受到中国正在发生变化。现在置身于襄阳这个内地小城，比地处政治中心的北京能更真切地听到中国社会前进的铿锵足音。

当萧楚女在二师组织学生走访群众，做社会调查，并在《新青年》上发表《新聊斋志异》《基督教底唯物营业》等反帝反封建战斗檄文的时候，朗宁在鸿文中学组织了"青年运动在中国"的英语演讲比赛。

这个题目是朗宁亲自拟定的。在他看来，正是这些充满激情和朝气的青年，代表着中国的前途和希望。他没想到，这次演讲活动搞得比以往任何一次都要成功。比赛进行到最后，没有报名参赛的同学也纷纷登台讲演，发表自己的看法。这次活动也让学生们深切地感受到，这位洋校长和他们一样，骨子里面有着追求民主和自由的革命基因。

朗宁对萧楚女这位激进的社会活动家十分敬佩。他同萧楚女有着同样的革命激情，这就是深切地关心着中国的前途和命运。他请董曦綮搭桥，希望与之取得直接的联系。萧楚女也很愿意结识这位外国血统的中国校长，遗憾的是萧楚女这次来襄仅仅三个月，就再遭当局以"过激党"名义驱逐,两个社会活动家就此失之交臂。不过,萧楚女在襄阳播下的星星火种,却在鸿文中学燎原起来。

由于朗宁和董曦鼞他们的主导,鸿文中学率先成立了学生自治会。随后,与省立二师、鹿门中学、淑华女中等其他几所学校联合,共同成立了"襄阳学联"。

鸿文中学学生自治会发动学生,利用假期在家乡开展反对封建迷信,反对缠足,反对吸食鸦片,提倡白话文等移风易俗活动,以及有关学生的政治、文化、宣传教育活动,在当地产生了较大的影响。这里成为中共在襄阳最初的几个据点之一,教师中的董曦鼞、马游及学生高如松、董振等,成为最早的一批党员。

朗宁和董曦鼞经常在一起探讨一些社会问题。他们认为,现阶段的大部分农民只关心吃穿住的问题,只有真正把农民们组织起来、发动起来了,才能开展后一段跟地主阶级的斗争。有时他们也谈到毛泽东组织农民的主张,认为那是发动革命最有效的方式。要救中国,首先必须让广大的农民们有学习文化的机会和提高革命的觉悟。

为此,鸿文中学的师生几乎每个周末都会到乡村去,教农民们读报,读小册子。朗宁在后来的回忆录中说:"我会和我的学生们一起到乡村去,有时一去甚至几天。"年轻的朗宁,在风起云涌的中国革命浪潮中,找到了一个传教士真正要用教育启蒙民众的钥匙,他为自己的这一发现兴奋不已。

古代经书很快就不受学生欢迎了,学校热衷于群众工作。鸿文中学与襄阳、樊城的其他公立学校师生,组成了一支支小分队,深入周边乡村,宣传新文化和新思想。其中,董曦鼞以反帝爱国题材创作的话剧《五分钟》尤为引人注目。它揭露帝国主义在政治、经济、文化等方面的侵略，鼓舞群众奋起斗争，不要只有五分钟的热情。这个本子除印刷发至襄、郧地区各县外，还组织学生到街头和乡村巡回演出，颇受民众的欢迎。

朗宁除了全面管理校务，还兼着英语和音乐课教学。在阿尔伯塔读大学时，他就是学校乐队的优秀分子，不只嗓音很有磁性，而且还精通多种乐器，特别是钢琴和小号。他时常感念，他的音乐天赋，也许最早启蒙于当年鸿文书院经过抗争而开设的音乐课。

1924 年 6 月的一天，朗宁同董曦瞢谈起自己考虑了很久的一个想法："这届学生马上就要离开学校踏入社会了，我们是不是送他们一首毕业歌呢？"

两人一拍即合，董曦瞢当即表示赞成："鸿文中学确实应该有一首自己的校歌。就由我来作词，请你作曲吧。"

毕业典礼那天，鸿文中学的操场上响起欢快高亢的音乐旋律。朗宁在激情澎湃的毕业祝辞之后，亲自弹奏钢琴，与学校乐队一起伴奏，师生共同唱响鸿文中学有史以来的第一首校歌——《毕业歌》：

岘山之北，汉水之阳，
今日闪放教育之光。
知识的基础，品德的修养，
学问渺无垠，研究日更长，
今日毕业，努力向上！
晨曦初出在东方，
正气歌声浩荡，
滚滚黄河与长江。
别矣母校，征途在望，

切莫虚掷好时光！

多难的中华，

振兴的责任落在我们肩上。

今日一堂，歌声嘹亮，

喜和愁交感发异想。

学年不让再同窗，

尔曹别后当自强。

这首充满豪情和希望的《毕业歌》，在师生们中产生了强烈的反响。学生中的激进分子董振在他的自作诗《觉醒》中写道：

沸腾！沸腾！

中华儿女正在觉醒；

起来！起来！

砸碎这个颠倒的乾坤。

同志们！向前进！

前进！前进！

你看前面灿烂光明。

"鸿文中学不应是'世外桃源'，不能'两耳不闻窗外事'，青年要关心国家大事，民族存亡。"在反帝反封建主义的浪潮中，朗宁的言论作为一校之长的态度，自然在师生中起到引导和鼓动作用。

1925 年五卅惨案的消息传到襄阳，鸿文中学学生自治会立即与襄阳学生联合会联合行动，游行示威，散发通告传单，谴责帝国主义暴行，进行抵制英、日货的行动，把哈德门香烟、壳牌煤油和太古糖等一些英日货列为重点禁运商品，一经查出便予没收，当众销毁。

一天傍晚，鸿文中学学生自治会得到信息，火星观码头停靠了一批秘密运送洋货的商船，当即联合襄阳学联，按通告进行查处，一举扣押数条走私商船，准备择日当众销毁。

次日上午，朗宁的课刚刚开始上，就有人从教室的后门塞进一张纸条。随着那张条子在学生中的传递，整个教室里的空气顿时躁动起来。

讲台上的朗宁正在纳闷时，那张条子送到他的手上。原来是学生自治会的人报信，说扣押的商船逃走了。朗宁当即停课，带着学生们迅速加入自治会的追缴队伍。

原来狡猾的船主乘着夜色，偷偷驾船向上游的老河口方向逃去。学联和自治会终于在竹条铺白家湾将商船截住，并押回樊城。强行没收的太古糖、煤油和烟草等走私物品，在江边火神庙前的江滩上堆积如山。学生们愤怒地在煤油听子上砸洞点火，焚烧仇货的熊熊烈焰映红了滔滔襄江。这场充满爱国义愤的烈火，在襄、樊二城民众中引起极大震动。在学生自治会的强制下，船主不得不交了8万块银圆罚款，并立下不再贩运洋货的保证。

为了维护民族尊严和利益，学联与商会起初曾经有过联合抵制洋货的约定，但这种脆弱的联合在利益面前显得不堪一击，很快就走向崩溃。因为查抄和销毁仇货彰显的是学生们的爱国激情和决心，而对于商人来说，则意味着要承受巨大的利益损失。唯利是图的不法商人与爱国学生是无法真正站在一起的。

此次当众销毁仇货事件，教育的是民众，震慑的却是商界，一些商人纷纷找到他们的组织商会发泄不满，嚷着得给那些好事的学生们一点颜色看。商会的那帮人都是本地商界的巨头，自然与他们沆瀣一气，但又惧怕那些学生年轻气盛还有背后的学联组织，私下里勾结密谋，只能伺机暗中报复，鸿文中学的学生闹腾得最欢，就先拿他们开刀。

就在火神庙焚火烧仇货事件不久，鸿文中学自治会的 3 名学生突然莫名其妙地失踪了。直到第二天早上，学校才在襄阳城昭明台的钟鼓楼上找到他们。原来他们是遭到一伙不明身份的人绑架，被吊打得遍体鳞伤，行凶者早已逃之夭夭。昭明台是什么地方？那是襄阳人为纪念在此编纂《文选》的昭明太子所建的地标性建筑，选择在这样的地方殴打学生，辱没斯文，显然别有用心。

董曦鬈闻讯十分愤怒，急忙找到朗宁商议对策。他断定这事就是商会那帮人的恶意报复，立即就要带着自治会的学生去找商会讨个说法。

面对突如其来的事件，朗宁同样大为震惊，但很快又冷静下来。他感觉事情好像并不那么简单，尽管明眼人都知道是他们干的，但此时去找他们理论并非上策。那帮家伙十分狡猾，一个证据不足就能让我方陷入被动。那样不仅解决不了问题，而且极易造成难以控制的群体事件。朗宁心里明白，现在就是扔个火星，也会在群情激愤的学生中引起爆炸。

该如何处理这种极为棘手的事件呢？朗宁在脑海里紧张地寻思着对策。情急之下，他想起了张联升。他告诉董曦鬈，眼下也许只有请那位张大人出面才能帮忙摆平了。

张联升何许人也？乃手握重兵权倾襄阳的襄郧镇守使。他是天津宝坻县马家店烧角庄人，自幼家境贫寒，为谋生计，吃粮从军，因屡有军功，累获提拔。辛亥革命后，他在湖北陆军第九师师长黎天才麾下担任旅长，驻襄阳。后叛黎投奔驻鄂军阀吴佩孚，统陆军第十七混成旅任旅长，后又擢升为第五师师长。从 1918 年起，就被吴佩孚委任为襄郧镇守使，至此统领襄阳已达 8 年，是个不折不扣的"土皇帝"。

朗宁自从回到襄阳，就知道这个镇守使为襄阳办过不少实事，颇有一些声望。由张联升发起并督修的襄花公路，从老河口到随阳店以南花园之间横跨 200 多公里，成为打通鄂中至鄂西北的重要交通干线，接着破天荒地开办了襄阳第一家汽车公司。随后，他又筹资修筑了襄沙公路。这两条公路都是湖北最早的公路，为世人瞩目。1923 年 3 月，中华全国道路建设协会襄阳分会成立时，张联升被推举为该会名誉会长。

朗宁对张联升心生好感，还因他发现这个行伍之人比较同情学生。那是 1924 年 7 月，黄火青、左觉农、李实他们策动的一次震惊湖北的襄阳"二师学潮"。校长单家燊请求张联升派兵弹压，张联升同意派一个营的兵力前去监视和维护秩序，结果名为监视实则为学生提供了安全保护。也许从小没读过书的原因，张联升潜意识里有着对莘莘学子的爱惜。

朗宁当即决定，让董曦綝陪他一起面见张联升。

踏进镇守使的府邸，这在朗宁和董曦綝都还是第一次。这是一座并不奢华的院落，除了戒备森严，其他都与人们的想象大相径庭。简约、幽静，显得主人的朴素和内敛。

张联升对前来造访的朗宁颇为尊重，此前他虽然没有直接同这位洋校长打过交道，但对这个家族两代人对襄阳所作的贡献早有耳闻，心存感动。

二人一进客室，张联升就像招待老朋友一样，一边热情让座，一边招呼仆佣上茶，让人心里暖暖的。朗宁立刻消除了拘束，对这位铁腕人物更多出几分敬意。

二人刚刚落座，张联升就开门见山地问道："是为你们那几个学生来的吧？"温和的目光在二人脸上扫视了一遍。襄、樊二城发生的大事情，没有多少能瞒得过张联升的，原来这事他一大早就接到报告了。

"是的，镇守使大人是知道的，鸿文中学向来以教书育人为本，可首先是保护学生的人身安全。"朗宁暗自惊叹，镇守使不仅消息灵通，而且少见的直截了当，干净利落，一点也不莫测高深故作姿态绕圈子。

"会是何人所为呢？"

"除了商会还能有别人吗！他们的报复无非是杀鸡给猴看。他们仇视查抄洋货的爱国学生。"

张联升神情严肃地点了点头，"那你们的意思呢？"

朗宁也单刀直入地提出三个条件："一是商会要公开向学联道歉，并具结再不贩卖仇货；二是礼送被抓学生，从商会一直将鞭炮燃放到襄城昭明台；三是被打的学生由商会送至医院养伤，并负担全部医药费。"

董曦皙接着补充道："商会还要保证不与学生结仇。"

听完二人的意见，张联升怒目圆睁，刚才的和颜悦色一扫而尽，瞬间变得阴森杀气，大手在桌子上重重一拍，语气重重地向一旁的副官下达命令："先把打人的给我抓了，再通牒商会。鸿文中学的条件他们得统统接受，一件都不能少！"

其实，张联升也一直未忘八国联军的暴行和"二十一条"的国耻，五卅惨案再次激起了他的民族自尊，早就想教训一下商会那帮阳奉阴违的家伙了。

精于世故的张联升不禁对这位年轻的洋校长刮目相看。他们这是既要里子又要面子。里子是保障学生人身安全，面子则是继续扩大学生爱国行动的社会影响。

有了张联升的公开支持，日、英国货在襄阳得到强有力的抵制，也鼓舞了学生的爱国热情。

1926年10月，北伐军进占武昌，吴佩孚兵败北逃。经董曦曙、陆椿桥、张文伯、雷炳煜等人策反，张联升易帜，出任国民革命军独立第九师师长，使襄阳避免了一场战火，减少了北伐的障碍。张联升易帜后，襄阳的革命运动空前高涨，工会、农会、学生会各团体相继成立，打倒军阀，打倒列强，打倒土豪劣绅的口号响彻古城。共产党组织也公开了，董曦曙和鸿文中学的其他几名共产党员开会不再需要秘密进行，组织群众活动也可以轰轰烈烈大张旗鼓地开展了。

1927年1月，国共两党合作的广州国民政府，正式宣布迁址武汉。面对滚滚而来的革命洪流，西方各国驻武汉的领事团十分惶恐，纷纷露出狰狞的牙齿，他们的军舰在江面上游来荡去，甲板上的大炮也卸下了炮衣。接着就发生了震惊全国的"一·三惨案"，租界当局出动装甲车和大批海军陆战队，开枪袭击在汉口举行10万人反英游行示威大会的武汉各界民众。各界代表集会，强烈要求"严惩英国肇祸凶手""立即收回英租界"。武汉工人纠察队冲进英租界，巡捕房楼顶上升起了中国国旗。

1月5日，国民政府通过决议，收回汉口英租界。当天，"汉口租界管理委员会"成立，取消了治外法权。

英国驻汉口领事馆通知辖区所有英国人撤到上海。当时，被英国殖民的加拿大还没有国籍法，所有加拿大人都以英国人的身份持英国护照，在华的加拿大人受英国驻华领事馆管辖。

朗宁接到汉口英国领事馆的命令，和其他外国人一起撤离中国。但朗宁一时还不能马上离开，夫人英佳正重疾在身，朗宁觉得一家人住在樊城是安全的，打算等英佳病愈之后再走。

开春后，英佳的病情逐渐好转，朗宁一家准备撤离，几个滞留在樊城的传教士一起找到朗宁，请求结伴而行。那些人的汉语都不太好，怕路上遇到麻烦。

朗宁一行到达汉口，只见沿江的大街上，到处都张贴着"打倒帝国主义""收回英租界"之类的标语。往常随处可见的外国人此时几乎销声匿迹，他们的出现便显得十分扎眼。

几位随行的同伴个个神情紧张，提心吊胆。正在他们惶恐之际，突然身后传来一声大喊："打倒洋鬼子！"朗宁他们瞬间被愤怒的人群团团围在了中间。随之，"打倒帝国主义"的口号连成一片，激动的人群中有人挥起了拳头，几位同伴顿感大祸临头。

"你们说得对，就是要打倒帝国主义！你们在这里打倒帝国主义，我们回加拿大去打倒帝国主义，我们里应外合打倒帝国主义！"急中生智的朗宁突然挥动长臂，用不容置疑的口气高声喊道。他也确实早就打心底里赞成打倒帝国主义了。

激愤的人群一下怔住了，谁也没想到，这个白皮肤蓝眼睛的高个子洋人竟然是同中国人站在一边的，而且还是一口地道的本地话。当众人醒过神来之后，立即爆发出热烈的掌声。

3月底，朗宁他们乘坐的美国马西尼号终于驶抵上海，然后经美国旧金山到了明尼安纳波利斯，向路德教会汇报了在中国工作的情况后，携家眷回到加拿大阿尔伯塔卡姆罗斯。

可没过多久，就从襄阳的朋友那里传来骇人听闻的四一二反革命政变。让朗宁没有想到的是，正是那个曾经支持过学生运动的张联升，在事变后立刻变脸，大肆在省立二师、省立十中和鸿文中学，通缉并逮捕中共党员多人，还亲自指使，将他的学生、时任襄阳县农民协会主席的董振杀害于襄阳城西门外。

多年行走江湖的张联升惯于见风使舵，但恰恰又是这种反复无常的秉性让他身败名裂。尽管此人后来有拒绝出任日军占领山东的伪山东省主席，告老还乡宝坻带头减租减息等义举，却始终没能洗掉自己身上沾染的屠杀共产党人的血迹。

四一二事变之后，中共的活动被迫转入地下，鸿文中学也在宁汉合流的形势影响下停办了，鸿文中学的校名从此消失。1928年，鸿文中学复学之后，名称改为私立"岘北中学"。1952年襄樊市人民政府正式接管，更名为"湖北省樊城初级中学"，1956年被市政府定名为"襄樊市第一中学"。

朗宁回到加拿大后，就任卡姆罗斯路德学院的院长。不久，他又听到从中国传来董曦鬵被国民党枪杀的消息。

一位是莫逆之交的挚友，一位是最为看重的弟子，都血溅于国民党残酷无情的屠刀之下。二董的遇害，让朗宁心如刀割，痛惜无比。革命的中国刚刚出现了一线光明和希望，就再度陷入乌云密布血雨腥风的动荡乱世。他的眼里是泪，心在滴血，心情沉到谷底，深深的忧虑和伤感使他精神不振，健康不济，以至于很长一段时间都无法正常工作。中国的新生革命力量是否会因此夭折，这个饱受外侮内乱、苦难深重的民族，何时才能走出困境？

四、出使中国

1941 年 12 月，激起四海翻腾、五洲震荡的珍珠港事件，引发了太平洋战争，当初保守中立的加拿大政府也紧跟美国对日宣战。

朗宁在和英佳结婚 22 周年的时候，重新穿上军装，加入了加拿大皇家空军，被任命为皇家空军情报鉴定分析处处长，负责破译和鉴定日本帝国在太平洋地区的军事密码情报。他带领他的团队，夜以继日地为世界反法西斯战争紧张工作。他在骨子里依然深深眷恋着那片故乡的热土。他知道，在中国，襄阳也正遭受日本帝国主义的践踏和蹂躏，著名的抗日将领张自忠将军，就壮烈殉国于襄阳境内的十里长山。

1941 年底，作为太平洋战争的同盟，加拿大政府与重庆国民政府正式建立外交关系。1942 年 2 月，中国首任驻加拿大公使刘师舜在渥太华递交国书，这年 11 月 5 日，加拿大政府任命奥德朗将军为首任驻华公使。数月后，奥德朗来到中国的战时首都、世界反法西斯战争远东战区的指挥中枢重庆，加拿大驻重庆公使馆也开始运作。

1943 年 12 月 1 日，加拿大驻重庆公使馆被升级为大使馆，设

1942—1945 年，朗宁（二排中）在加拿大空军任情报鉴定分析处处长

在小河顺城街神仙洞的一座二层小楼里，奥德朗也同时升任驻华大使。

1945 年，太平洋战争临近结束时，朗宁负责的情报分析机构迁回首都渥太华。由于工作关系，情报部门同外交部门联系多了起来，朗宁同外交部副部长休姆·朗成了很好的朋友。他没想到，他人生最为重要的转折，即将从此开始。

一天，休姆·朗同朗宁谈起一件让他十分苦恼的事。加拿大同中国建交已经四年了，那里人手不够，奥德朗大使一直向外交部要人，希望能派懂汉语的人到重庆去协助他的工作。最近外交部费尽周折才物色了两个通过政审的人，但还不知道语言是不是过关。问朗宁能不能帮忙测试一下他们的汉语水平。

朗宁本来就热心快肠乐于助人，又是让他测试精通的汉语，自然不在话下。"在中国，南方话北方话，中原过渡的是湖北话。只要他们能听懂我的湖北话，到重庆工作问题就不大。我的老家同四川挨着，与重庆只隔着几座大山。"一说起故乡中国，朗宁便神采飞扬。

休姆·朗第二天就兴冲冲地安排了一个小型座谈会，让那两人用汉语同朗宁交谈。结果让朗宁大失所望，"他们不仅口语十分吃力，而且听力也非常有限，这个水平是没法同中国人交流的。"他不无遗憾地建议休姆·朗重新挑选。

重庆那边的奥德朗早就等不及了，隔三岔五地来电催着要人，而外交部却迟迟给不出答复。负责此事的休姆·朗一筹莫展。撒网式的筛选倒是又挑来几拨儿，但不是语言不行，就是其他条件的审查没能在外交部获得通过。

心情沮丧的休姆·朗，那天不知触碰了哪根神经，为自己突然冒出的灵感激动得跳了起来，懊恼自己怎么就没想到身边的朗宁呢？他可是出生在中国，一口地道的汉语，而且有多年在中国生活和工作的经历，一个十足的"中国通"，没有谁比他更合适的了。

突发奇想欣喜若狂的休姆·朗，兴冲冲地去找部长，极力推荐朗宁出使中国。部长对朗宁的条件十分满意，毫不犹豫地就表示同意。

刚为办成这件大事万分得意的休姆·朗，这会儿猛然惊出一身冷汗。原来只顾自己激动，却忘了这事该先给朗宁打个招呼，征求下意见。万一遭到拒绝，人选落空，部长那边没法交代，自己可就骑虎难下了。远涉重洋，到刚刚历经炮火战乱创伤的地球另一端中国去工作，条件艰苦自不必说，而且按外交部规定还不能携带家属，这无异于让一个年过半百的人放弃温暖的家庭，牺牲本可享受的天伦之乐。他会同意吗？

事已至此，休姆·朗不得不硬着头皮拨通了朗宁的电话："嗨！

切斯特，部长打算把去重庆的这个重要机会留给你。在外交部看来，没有谁能超越你的条件了。"这个休姆·朗还真有一套，试探性的请求从他嘴里出来，竟然变成了莫大的荣耀和激励。

"真的吗？我的老伙计，那可太好了！"听出电话那边的惊喜，休姆·朗这才长长地舒了口气。他应该庆幸，朗宁自18年前离开中国，从来就没放弃过重返中国的梦想。

朗宁揣着一颗激动的心，一回到家里就兴冲冲地把这个意外的消息告诉给妻子英佳。可令他没想到的是，一向温柔娴淑的英佳却面露难色，几个孩子也都强烈地表示反对。

朗宁在皇家空军情报部门工作的那几年，一直居无定所，也很少顾得上家。直到战争胜利的几个月前，英佳才带着几个尚未成年的孩子，从西部的卡姆罗斯来到渥太华。刚刚团聚，又要分别，而且将是长久的、遥远的别离。

但几十年的共同生活，英佳太了解朗宁的执着和对故乡中国的深情，从朗宁那张兴奋得像个孩子般的脸上她就知道，此时的任何阻拦都没有意义了。

英佳轻轻地叹了口气道："看来是留不住你的。我知道，不管走多远离多久，你心里总是装着你的那个中国故乡！"

英佳淡淡的一句话，不经意间触碰了朗宁内心最柔软的地方。他不觉心头一热，一股热流在眼眶里打着转转，是呀，自己也说不清楚，虽然多年过去了，可只要想起遥远的中国故乡，心里就暖暖的、酸酸的，就不由自主地涌出一种不可名状的亲切和眷恋。

这时，朗宁想起远在伐尔哈拉的父亲，愧疚自己一直忙于工作，已很久没有去看他，自己对家人的亏欠实在太多了。朗宁决定在远行之前，带着家人，去看望年迈的老父亲，把即将重返中国的消息告诉他，向老人家作别。

山峦起伏，林海雪原。虽是十月，这里已冰雪覆盖，哈尔沃居住的那座北欧风格的阁楼在雪光映照下闪闪发亮。

朗宁一家人和哈尔沃围坐在壁炉前其乐融融，炉火正旺。哈尔沃听说儿子就要重返中国，高兴异常，父子共同回忆起当年那些难忘的往事。一谈起这个，哈尔沃那双浑浊的老眼立刻焕发出奇异的光彩，话也多了起来。虽然昨天发生的事他都记不清了，但对遥远的过去却历历在目，如数家珍。他以年轻时曾在中国工作为自豪。他把自己最好的年华留在了那里，他和夫人汉娜不仅在樊城养育了7个孩子，而且最大的成就感就是在那里开创了基督教鸿恩会，还创办了那里第一所新式学堂和最早的西医医院。

墙上挂着许多发黄的老照片，老眼昏花的哈尔沃丢开手中拄着的拐杖，颤颤巍巍地起身取下其中的一个相框，相片是当年老樊城的那张"全家福"。

从发亮的相框可以看出，这是经常被主人取下端详的，但此时的哈尔沃好像还是生怕相片沾有浮尘，一边用他那双枯槁的手在上面轻轻抚拭，一边问道："切斯特，你还记得我和你妈妈是什么时候去的中国吗？"

朗宁答道："这还能忘！那是一千八百九十一年，我还没出生呢。"

哈尔沃指着相片上的人，一个个念叨：看，这是你们的妈妈，又对着孩子们，你们的奶奶。这个是……孩子们好奇地围在一起观看。

哈尔沃抬眼对朗宁说："切斯特，这次再去中国，可别忘了回樊城，看看你的母亲，还有那里的老街坊、老朋友们，说我想念他们。"

朗宁不住地点头应诺着，心里却禁不住泛起一丝丝伤感，眼里涌动着酸酸的泪花。当年英姿勃发、气宇轩昂的"老胡子"，如今年过八旬、耄耋迟暮，真正成了腰身佝偻、步履蹒跚的"胡子大爷"。哥哥早已不在，弟弟泰尔白特远在美国做他的传教士，几个妹妹都远嫁异国和他乡，自己也很少回来陪他，已很久没有谁能坐下来倾听他那些充满传奇的中国故事了。自己马上又要远涉重洋，不知什么时候才能再回来陪伴父亲。

朗宁告别父亲回到渥太华时，外交部已协调皇家空军和相关部门，为他办好了军人退役和外交部文员入职手续。接着是接受外事工作培训，学习签发、保管公文档案，怎样把电码加密、解密，怎样办理护照和签证，以及中国国情、加拿大外交政策等基本知识教育。

11月9日，朗宁踏上前往中国的行程。为了节省远洋轮船漫长的海上航程，他被安排从蒙特利尔乘坐空军"解放号"运输机起程。由于太平洋战争的影响，加拿大和美国当时都没有直飞中国的航线，飞机只能绕道欧洲，经过多个国家换乘，数次转机，才能到达中国。

11月24日，朗宁在印度加尔各答转机时要作短暂停留，在机场安排的旅馆里等待飞往中国航班的机票。让他没有想到的是，在即将踏上中国领土之前，竟然与中共高层重要人物董必武和他的随从章汉夫奇遇。

董必武是湖北红安人，他对能在异国他乡听到一个外国人如此地道的湖北家乡话大为惊奇。亲切的乡音，一下子拉近了双方的距离。董必武知道了朗宁此行是到重庆的加拿大驻华使馆赴任，对他出生湖北襄阳和在那里工作的经历表示浓厚兴趣和赞赏。朗宁得知

朗宁与董必武亲切交谈

董必武他们是刚从美国旧金山参加联合国成立大会回国。从国际到中国国内，共同关心的话题就多了起来，正是这次奇异的邂逅，重新开启了朗宁对中国时局的认识之门。

早在 1942 年，正对德、意、日轴心国作战的中、美、英、苏等 26 国代表，在华盛顿敦巴顿橡树园签署了一份共同宣言——《联合国宣言》，提出在打败法西斯以后，要建立一个维护世界和平与安全的国际组织。

随着世界反法西斯战争接近尾声，1945 年 2 月，由同盟国参加的雅尔塔会议，又进一步讨论了成立联合国的问题，并决定同年 4 月 25 日，在美国旧金山召开联合国制宪会议。

这个国际关系史上规模空前的盛会，如期在旧金山大歌剧院隆重召开，大会的中心议题是筹备联合国的正式成立，制定《联合国宪章》。参加这次联合国制宪会议的，除了中、美、苏、英四个发

起国外，还有《联合国宣言》的签字国以及在会议期间被接纳的共
50个国家。董必武作为中国代表团的中共代表，第一次公开出现
在国际政治舞台上。

朗宁纳闷地问，当年离开中国时，国民党大肆捕杀共产党。虽
然国共合作取得抗战胜利，但最近从外交部的业务培训中了解的情
况是，国民党与共产党的关系比较紧张，蒋介石的国民政府代表团
里怎么会给中共留有席位？

董必武不无嘲讽地告诉他，蒋介石大人才没有那么大方呢！原
来中国代表团的组建颇费了一番周折。

蒋介石一手包办中国代表团的组成，想完全由国民党充任，把
中国共产党和民主党派排除在外。

1945年2月18日，毛泽东表示，"旧金山会议，我们需与民
主同盟联合提出要求"。同日，周恩来致电美国驻华大使赫尔利，
指出参加旧金山会议的中国代表团应包括国民党、共产党和民主同
盟，并具体要求三方各占三分之一的名额。中共方面拟派周恩来、
董必武、博古三人为中共代表参加代表团，但遭到国民党政府的
拒绝。

1945年3月，回到重庆的中国驻英国大使顾维钧博士，从国
家和民族的利益出发，在国民党高层展开了广泛的游说，力主扩大
代表团的政治基础和规模。这位当年作为中国代表，拒绝在有损中
国主权的《凡尔赛和约》上签字的职业外交家，有着很大的影响
力，蒋介石不得已作出一丝松动，但仅同意增派一名妇女代表和一
名无党派代表作为顾问参加会议，邀请无党派人士金陵女子大学校
长吴贻芳和曾担任过中国驻美大使的胡适出任代表。

之后，国民党为了进一步孤立中共、分化民盟，同意与国民党

比较亲近的几个党派代表参加。但此时这几个党派坚持与共产党同进退而拒绝加入。

在这种情况下，国民党内定了参加制宪大会的中国代表团名单，包括宋子文、顾维钧、王宠惠、施肇基、胡适、魏道明、胡霖、吴贻芳共 8 人，完全排除了中共和民盟的代表。

美国总统罗斯福出于对国共合作共同抗日的考虑，致电蒋介石，用委婉的外交辞令对其施压，表示中国代表团中应该包括中共代表。蒋介石不得不在最后一刻被迫让步，选择顾维钧推荐的"通晓国际事务"的董必武作为中共方面的代表，时任《新华日报》总编辑章汉夫作为秘书随同前往。这是国共唯一一次共同组团参加的重大国际会议。

朗宁对蒋介石的作派一点也不觉得奇怪，他告诉董必武，1927年他离开中国的时候，第一次国共合作取得了北伐胜利，但随后就发生了"清剿"共产党的四一二事变，他的几个共产党朋友都被杀害了。

董必武心情沉重地说，第二次国共合作，取得了抗战胜利，但接下来会是什么情况目前还很难说。

章汉夫为了缓解沉闷的气氛，转换话题向朗宁聊起这次会议中的新闻轶事。

在这次国际会议上，中国代表团着实露了风采。6 月 26 日上午在旧金山退伍军人礼堂举行的《联合国宪章》签署仪式上，各国正式代表逐一在中、英、俄、法、西 5 种文本的宪章上签字。按照四个发起国的英文字母顺序，中国是第一个在宪章上签字的国家。

中国代表团签字用的是具有中国特色的墨、砚和毛笔。每个成员分别在宪章上庄重地签上了自己的名字。最引人注目的是女博士

董必武在《联合国宪章》上签名

吴贻芳和中共代表董必武，前者是第一位签字的女代表，后者是一位有传奇经历的老者。各国代表团回国前夕都得到一套特制的纪念卡，其中有一张就是董必武签字时的照片。

会议期间，中国代表团还举办了一场记者招待会。事先大家约定不谈内政，用"我是中国代表，代表中国"来统一声音。

朗宁紧接着问道："是否可以认为，旧金山会议的成功，有助于造成中国政治上更大的团结与和谐呢？"

董必武若有所思地沉吟了一下："可能，但不是直接的影响。"

章汉夫说，中共与国民党的政治分歧很大。比如国民党政府刚同苏联签订的那个《中苏友好同盟条约》中声明：中苏共管长春铁路三十年，旅顺为共享海军基地三十年，大连为自由港，等等。我们认为这是一个丧权辱国的条约，迟早要废除它。

朗宁敏锐地觉察到，国共关系的矛盾非同一般，既有过去的，又有现实的。双方关系将是决定未来中国前途和命运的核心问题。

午夜时分，朗宁和董必武他们一起乘坐中华航空公司的一架道格拉斯 C-54 飞机从加尔各答起飞，飞越世界屋脊喜马拉雅山脉。

晨曦微露，飞机降落在昆明机场。朗宁和他的湖北老乡在美军营房吃过早餐，在接近中午的时候一起向重庆飞去。

朗宁从飞机的舷窗俯瞰着脚下，那是一片一片伤痕累累的土地。他的心情十分复杂，即将面对的一切，是那么的充满未知。

五、重庆迷雾

雾锁重庆，月迷津渡。

1945 年 11 月 26 日，朗宁和董必武他们乘坐中华航空公司的飞机，在远离山城重庆 20 多公里的白市驿机场降落。天空飘着细雨，巴山蜀水一片朦胧，这使雾都重庆更加蒙上一层神秘的面纱。

机场的班车把他们送到美陆军司令部之后，朗宁便与董必武和章汉夫握别，登上早已等候在那里的加拿大使馆的轿车。

司机老廖是位热情的中国人，他驾驶着那辆车首挂着一面小小英国商船旗的小车，在山城高低起伏蜿蜒曲折的街道上穿行，最后把朗宁送到了神仙洞街 97 号，这里便是加拿大使馆了。

满头银发的奥德朗大使喜出望外，紧紧握住朗宁的手说："你可算来了，从外交部电告你出发的那天起，我们都在掐着日子盼呢。"接着，他将使馆另外几位工作人员一一介绍给朗宁。除了武官比尔·伯斯托克，其他都是中国人，四个英文秘书和负责使馆勤杂事务兼司机的老廖。

加拿大使馆未设参赞，朗宁直接被任命为一秘，职责是秉承大使旨意，办理外交事务以及文书兼外交顾问。在大使离职期间，作为临时代办代理馆务。

晚上，奥德朗特意安排厨师多加了几个菜，使馆全体人员一起为朗宁的到来举行欢迎晚宴。大家都为朗宁的到来高兴，这位新来的外交官不仅气质儒雅，而且一口地道的汉语幽默风趣，几位中国雇员不时发出开心的笑声。奥德朗十分满意，虽然听不懂他们在说些什么，但这气氛已让他深受感染。

朗宁的宿舍被安排在二楼临街的房间。这是一栋土墙瓦盖的二层小楼，没有暖气，土墙百孔千疮，风紧处，寒气浓，丝丝啸叫更增加了几分入冬的冷意。

窗外一片嘈杂，朗宁新奇地推开那扇凸出墙外的窗子。窗下可以看到逼窄的神仙洞街景，昏黄的街灯在寒风中摇曳着，忽明忽暗。敞着门面的火锅排档弥散着麻辣香气，滚开冒泡的黑铁锅中放置的九宫格铁皮隔栅清晰可见，矮矮的长条凳上围坐的一簇簇各色人等，旁若无人地大声说笑，那语调唱歌一般悠扬悦耳。朗宁暗自高兴，还好，与襄阳的发音差别不大，没有一句听不懂的。

宿舍的条件十分简陋。一个老式三抽屉桌，一把直背硬木椅，一只陈旧的立柜，再加一张由几块木板拼接的架子床，构成了朗宁生活的私人空间，木质的楼板人走在上面发出咚咚闷响，四周的墙壁糊贴了半人多高的草纸，显得屋子里干净了许多。他很满足，不管怎样，这就是新家了。

第一天晚上，朗宁由于连日旅途奔波十分疲惫，睡得很沉。次日早上醒来，皂盒里的肥皂被老鼠啃得乱七八糟，皮鞋和袜子也不见了。朗宁光着大脚丫子在冰冷的地板上四处寻找，结果鞋袜都被拖到床下墙旮旯的老鼠洞口。他惊奇晚上这么大的动静竟一点儿也没听见。

次日，他将老鼠夜袭的事告诉奥德朗，说这里的耗子怎么如此猖獗。大使听后哈哈笑了起来："这算什么，前几年每天能见到三四十只，它们成群结队，胆大到敢在你的面前迈开方步，现在剩下的不过是几个散兵游勇了。"

"这是为什么呢?"朗宁头皮发麻，一脸惊愕。

"那时候常遭空袭，重庆的防空洞人满为患，挤得老鼠们都没地方住了。现在人们不用再挤防空洞，那些老鼠们也回家了嘛。"

此时，抗战虽然已取得胜利，但战争的巨大消耗和创伤却难以

抗战胜利后
的山城重庆

得到恢复和抚平。重庆的城市基础设施遭到大轰炸严重破坏，不只是经常断电，城市用水也得靠人工到城下的江里去担。经济环境恶劣，物资极度匮乏，官员生活近乎赤贫，普通民众生活状况更苦不堪言，就连一些党国要人出行，也往往因为没有交通工具而不得不步行或者坐滑竿。

到重庆头一周，浓雾和乌云一直锁着天空。12月4日，第一次见到阳光的朗宁十分兴奋，写信把这里的情况告诉远在加拿大和美国的亲人。他怀念起阿尔伯塔明媚的阳光，那里的冬天虽然比重庆气温要低很多，但比起这里的阴冷潮湿，却要好过多了。

朗宁作为一个外交新手，又初来乍到，一切都得重新适应和了解。奥德朗大使是一位行伍出身的将军，但不时也会亲自动手写一

朗宁（前）担任加拿大驻重庆大使馆一等秘书，后排中间是加拿大大使奥德朗将军

些关于中国问题的观察分析文章。为让朗宁尽快熟悉中国的情况，他常把这些文章送给朗宁看。其中，有篇《榨油水》让朗宁印象颇深，并被他保存下来。文中这样写道：

最糟糕的是，普遍缺乏公众信用，即使在高层。

"榨油水"是中国的特点，外国人和中国人都嘲笑它，仿佛是一种可笑的中国方式，而不是一种恶劣的欺骗。若是榨油水只停留在低层的穷人之间，倒可以一笑置之，可惜并非如此，一直到上层都榨油水。

部队军官薪水太低，如果想活下去，无可奈何，就只能榨自己人油水，欺骗政府。这种情况政府的人个个心知肚明，包括最高层人士，而且默许。

跟弄虚作假一起的还有完全无效率和事实上的磨洋工。一个官员无所事事而照拿薪水，并不以为耻。整个的"哲学"都教导说，读书我不要做事，把指甲蓄得长长的；只有苦力才做事，才不蓄长指甲。受做事训练最多的是有学历的人，可最不情愿做事的人似乎也是他们。他们乐意做的是写条子和说话，而不是动手。

中国空军的飞机老往下掉，就是这个道理。年轻的军官受到全面的训练，觉得自己全明白了，不愿意在飞机上敲打，也不愿意监督飞机的保养，甚至连保养情况也懒得过问。等飞到天上，问题发现了，已经只能往下栽了。

仍然显示着中国效率水平的只有利率。农民借钱月息是百分之十，这并不意味着他们的收入足以保证偿还这种利率。不，实际上利息是从他们嘴里省出来的。

苦力和农民一样，在饥饿线上挣扎，没有人同情。他们干活，他们当兵。

有一则真实的报道，说是一个苦力因为挡了一辆没人坐的阔人的轿车的路，被警察狠狠揍了一顿，打断了两条胳膊。一大群人围观，却谁都无动于衷，因为那可怜人是个苦力。没有审判，因为没有必要，不过是个苦力而已。

肩负着重担，忍受着悲伤，承受着中国人的灾难的是苦力和农民，中国就是他们。

农民还需要生产更多的东西，还要给地主、银行家和政府送上更多的钱，也还要生出更多的孩子，因为他们需要孩子，众多的中国人还得在饥饿边缘挣扎，在慢性饥饿中苟延残喘。那就是说，如果没有怀着远见和卓识、对中国具有伟大无私的爱的领袖站出来，中国就得永远挨饿。

人群里的领袖此时在指引着中国之命运么？

透过奥德朗大使对中国时局观察和期待的笔端，朗宁读出的是同情和怜悯，是悲愤和忧伤。自1927年离开中国至今，除了战争留下的满目疮痍，似乎什么也没有改变。

对于奥德朗来说，抗战结束后的雾都重庆，虽然听不见隆隆的炸弹声，但中国的政治天空下，暗流涌动的各种力量风云际会，阻挡了他对中国时局的判断。他认为蒋介石愿意把中国引向西方式的民主，他把希望寄托给了那个"怀着远见和卓识、对中国具有伟大无私的爱的领袖"，却并不知道那篇蒋介石的《中国之命运》是由手下的文人代笔的。

而朗宁则用自己的思维方式来看待这个错综纷繁、波谲云诡的时政。在中国最具实力的国共两党之间，他更倾向于相信共产党的革命理念，国民党政府已是一架腐败的机器。

在抗战时期，重庆作为世界反法西斯战争远东指挥中心和中国战时指挥中枢，驻有世界反法西斯同盟美、苏、英、法、加、新、澳等30余国的驻华使节。塔斯社、路透社、美联社、合众社、泰晤士报、纽约时报等世界著名通讯社、报社，以及几十个反战国际机构、团体，也先后在重庆派驻，这里成为独撑东亚战局的国际外交舞台。

国民政府的"厂矿内迁""工业西渐"，来自华北、华东、华中地区关乎战时军需民用的上千家企业辗转迁渝，让重庆被誉为"中国战时工业之家"。

南京中央大学、中央广播电台、中央日报等中国著名高等学校、新闻出版机构和文艺团体相继移师重庆，成千上万名教授、学者、专家、科学家、艺术家和数万流亡学生会聚山城。

以周恩来为首的中共代表团和中共的机关报《新华日报》也进驻重庆，建立办事机构。

在这个战时首都，它的脉搏里曾经跳动着中华民族团结抗战的力量，此时仍然是关乎中国和平命运及前途的中心。

人们沉浸在欢庆抗战胜利的喜悦里，对和平充满希望。中共主席毛泽东亲赴重庆，在不久前的10月10日与蒋介石达成协议，签订了《政府与中共代表会谈纪要》。在这个被称为"双十协定"的文件里双方达成一致：尽快召开由国民党、共产党和民主党派参加的政治协商会议，停止国共两党的军事冲突，按照民主模式建立多个政党联合的政府。

但是，弹冠相庆的背后，却是内战阴云密布。蒋委员长是不会轻易放弃他的独裁专制的，更难于容忍共产党与之分庭抗礼。

就在"双十协定"签署之后墨迹未干的第三天，蒋介石发布进攻解放区的"剿匪"密令。他在重庆军事会议上暗地策划，打算在 6 个月内击溃八路军、新四军等解放区军队，然后分区"围剿"。此时国民党军队已在东北占领营口，进驻沈阳。

朗宁从重庆出版的代表着各种政治力量的报刊中发现，人民一致反对内战，要求解散现政权、建立联合政府的呼声很高。主张联合政府成立后削减现有军队数目，并置于联合政府领导之下。人们谴责美国干涉中国内政，要求美军撤出中国。舆论认为，如果中国的政治问题不解决，国共两党继续分裂下去，极有可能会成为美苏争斗的战场。

各国驻渝使馆，出于各自的在华利益，都希望中国在抗战胜利之后得到和平，休养生息，都在用自己的立场和观点，在最能影响中国和平命运的国共两党之间游说。朗宁经常在奥德朗大使与国、共方面的会见中充当翻译，并做他的政治顾问。

奥德朗在一次会见中共驻渝代表叶剑英时说："为了中国人民的利益，让现在正用子弹干着我们加拿大用选票干着的事的两支军队，联合成为国家军队，交由经过选举产生的政府控制吧。"

叶剑英很不客气地驳斥奥德朗："可蒋介石只认得武器，如果共产党放下武器，我们就会遭到其他反对党同样的命运，从肉体上被消灭。"

接着他反问奥德朗："你知不知道国民党特务在校园里杀害民盟著名党员，借以警告进步师生的事实？"

谈话的气氛紧张起来，朗宁赶忙打着圆场："共产党入主政府，对中国来说也许是件好事。"

朗宁清楚，奥德朗的许多观点是受美国驻华大使赫尔利将军的影响。两位将军大使常在彼此使馆间走动，就"中国之命运"交换意见。他们都对"伟大的委员长"领导下国共两党的联合抱有希望。在他们看来，要让中国在"民主和自由的世界"上保持安全，再没有别的路可走。

这一点在他参与的国共谈判中表现得尤为明显，赫尔利只是要中共单方面妥协，却不去向蒋介石施加压力，劝其让步。所以不平等的谈判屡屡失败也是意料之中。

抗战胜利后，中国面临一次实现国内和平的历史机遇，但同时又笼罩着国共内战的阴影。面对国共之间的复杂僵局，赫尔利作为西方盟主美国的大使，尽管在调停方面颇费了一番心机，却终难有所作为。因为美国政府执行的是扶蒋反共政策。

但他们又不得不面对中国的现实，中共及解放区军民在抗战中已发展壮大，国民党统治区也普遍有着反对内战的民意，这使得美国的选择有些摇摆不定。一方面援助国民党尽可能在中国广大地区确立其政权，另一方面又不得不力促国共双方进行协商，阻止发生大规模内战，以免自身卷入。

1945 年 4 月，美国总统罗斯福突然病逝，总统职位匆忙由哈里·S.杜鲁门接任。此刻，杜鲁门延续罗斯福的政策，正想方设法调停国共之间越来越紧张的关系。

不料，在这个重要的节骨眼上，深感无能为力的赫尔利突然向白宫递交辞呈，撂下大使的挑子走人了。

刚上任的杜鲁门措手不及，十分窝火，思来想去，只好恳请刚刚退役的乔治·卡特利特·马歇尔将军出马。这位在世界反法西斯战争中功勋卓著的前陆军参谋总长，享有广泛而良好的国际声誉。

杜鲁门选派马歇尔作为自己的特使确属迫不得已。因为他刚刚在白宫为马歇尔举行的告别军旅生涯仪式上才表过态："将军，你已经为国家做了这么多的事情，我不会在你退休以后再来打扰你的，你该好好休息一下了。"

没想到刚过 10 天杜鲁门就食言了。他给马歇尔打了一个恳切的电话："将军，你愿意为我到中国跑一趟吗？"他指望由马歇尔去说服中国政府召开包括各主要政党的国民会议，以实现中国之统一，同时实现停止敌对行动，尤其是在华北停止敌对行动。以蒋介石让出一部分权力，换取共产党交枪入阁。

就在朗宁来到重庆不久，马歇尔于 12 月 20 日抵达中国。他在与蒋介石磋商之后，便去找中共代表周恩来、董必武、叶剑英他们见面沟通。随后，又为调停营造氛围和环境，广泛接触了驻重庆的各界代表。

马歇尔斡旋了一圈后认为，国共两党的矛盾在于历史原因造成的互不信任。他提议成立一个由国、共和第三方美国代表组成的三人小组，来保持相互之间的沟通协调。这个小组最后由国民党政府的张群、共产党方面的周恩来以及美国特使马歇尔组成，任务是会商停止军事冲突、恢复铁路交通及有关接受在华日军投降事宜等问题。

为了争取各国使、领馆的理解和支持，国、共两方面也会主动同他们沟通交流，请他们参加一些活动。

有一天，奥德朗应邀到中华大学讲演，朗宁陪同前往并做翻译。当朗宁把大使演讲的最后一句译完之后，听众要求朗宁用汉语继续同他们交流。因为中华大学从武昌迁来，学生中多为湖北人，他们对这位洋人的襄阳口音太亲切了。

美国总统特使马歇尔将军来到重庆调停，组成国、共、美三人小组（前排右一周恩来，右二马歇尔，右三张群）

　　朗宁用一口原汁原味的襄阳话，讲述他同襄阳的渊源。他幽默的语言和浓厚的中国情结，引得台下爆发出阵阵掌声。当他讲到1927年离开中国，一群中国学生对他高喊"打倒帝国主义"的口号，他也赞成打倒帝国主义的那则故事时，学生们热烈鼓掌、欢呼。而坐在旁边的奥德朗大使却莫名其妙，不知道台下在欢呼什么。

　　忙碌的日子时间过得真快，转眼间日历就翻到1946年，朗宁已来重庆一个多月了。虽然时间不长，但有着中国生活工作特殊阅历的朗宁十分活跃，在重庆外交界已小有名气了。1月2日，朗宁意外地得到国民政府前财政部长孔祥熙的约见。

一个曾经的堂堂党国要员，充满神秘色彩的金融大佬，怎么会向一位新来的外交官发出邀请呢？纳闷的朗宁在赴约之前，颇费心思地对孔祥熙做了一番功课。

孔祥熙，这个山西太古走出来的商人，自称孔子后裔，信奉中庸之道，平时在国民政府内部，总是笑脸迎人，一副老好人的样子。人家同他说话，他总是"哈哈"以对，久而久之便得了个"哈哈孔"的绰号。由于与蒋介石的连襟关系，孔祥熙历任工商、实业、财政等部部长和行政院副院长、院长要职，主理国民政府财政达11年之久。

"蒋家天下陈家党，宋家姐妹孔家财。"孔敛财有道，成为四大家族的首富。表面上他对蒋介石唯命是从，但私下里却滥用公权，操纵公债投机倒把，大发国难财。为此，孔祥熙几乎和国民党高层的所有派系都发生过冲突。孔祥熙以权谋私，贪污腐败，在国民政府内外早就不是什么秘密了。因其在发行美金公债中舞弊，导致财政部长一职被罢免，只保留了中央银行总裁的头衔。

就在不久前的国民政府第四届参政会议上，孔祥熙再次遭到国民参政会参政员傅斯年等人的集体弹劾。迫于各方面一致要求罢免孔祥熙的压力，蒋介石不得不责令孔祥熙辞去中央银行总裁职务。这样，孔祥熙在国民政府内部的所有实权全部解除殆尽。

山城重庆，街巷狭窄，房屋错落。道路绕山盘旋，却往往是曲径通幽，别有洞天。沿着通往建文峰一条崎岖而上的林荫山路，司机老廖把朗宁送到半坡密林之中一幢十分气派的豪宅前。这座豪华的别墅便是孔祥熙的公馆孔园。

朗宁将自己的名片递给门房之后，很快便被家仆引进那座宽大的庭院。这是一座一楼一底中西结合式砖木结构的建筑，站在宽敞的阳台回廊上，能俯视半个山城。环境优美幽静，与城里的政府机关和政要官邸形成极大的反差。

朗宁穿过庭院，满院盛开虬枝盘曲的蜡梅，弥散着醉人的香气。

走进客厅，朗宁环顾四周。客厅用蓝色装饰，一个壁炉里烧着木炭，使整个房间充满暖意。几个厅房都装饰着细瓷大花瓶，铺着厚重华丽的天津地毯。正厅左侧厢房为孔氏书斋，墙的正面挂着孙中山的大幅画像，案几上摆着一尊蒋介石的大理石胸像。侧面挂着宋氏三姊妹以及孔二小姐会见美国记者的几张照片，房间布置华丽而儒雅，无不显示着主人的奢华和富贵。

朗宁坐在富丽堂皇的客厅里，品着仆人奉上的上等龙井，心中十分感慨。自从来到重庆，还从没坐过这么舒服的座椅，更没有喝过这么好的茶。

不多时，戴着老式眼镜，穿着缎子长袍裘皮衬里，外套黑色马褂的孔祥熙，缓缓从楼上走了下来。"哈哈"地与朗宁握手表示欢迎，胖乎乎的圆脸上一团和气。这种老式的中国绅士装束和儒雅的气质，给朗宁留下深刻印象。他虽然听说过孔在财政金融上干过许多不择手段的事，但一时却无法厌恶他。

赋闲在家百无聊赖的孔祥熙，曾经在加拿大有过一段短暂的生活经历。听说加拿大使馆新来一位活跃的外交官，而且能说一口流利的汉语，便生出见见面的想法。既可了解一下加拿大、美国的情况，也能打探那些外国人对中国时局，包括对自己的看法，还可以借以排解一下心中的郁闷。

孔祥熙得知朗宁的中国经历，兴奋地忆起他在朗宁还是孩子的时候就已进行横穿加拿大的旅行了。但大部分谈话，都在解释他为何不再繁忙，他的妻弟，那个雄心勃勃的宋子文已取代了他。抱怨国民政府那些人完全忘记了他在改革中国币制、建设中国银行体系、加大国家对资本市场的控制等方面所做的重大贡献。话里不乏牢骚。

轻松愉快的会见结束之后，朗宁起身告辞。尽管他一再客气地说"免送""留步"，这个老夫子却坚持要把他送到大院门外。这可是非同寻常的礼遇，如果是在孔祥熙下台的几个月之前，这几乎是不可能的。曾经门庭若市的高门楼孔公馆，随着孔祥熙实权丧失，现在门可罗雀了。

朗宁一边告辞，一边放慢脚步再次打量着这个充满雅趣的院落。一棵精巧的小松树长在长方形花盆里，松树枝叶形成伞盖，荫蔽了怪石突兀的几个假山岭，石缝里长着小巧的植物和绿苔。他想着，自己当年在襄阳时，游览过诸葛亮故居古隆中武侯祠，里面也有着这般清新雅静，从那以后再也没有见过这样令人入迷的庭院了。

孔祥熙确实是个有着新文化与旧传统深刻烙印的现代中国绅士。可今天的中国能养活这样的人吗？朗宁从心里同意共产党的意见：享有特权的少数富人的种种奢侈就是社会的负担，中国必须结束广大痛苦、贫穷的群众遭受的腐败和欺诈。

特使马歇尔确实无愧于他极高的国际声望，在他卓有成效的斡旋下，不过十来天时间，国共双方就重新回到了谈判桌上。

1月5日，国民政府代表张群、王世杰、邵力子，同中共代表周恩来、董必武、王若飞、叶剑英，对于停止军事冲突和恢复交通问题，经过几度商谈交换意见，最终达成了《关于停止国内军事冲突的协定》。

协定签字的当晚，周恩来邀请奥德朗和朗宁到周公馆做客。

坐落在重庆市渝中区中山四路东端曾家岩 50 号的"周公馆"，是八路军驻重庆办事处、中共中央南方局办公地之一，南方局军事组、文化组、妇女组、外事组和党派组均设在这里。"周公馆"依岩而建，一面临江，一面临港，两进院落，三层楼房，中西合璧。周恩来等中共领导人在此广泛会见、接待各界人士，为发展抗日统一战线、壮大进步力量、争取国际援助进行了许多卓有成效的工作。

会客厅的布置简洁而温馨，宾主只有四人，宴客的菜品也比较简约。周恩来与奥德朗在长方形的西餐桌上相对而坐，章文晋和朗宁坐在餐桌的两头，分别为周恩来和奥德朗做着翻译。

对于周恩来，朗宁 1922 年在北平接受汉语培训时就听说过。他从接触的中国学生，特别是留学过欧洲的学生那里知道，这是一个杰出的、埋头苦干的、精力充沛的革命青年。他在襄阳鸿文中学当校长时也听说，周恩来担任黄埔军校的政治部主任，负责新军队的政治教育。此时，他正在美国的斡旋下，代表中共与国民党谈判，希望弥合已遭破坏的联合阵线。

在朗宁看来，英俊洒脱、仪表严谨的周恩来有着学者气质和政治家风范。他说话声音悦耳，富有哲理，颇具说服力。他热情感人，真诚直率，没有丝毫旧式中国文人装模作样的客套。

周恩来与朗宁初次相见时，就对加拿大使馆这位新来的外交官颇有好感。这不仅是因为他有一口地道中国味儿的汉语，更重要的是他看问题比较客观，很有思想见地，而且言谈举止中透出对中国革命的理解和深厚情感。

周恩来在同奥德朗谈到国共两党关系时，发现章文晋翻译奥德朗的谈话时似乎有些降调婉转，便请朗宁再重新翻译一遍。原来，奥德朗又在老调重弹，试图说服共产党把军队交出来与国军合并，把中国应由什么政党统治的争论交给选票来解决。

周恩来神情严肃地说："道理是这样的。可是在中国，在蒋介石的集权统治之下，没有一个党能以非武力方式推翻蒋介石的专制政权。一个没有枪杆子的政党，是连机会的魂儿也见不到的。"共产党支持联合，但不会放弃武装。

不过，国共联合虽然依然渺茫，但那个协定给人们带来了短暂的消停。朗宁在一封家书中写道："最近的一天晚上，我听了重庆交响乐团的一个音乐会。我甚至还不知道这儿有这么个乐团。停了电，没有灯光，演奏人员两人一支蜡烛。砖瓦建筑加水泥地板，完全没有共鸣，一切都对勇敢的音乐家们极为不利。据说他们的指挥在德国受过培养，天赋极高，演奏好得惊人。观众很多，几乎全是中国人，很能欣赏。竟然有那么多中国人学会了欣赏西方的交响乐，这叫我大吃了一惊。出门时我听到许多议论，都表示高度的赞赏……"

1946 年初，国民政府开始筹划还都南京，决定将重庆作为陪都直辖。这时，国民政府各大机关便开始忙于搬迁的事。

奥德朗也着人到南京设法租房，打算在国民政府还都南京后，能在那里拥有新的馆址。和那些较早同中国建交的国家不一样，1941 年才同中国建交的加拿大在南京没有馆舍。

这个时候在南京租房谈何容易。加拿大驻上海总领事馆人员奉命到了南京，但传来的消息总是让人失望。奥德朗又把武官比尔·伯斯托克从重庆派了过去，可几个星期过去还是没有着落。随着新年的迫近，奥德朗愈发焦急，因为如果开年后国民政府各大机关和各国使馆迁走，剩下加拿大使馆落在这里就会变成一个"孤岛"。奥德朗心想，看来要尽快弄到可做使馆的房屋，非"中国通"朗宁出马不可了。

一进入农历的腊月，山城过年的节奏就一天比一天快了，大街小巷的年味也一天浓似一天。这是重庆在抗战胜利后迎来的第一个春节，人们已有 8 年没有过到不用提心吊胆的大年了，此时像攒着劲儿要一下子弥补回来似的，男女老少无不心花怒放、眉开眼笑，挥洒着这略显奢侈的欢乐。

朗宁感受着这空气中弥散的特有的浓浓中国年味，不由得怀念起在老樊城过年时的欢乐时光。"有钱没钱，回家过年"，再长的旅途也挡不住回家的脚步，那是亲情团聚的期盼和义无反顾。一元复始，除旧布新，不只是全家老小新衣新帽焕然一新和大扫除，更多的是人们希望新年能够带来新的希望和命运转机，再穷的人家此时也会放纵一下平日的节衣缩食，弄上一桌像样的团年饭。敬天地诸神，是感念上天所赐之福，祭列祖列宗，是感怀先辈荫及子孙。大年是充满祥和的，络绎不绝的拜年人会家家走到，不断地重复着拱手作揖、"恭喜发财"，这既是相互祝福的"口彩"，也是化解平日心结的契机；新年又是疲惫身心的休整小憩，再赚钱的行当都会"关门大吉"。

在这个万家团聚的时刻，朗宁一种强烈的漂泊和孤独之感涌上心头。他多想回一趟久违的樊城老家，他答应过父亲去为母亲扫墓，他还想去给老街坊的邻居和朋友们挨家儿拜年。然而，此时他不得不受命飞往南京。

1946 年 2 月 2 日，中国农历大年初一，朗宁带着一辆吉普车，乘美军的达可他式运输机穿越三峡，沿着奔腾的长江一路东去。

六、钟山风雨

南京，这座曾经虎踞龙盘的南国府都之城，历经战乱和沦陷，此时还是满目疮痍一片萧索。

当朗宁和他的吉普车抵达南京孝陵卫机场时，加拿大使馆武官伯斯托克已在那里等候。伯斯托克满脸沮丧地告诉朗宁，此时要想在南京找到一幢像样的房子实在太难了，日本人不仅炸毁了城市，破坏了房屋，幸存下来的房子许多连供电供暖设备也被拆走，奔波了几个礼拜，至今一无所获。

他们只好暂时先在尚存的原英国使馆落脚。但有了交通工具，加上朗宁这个"中国通"，一切都要方便多了。他们驾着吉普成天在南京城里往来奔波，四处打听每幢出租或者出售的房屋的信息。

抗战结束，南京大街上的车辆很少，行人也很少，相反日本人的比例却很大。让朗宁感到十分惊讶的是，那些曾经在中国烧杀抢掠等待遣返的日本战俘，并没有受到劫后余生的南京民众的严厉报复。他们在街头溜达，好像不是俘虏，而是客人。有时他们也去扫扫大街，还用白纱布将鼻子和嘴捂得严严实实的。

南京执行的是蒋介石的"以德报怨"政策。作为当时中国的最高统帅，蒋介石在他的《抗战胜利告全国军民及世界人士书》广播讲话中说：我们的"正义必然胜过强权"的真理，终于得到了最后的证明……此次战争发扬了我们人类互谅互敬的精神，建立了我们互相信任的关系，而且证明了世界战争与世界和平皆是不可分的，这更足以使今后战争的发生势不可能。我说到这里，又想到基督宝训上所说的"待人如己"与"要爱敌人"两句话，实在令我发生无限的感想。我中国同胞们必知"不念旧恶"及"与人为善"为我民族传统至高至贵的德性。蒋的这个讲话，成为后来中国政府不予追索日本战争赔偿的基调。

在南京，对美国、英国等无人不晓，却没有几个人知道还有个国家叫加拿大。朗宁便找来笔刷和油漆，亲手在吉普车两边的车门上，用中文写上"加拿大国"四个大字。不愧当年鸿文书院的写字功底，规整的楷体字十分漂亮醒目。朗宁围着车子自我欣赏一番，得意地跟伯斯托克说，这下准能起到宣传加拿大的作用。

朗宁除了为加拿大使馆寻找合适的房屋之外，还有代表加拿大外交部与中国外交部、南京市政府和中国军队司令部洽谈的任务。他曾应邀到国民党陆军总司令何应钦家做客，同南京市市长马超俊共进晚餐。朗宁得知，马超俊是民国历史上担任南京市长职务时间最长的一位。而那位代表中国政府在南京军校大礼堂接受"中国战区日本投降"的何应钦，为保持南京中山陵的神圣和庄严，刚刚下令焚掉了大汉奸汪精卫的陵墓。

有了与这些政府高层的交往接触，找房子的信息也就更加灵通。朗宁他们终于在天竺路3号和西康路21号租下两个合适的院落。

大使馆可设在天竺路那边，院里有一座三层楼，还有一个池塘。西康路 21 号是原汪伪政府外交部礼宾司司长的私宅，破坏得不算严重，简单维修便可做大使官邸。当朗宁把这个消息报告给重庆的奥德朗时，大使在那边兴奋地表示，一定会把这份重要功劳记入朗宁业绩簿，报告外交部。

两处的房子整理好后，朗宁与伯斯托克商量，要确立加拿大使馆在南京的地标性标识，得举行一个正规的国旗升旗仪式。但是，该选择哪种旗帜作为国旗在这里悬挂呢？

加拿大是个年轻的国家，作为英国在海外的殖民地，它的国旗通常采用的是英联邦旗，也就是人们熟悉的蓝底红色米字旗，在重庆的加拿大大使馆也不例外。朗宁想起刚到重庆使馆时小车接他的情景。在国内时没觉得，而在中国的土地上，坐着飘扬英联邦旗的车子到加拿大使馆赴任，总有种说不出的别扭。这很容易造成人们对加拿大与英国之间的混淆，难怪许多人只知道英国而忽略加拿大的存在呢。

一直处于英国殖民与独立自主矛盾之中的加拿大人认为，英联邦旗实在无法反映加拿大的元素特征，后来便出现了一种加拿大红军旗。这种红军旗是从英联邦旗脱化而来，其中标志着英联邦的米字被挪到左上角，右下方加入了具有加拿大标识的盾形徽章。红军旗虽然从来没有被正式确立为国旗过，但在后来的"枫叶旗"被正式确定为国旗之前，一直是加拿大人最喜欢使用的国旗替代品。

奥德朗采纳了朗宁的建议，同意在加拿大驻南京大使馆采用红军旗作为国旗。

3 月 7 日，朗宁和伯斯托克在天竺路 3 号举行庄重的升旗仪式。朗宁对于这个重要的日子十分激动。他在儿时就常常欣赏历史书上的插图，对那些伟大的探险家或者征服者高举起旗子，昂首挺

1946 年 3 月 7 日，朗宁（升旗者）在南京天竺路 3 号升起加拿大国旗。加拿大驻重庆大使馆即将迁至这里

胸宣布出自己的远大志向非常崇拜。而今天，自己也将亲手升起一面旗帜，而且是代表自己的国家，在中国的首都升起第一面加拿大国旗。

这天一大早，预约的理发师就来了。为了举行升旗仪式，朗宁和伯斯托克好好地洗头、理发、刮脸，就像中国人进行重要祭祀活动之前需要净身一样，把自己收拾得清清爽爽、精精神神。这是他们几天前就计划好了的。

就连请来的勤杂工也深受感染，他们都欢欢喜喜地带着节日般的喜气，把院子打扫得干干净净。

9 点升旗仪式开始。朗宁把相机架在一个合适的位置上，打开自拍开关，快步跑到旗杆下，双手用力抛展旗幅，然后拉动绳子，缓缓地将国旗升向杆顶。武官伯斯托克面向国旗敬礼，几位中国雇员也对着冉冉升起的国旗行注目礼。相机记录下了这一庄严的时刻。

3 月 15 日这天晚上，朗宁在西康路 21 号举办了一场招待会。他像好客的中国人一样，喜欢用请客的方式表达谢意。

国民党政府外交部、最高司令部外事处、南京市政府代表应邀前来。英国、美国、法国、荷兰、墨西哥、土耳其和苏联等国的先遣人员，联合国救援总署驻南京代表，也都如约前来庆贺。

经过一个多月的奔波，朗宁总算完成了大使交给他的任务。闲暇时光，他和伯斯托克常去郊外散步。

他发现，南京也许是世界上少有的能在城区内饱览田园风光的大城市。在古老的城墙内，街衢里巷与田畴阡陌相近相依，为城市生活平添了诸多异趣。

走出西康路不远，麦田已郁郁葱葱。他们走近村边一处农舍，主人正在用铡刀铡草，朗宁便和他们攀谈起来，引来许多村民来看热闹。这些村民不知道世界上还有一个叫加拿大的国家，对这个从不知名国家来的朗宁能说一口流利的中国话，感到非常惊讶。这让朗宁十分开心，他骨子里面就喜欢同老百姓打交道，觉得这样才更容易与人亲近接地气，入乡随俗。

在南京的这段日子，朗宁有一种突然被切断了跟政治神经中枢联系的感觉。在重庆，几乎每个人，尤其是到加拿大使馆来的人，都在讨论中国新出现的形势，可以感到一个大国的政治脉搏的跳动。反映各种不同政治意见的人，都扔掉了习惯性的保护外壳，以最坦率、最友好的态度讨论对政策和形势的看法，对未来充满信心。

而在南京，却产生了一种政治上的隔离感，这种感觉从外国人群体扩散到中国的政府机构。能引起普遍兴趣的话题，似乎永远只是住房、租金、房东、违约，成功住进租好的房屋或是失败，对重庆当局的兴趣随着与那权力中心距离的拉大而迅速减弱。

由于国民政府外交部在 4 月才能迁往南京，奥德朗还要在重庆待上一段时间。朗宁刚把南京馆舍的事务办妥，奥德朗就催促他尽快返回重庆。他已成为奥德朗最可依赖的臂膀，使馆搬迁之前，还有许多麻烦事等着他过去处理。

4 月 4 日，朗宁搭乘中华航空公司班机经汉口回到重庆。离开两个月，重庆的天气已由阴冷变得湿热了。

在马歇尔将军斡旋下达成的停战协定，随着大自然的升温而面临崩溃。内战的爆发力在迅速聚集，特别是在东北。

4 月 9 日晚上，朗宁陪同奥德朗受邀参加了周恩来和夫人邓颖超的晚宴。

席间，一位陌生的客人引起了朗宁的关注，他就是根据国共双方的"双十协定"才被释放出狱不久的廖承志。脸色苍白、身体虚弱的廖承志对他说，自己因政治观点，被国民党监狱单独监禁的两年零八个月，没见过阳光。因为他的父亲廖仲恺曾是著名的国民党元老，他后来被带到蒋介石面前。蒋要求他跟国民党合作，并以高官许诺，否则，将让他重回监狱。结果，他选择的是监狱。

朗宁不禁对廖承志这样一些共产主义的忠实信徒肃然起敬。他告诉廖承志，在他担任校长的鸿文中学，同事和学生中的一批革命分子，也像他一样，忠于自己的信仰，即使牺牲生命也在所不惜，而他向来是支持他们的。

两人谈话相当投缘，廖承志答应，如果有机会他会把全部经历告诉朗宁。

朗宁也同廖承志谈起自己的看法：中国现在的局势不容乐观，在国民党中有一股强大的势力，他们不会放弃武力和权力，他们惧怕国共两党最近签署的协定的影响，正在利用它的力量去搅乱一切，即使这意味着可能爆发内战。

4月23日，奥德朗带着使馆的几个工作人员按原计划乘飞机去了南京。这天下午，南京使馆正式开馆，重庆馆同时关闭。

使馆的一些大件办公家具无法空运，得等长江丰水期时用轮船运送。朗宁被奥德朗留下来负责将它们分装打包，做着搬迁之前的准备和处置使馆房屋的善后事宜。

一天，朗宁接到一位朋友的邀请参加一个宴会。去了之后才知道那是冯玉祥的一些朋友为他即将赴美考察水利饯行的，朗宁是桌上唯一的外国人。

冯玉祥是一位基督将军，因生活简朴又被称为"布衣将军"。他说话通俗易懂，不咬文嚼字，大家都能听得很清楚明白。朗宁激动地告诉冯玉祥，这已是他第二次亲眼见到尊敬的将军了。

冯玉祥温和地故意问道："那第一次是在哪里呢？"

朗宁回答说："将军还记得1922年夏天的北平阅兵吗？您在南苑阅兵场上用麦克风对几万士兵进行'教理问答'式训话，使用的是军队那种铿锵的真正单音节词呢。"朗宁总是很善于寻找切合点来拉近双方的感情距离。

一脸长者慈祥的冯玉祥笑着说："是啊，一晃就是二十多年。当时请了你们几个在北平学习的外国人观摩，你的个子最高，那时还是个小青年呢。听说你来了重庆，我才让他们请你的。"他对这位刚来重庆不久就在外交界小有名气的加拿大外交官印象很好。

略显沉闷的气氛在热烈的交谈中变得活跃起来。朗宁真诚建议,如果到美国考察水利,建议顺便到加拿大去一趟。加拿大这些年大力普及水利发电,经验可以借鉴。

事后,朗宁发现东道主夫妇和那天所有的客人都是有着反蒋情绪的。原来蒋介石担心如果联合政府一旦成立,马歇尔就会坚持总统选举,冯玉祥的威望又高,极有可能成为自己的竞争对手,便找了个"考察水利"的借口,用"特派考察水利专使"的头衔,要把他打发到美国去。

5月21日,朗宁与冯玉祥、"云南王"龙云等国民政府要员,同乘"民本号"商船驶离重庆。这艘"民本号"属于著名爱国实业家、"一代船王"卢作孚的民生公司。抗战中,这个长江航线最大

抗战时期长江最大的航运公司是卢作孚的民生公司,朗宁同冯玉祥、龙云乘坐这艘"民本号"前往南京

的私营轮船公司曾上演过中国版的"敦刻尔克大撤退"，用自己的船只，向四川抢运了150万人，100万吨货物，包括复旦大学、中央大学、金陵大学、武汉大学、山东大学、航空机械学校、中央陆军学校、国立戏剧学校等数十所学校，还有大量军工企业和军需物资。运送出川的军队共计270多万人，武器弹药等30多万吨。为保存当时中国的政治实体、经济命脉以及教育文化事业和夺取抗战胜利，做出过巨大贡献和牺牲。眼下的"民本号"就曾经遭受日本人的航空炸弹袭击严重受损。由于船尾炸了一个大洞，在修补时用了许多水泥，使得空载时船头高高翘起。装载时只有将人、货前移才能保持船体平衡。朗宁乘坐这艘伤痕累累的大船，经过8天的漫长航程，终于到达南京。

国民政府已于5月5日还都南京，各大机关和各国使馆都陆续复迁，南京立即变成了嗡嗡忙乱的蜂巢。彩旗处处飘扬，街道得到清理，树木也修剪了。中国士兵神气地行着军礼，慵懒的战俘和日侨，也被成千上万地派到城市中心修补街道，南京的生活节奏明显加快。

朗宁惊异地感到，几个月前刚来时，这个古老的城市似乎刚刚死去还魂。但现在街面上已走满了人，各种交通工具，从机动车到人力三轮、骡马车都很多，常常造成交通拥堵。

沿江一带的木船和汽轮在上货下货，港口一片繁忙。公共建筑在重新装修，商业似乎在以几何级数增长。

南京恢复迅速，也从这儿出版的报纸和期刊有所反映。既有国民党政府控制的，也有共产党办的，还有自称自由独立的，已多达十几种了。

南京显现了一时的繁荣。但是表面的繁荣之下很快暴露出经济秩序失控和物价乱象。朗宁给刚从美国军队复员的妹妹寄了一封信，邮费竟高达 1600 元，他惊呆了，这时的物价已从新年前后涨了上百倍。

抗战时期，中国市场禁止了银圆、铜圆流通，使用的货币有两种。一种是国统区以中央银行、中国银行、交通银行和中国农民银行发行的法定货币纸币，即法币。另一种是沦陷区汪精卫伪政府中国联合准备银行发行的伪联银券，即伪币。

抗战结束，行政院长宋子文试图以金融政策稳定法币，规定以 200 元伪币换取 1 元法币，希望这样就可用少量法币把伪币都收回来。但由于法币发行量严重失控，导致法币大幅贬值，结果伤害的是老百姓。有 5000 元伪币的人只能换到 25 元法币，而战前的 100 元法币可以购买两头牛，到此时只够买两只鸡蛋了。一个富有的人经过这场战争，他的财产贬值了几百甚至上千倍。

1946 年 7 月，敌伪产业接收大体完成。在将近一年的时间里，国民党当局混乱无序的经济接收，给社会生产造成了极大的破坏。大批工厂、企业、商店在接收中倒闭、停工，使战后经济丧失了恢复活力的能力，也为之后的恶性通货膨胀埋下了伏笔。

另一个导致国统区经济混乱、物价飞涨的原因，是南京政府在国民经济尚未恢复、国内经济秩序还处于极其混乱的时候，便急急忙忙地把战时所采取的各项管制措施一律予以废除，导致严重失控。

经济社会混乱，东北战事吃紧的局势也已无法挽救。共产党聚集起越来越大的力量，浩浩荡荡开赴前线，而国民党仍然在用骇人听闻的腐败和贪婪击败着自己，这种病毒已经渗透了他们的一切政治机构和许多军事机构。

1946 年，朗宁（第三排右二）与蒋介石等国民政府党政要员合影

　　一次，朗宁陪奥德朗大使去见蒋介石，正好遇上几位将军的委任。奥德朗随口问蒋介石："您的军队现在有多少位将军？"

　　蒋委员长嗯嗯啊啊，顾左右而言他。

　　奥德朗摇着头表示不解："委员长先生，在我们加拿大军队里，我们知道发给每一个列兵的牙刷是多少把，可你们对于全军有多少将军都似乎没有记录。"

　　当朗宁把这话翻译给蒋介石时，蒋介石面色一黑，满脸不悦。

　　马歇尔将军的调停计划是分三步走，这就是停火、裁军、联合政府。当国共双方在名义上达成停火协定之后，他便直奔第二个目标：裁军。他建议在之后的 12 个月中，政府军减至 90 个师，共产党的军队减至 18 个师。再过 6 个月，再分别减至 50 个师和 10 个师。可重庆谈判已初步确立国共双方的对等地位，共产党显然不会接受这个裁军计划。蒋介石对自己有多少部队和将军自然也是讳莫如深的。

进入 7 月，加拿大和中国政府就废除加拿大歧视华人的移民法相关事宜进行谈判。

8 月 16 日，蒋介石邀请奥德朗大使和朗宁上庐山避暑小住。其用意一是表示对加拿大人的感谢，二是就一些相关的具体问题进行磋商。

奥德朗大使和朗宁乘坐蒋委员长亲自安排的飞机，从南京飞到九江。一下飞机，他们就被委员长的私人汽车接往庐山。

庐山确实迷人。葱茏的植被，湍急的山泉，岩石洞窟，石楼休闲别墅，哥特式教堂，还有氤氲的云气缭绕着山顶，就从身边飘过，犹如仙境一般。朗宁他们在这个著名的避暑胜地，享受着难得的休闲度假时光。

次日下午 5 点，朗宁和奥德朗在委员长秘书的陪同下前往总统夏季官邸——"美庐"。

这是一座掩映在一片绿荫深处的英国券廊式的别墅，前临长冲河，背依大月山，坐落的位置形如安乐椅，日夜被包裹在飘浮的烟云之中，令人神往，又极为神秘。

"美庐"因是蒋介石的夏季官邸而与世纪风云紧密联系。庐山军官训练团的创办，国民党"围剿"中央红军计划的炮制，第二次国共合作的谈判，对日全面抗战的酝酿和决断，美国特使马歇尔庐山"调处"……发生在这里的那些令人瞩目的历史事件，无疑将这座小楼推上了显赫而又迷离的境界。

当他们被请进了会客厅的时候，蒋介石和他举止优雅的夫人宋美龄已在那里等候，双方热情地打过招呼之后便落座交谈。宋美龄坐在蒋介石身旁，充当着他的翻译。

谈话是从不久前加拿大政府与国民政府就废除歧视华人的《排华法案》开始的。

1923 年，加拿大政府为了缓解西部开发狂潮和大量外国人涌入的压力，议会通过了禁止华人入境的《排华法案》。从 1923 年到 1946 年，只有 44 名华人入籍加拿大。

中国和美国、英国、加拿大是反法西斯战争的盟国，中国坚持抗日战争达十四年之久，付出了巨大牺牲，从而大大地提高了中国在全世界包括加拿大人民心中的地位。抗战胜利后，加拿大紧随美国之后，取消了《排华法案》。这次双方交谈的重点，是如何保护加拿大华侨的合法权益问题。

然后，话题很自然地转向眼下大家都关注的国共关系问题。蒋介石在听别人讲话时，不停地"嗯""啊"，表示听懂别人的讲话，可以继续讲下去。而他自己讲话时，总是一个接一个地说"这个——这个——"好像是一时找不到合适的词句来表达。温文尔雅的宋美龄国语相当标准，但在斥责起中共的时候则眼露不屑的冷光，语音也有些走调。

朗宁从蒋介石、宋美龄的话语中感到，蒋介石及其能干的夫人是决心要打败共产党的。除非于己有利，否则不会和谈。此前他还认为，在中国，除去军队中的某些人外，所有阶级都强烈希望国共争端和平解决，和平希望还是存在的。但来牯岭之后，他感到这种希望明显地正在走向暗淡。

奥德朗却盲目地相信，一旦蒋介石在战场上表明有能力打败共产党之后，他会大发慈悲，停止作战，等着共产党俯首称臣。

9月26日，朗宁陪同奥德朗受邀参加了国民政府国防部长白崇禧的一场宴会。这位人称"小诸葛"的国民党要员显得踌躇满志、趾高气扬。他大声地吹嘘说，要不了多久就可以打败共产党。办法是先夺取共军现在占领的所有重要城市，并控制交通线。他指望秋天可部署妥当，然后将逐步消灭那些各个孤立无援的部队，或迫使他们归顺国军。

桌上几乎所有人都奉承着点头称是，对这位号称常胜将军的高见发出啧啧赞叹，只有朗宁露出疑虑的眼神。他想，这大概只能是"小诸葛"的一厢情愿吧。因为他忽略了一个十分重要的问题，那就是在击败共产党之前，他们必须先让强大的群众基础农民们改变态度，使其喜欢国民党。朗宁早先从与共产党的接触中了解到，在共产党的解放区，农民与共产党之间的感情那可像鱼和水一样。

1946年10月4日，奥德朗离开南京回国休假。朗宁被指定作为临时代办，主持加拿大使馆全面工作。他不仅得随时向国内报告中国不断变化的局势，还时常要代表加拿大政府发声。让朗宁忧心的是，此时内战愈演愈烈，国民党军到占领张家口时，已将解放区的105座城市收入囊中。

马歇尔眼见局势越来越难以控制，恐致调停破产，便以将停止对蒋援助相威胁。蒋介石迫于美方的压力，加上被暂时的军事胜利冲昏了头脑，只好居高临下地在表面上摆出同意和谈的姿态。

周恩来率中共代表进驻了南京的梅园新村，王炳南也随团而来。因为在重庆时他与朗宁就已成了朋友，所以常到加拿大使馆做客，同朗宁讨论时局，宣传共产党的政策，经常用一些趣闻轶事说明深刻道理，这让朗宁开了许多眼界。朗宁也会定期把他从各方面了解到的情况向国内报告。在加拿大国家档案馆里，至今还保留着这些珍贵材料。朗宁整理的 12 月 14 日他与王炳南的谈话记录，就是其中一份，题目是《中国变成美苏战场的危险》：

朗宁问：《大公报》发表社论警告人们，美国支持国民党同共产党打仗，将会使共产党投入苏联怀抱，这就可能使美苏两国在中国交战。你怎么看待这个问题？

王炳南答：我们永远不会被推入苏联人的怀抱。我们过去没有，现在没有，将来也不会依赖他们。《大公报》的编辑属于典型的中国中产阶级代表。他们只看见我们从一些地区和城市撤出来，以为我们的力量和蒋介石相差悬殊，推测出我们必然会向苏联寻求帮助。

朗宁问：你们的军队确实在战场被打败了不是吗？

王炳南答：完全不是那么回事。为了使我们的力量不受损失，我们就放弃一些地盘，避免同敌人作战，这样成功地保存了我们的力量。这就给像《大公报》这样的非党人士及中产阶级一个印象，我们被打败了。如果把我们后撤看成是败退那就完全错了。我们不可能被国民党打败，丝毫不需要向苏联求援。退一步说，即便我们真的需要，也不会那样做。我们清楚，苏联还没到为了我们去冒险卷入国际冲突的地步。苏联是为自己的利益而非我们的利益为原则的。

朗宁问：你们正在逐渐被挤得站不住脚了，是不是？

王炳南答：不是，完全不是。事实上在过去几个月里，我们的策略是放弃一些地盘以保存我们的力量，这已证明是正确的。我们丢了 17 个重要城市，可我们还攻克了 15 个城市呢。我们事实上已经堵住了蒋介石的军队。

朗宁问：但是，在国民党控制了所有交通线的情况下，你们的给养怎么解决呢？

王炳南答：可他们没有控制住所有的交通线。8个月来，他们试图扫清京汉线，至今，我们还控制着200公里。他们有可能占领整个京沈线，但那里每天都有爆炸。潮流完全在朝对我们有利的方向转变，可是要中国的中产阶级认识到这一点还为时过早。

朗宁问：还要多长时间？

王炳南答：在战争中谁也没有把握说得那么准，但我们觉得，再过6个月，我们的高昂士气和高超技术会使国民党中的死硬派以外的所有人相信，蒋介石不可能取胜。

朗宁问：你看到杜恩·坎贝尔访问傅作义的那篇报道了吗？傅作义说，他们没有美国装备。

王炳南答：报道我看过了。我们知道他说的不是实话。坎贝尔先生忘了问问傅作义，他同我军作战时，有飞机掩护，比我军占优势，那些飞机是谁给的。

朗宁问：你们不能指望战胜装备优于你们的军队，是不是？

王炳南答：不！我们能取胜。我军士气昂扬，不要忘记，精良的美国装备是由士气低下的国民党军队掌握的，他们不想打仗。

朗宁问：你们对恢复和谈态度如何？

王炳南答：我们的态度很明确，我们要求取消国民大会，坚持政协决议，恢复1月时国共双方军事位置。

朗宁问：你们同意总统提交国民会议的宪法草案原则吗？

王炳南答：我们更关心政府改组问题，而不怎么关心宪法问题。

朗宁问：1 月份组成的政协通过的 5 月 5 日草案修正案你们不支持吗？

王炳南答：我们当然支持政协提出的修正原则，但其中有些内容写进提交给国民大会的宪法草案时被篡改了。

朗宁问：你说的是哪些方面？

王炳南答：我们最关心的是宪法应保障我们必须的省权，因在解放区要执行我们的政策，我们有自己的土地政策、市政民主政策，这些已经证明是切实可行的，不愿其受到国民党政府的破坏。

············

通过同国共两方面接触，朗宁感觉到，国民党政府虽然口头上同意重开和谈，但并不拿出任何具体方案。因为他们顾虑如果实行联合政府，就有可能被共产党取而代之。而共产党方面同意联合，但担心一旦交出军队，必然重蹈被赶尽杀绝的覆辙，所以坚持恢复 1 月的协定，其他一概不接受。结果，双方都下决心以战争解决问题。

12 月 17 日，朗宁收到发自美国旧金山的电报，夫人英佳带着奥黛丽等四个孩子即将来华。朗宁高兴地把这个消息写信给远在伐尔哈拉的父亲。

"今天阳光普照，一切都显得十分妩媚。前几天聚集在天空的乌云散尽。"然而，刚开了个头就心情沉重起来。"大自然的一切似乎都正常运行，而中国社会可乱套了。成千上万的人饥寒交迫，无数人饱受战争之苦。房屋被毁，尸体成堆。当家庭正在为失长子之痛时，幼子又被抓丁，继续和同胞厮杀。"

12月31日，由军舰改装的林克斯号邮轮抵达上海港。朗宁一家都为团聚而兴奋着。英佳不是第一次来上海，但时过境迁，20年前印象已成明日黄花，只是当年抱着襁褓中的"美美"从樊城到上海，一路上的惶恐不安一直难忘。这次，她感到乞丐似乎更多了，他们乘坐的林克斯号刚把大锚抛入水中，周围便围上许多小舢板，一只只黑手伸向走出船舱的旅客讨要东西。码头外，乞丐们蜂拥而上，孩子们从来没见过这么多人。

第二天，他们全家登上火车回到南京，一家人安置在西康路21号。

朗宁和英佳共有6个孩子。长女西尔维亚已经出嫁，长子奥尔顿加入加拿大皇家空军做了试飞员。随英佳来到南京的四个孩子，次女美美安排在使馆当打字员，三女儿奥黛丽就读金陵大学，四女儿凯琳和最小的儿子哈蒙到小学读书。

中国形势日益恶化。在国共两党全面内战的硝烟中送走了1946年，新的一年带来的还是炮火连天和物价飞涨。

1947年是国共内战态势逆转的一个分水岭。

马歇尔在打打停停、停停打打的中国度过极为烦闷的一年。这位在"二战"中所向披靡的将军，却因不谙错综复杂、明争暗斗的中国政治而最终调停失败。1947年1月8日，他带着满腹的忧愤和遗憾，一声叹息，铩羽而归。国共签订停战协议的一年，在人们期盼、乐观、失望、悲观诸多情绪的交替变化中结束了。

1947年3月7日，中共驻南京代表撤离梅园新村。6月30日，以毛泽东、周恩来等为首的中共高层领导人的名字，就赫然出现于国民政府司法院最高检察署的通缉令。此时，双方已经完全失去约束，拉下脸来放开手脚大打起来。

国民党军在短暂胜利之后形势便急转直下，不得已由全面进攻转而对解放区采取重点进攻，进攻方向为陕北和山东，结果遭受失败而不得不最终放弃。

刘伯承、邓小平率晋冀鲁豫野战军主力，强渡黄河，千里挺进大别山。陈赓、谢富治率晋冀鲁豫野战军一部挺进豫西。陈毅、粟裕的华东野战军孟良崮战役，以迅雷不及掩耳之势，使号称"王牌部队"的国军整编七十四师全军覆没，挺进鲁豫皖苏边区。三路大军在江淮河汉之间地区实施战略展开，形成"品"字阵势，互为策应，开辟了广大的中原解放区，将战争引向国民党统治区纵深，直接威胁国民政府的统治中心南京和武汉，国民党军由进攻转入防御，逐步陷入被动。

正当朗宁热切关注着中国内战局势的时候，一位年轻的美国记者走进他的视野，并成了他的朋友。这位刚刚在南京加盟美联社的记者名叫西默·托平，原供职于美国国际新闻社，于1946年9月被派驻北平报道中国内战，曾乘坐美方内战调停人员的飞机前往延安，采访过那片红色土地。

托平告诉朗宁，在延河边的黄土岭上，那一排排俯瞰河谷的窑洞中，他用了整整一个星期对毛泽东的追随者们进行了采访。在延安，你只要认真阅读印在黄色草纸上的毛泽东著作和其他政论性文章，就能了解到，这些将士们都是决心要通过农民革命，将中国过渡到共产主义社会的马克思列宁主义者。

晚上，延安的山坡上到处闪烁着点点亮光，那是人们手提灯笼沿着山坡的羊肠小道赶往山谷中的会场，去聆听共产党的领导人关于为共产主义中国而奋斗的报告。

他亲身感受带着几分傲慢的美国人对中国内战的调停。他们颐指气使地告诉共产党人，要调整自己的主张以便迎合外国人的看法。改改你的名字吧，让美国人高兴高兴。然而，就连这样的请求在延安的窑洞里也没有得到回应。

他还讲了他在国共中原战场上的一间小屋，作为一名俘虏与一位共产党部队的政委正面"过招"后，他把头依在屋内粮袋上痛哭的经历。那时他才明白，中共以及他的人民将走上一条与美国及其人民截然不同的道路。并且有可能需要一代人，或更长的时间，这两个国家才有可能走到一起。

朗宁从托平那里，感受到来自另一个层面的观察和思考。这位东欧犹太移民的儿子，竟然与自己存在着心灵深处的共鸣，有着同样浓厚的中国情怀。他不由得喜欢上了这个质朴率真而又才华横溢的年轻人。

托平在与朗宁的交往中，不仅得到了这位长者的教诲，同时还收获了爱情。英俊潇洒年轻有为的托平，与碧眼金发青春芳华的奥黛丽一见钟情。当托平向奥黛丽求婚时，朗宁毫不犹豫地就表示赞许。

他没看错，这位未来的女婿，后来带着他最为宠爱的女儿奥黛丽，辗转世界各地，从事着国际重大事件、重要人物的新闻观察和报道，创造了许多新闻界的传奇，并由此成为享誉世界的新闻大师。后来，托平不仅担纲了美国著名媒体《纽约时报》的总编辑，还做了国际新闻界的"奥斯卡"普利策大奖执行委员会的掌门人。

1948 年元旦，蒋委员长在他的元旦文告中，强打起精神宣称："目前开始之剿匪，战争一年内可望结束。"而毛泽东则发表文章说："中国人民的革命战争，现在已经达到了一个转折点。这即是中国人民解放军已经打退了美国走狗蒋介石的数百万反动军队的进攻，并使自己转入了进攻。"（《目前形势和我们的任务》，1947 年12 月 25 日发表，引自《毛泽东选集》第 4 卷，人民出版社 1991年第 2 版，第 1243 页）

9 月，传来了济南解放的消息。济南一解放，华北和华东两大解放区联成一片了。10 月，东北的锦州也解放了，国民党军队节节败退，中共军队挥师南下，南京政府慌作一团。

为了更清楚地了解国民政府的动向，朗宁专门去拜访翁文灏，这位上任不过半年的国民政府行政院长刚向蒋介石提出辞职。翁文灏是一位著名的地质学家，因他在任国家资源部长时，加拿大铝矿公司同台湾制铝公司有过合作项目，经常和大使馆打交道，朗宁与他比较熟。

这个时候是没有谁还对铝矿业界的合作感兴趣的，翁文灏与朗宁谈起最近蚌埠和徐州一带的形势。翁直截了当地说："因为城内没有多少粮食，国民党军队已主动放弃了徐州，以为这样可以迂回到解放军后方作战。但实际上国民党军队打了败仗，士气低落，在长江北岸站不住脚，共军眼看就要逼近长江边了。"

朗宁试探地问道："如果这样，国民政府将何去何从呢？"

"蒋介石和部分官员迟早要离开南京的，也许不会是所有的官员都离开南京。但究竟会怎么样，一切都不好说，只有听天由命了。"

看来南京易手已不可避免。但是战争是否会威胁居民人身安全，没有人敢打包票。10 月 28 日，加拿大外交部电示使馆，把驻南京使馆女职员和所有家属撤回国内。

朗宁的二女儿美美嫁给了一位名叫戴维斯的美国海军军官，辞掉使馆的工作去了美国。奥黛丽只能终止金陵大学的学业，拥别热恋中的托平，在期待重返中国的眼神中，带着妹妹凯琳和弟弟哈蒙，跟着母亲英佳于 11 月 23 日登上飞往上海的飞机。他们将从那里搭乘驶往温哥华的远洋客轮回国。

朗宁在中国已经工作 3 年，本应很早以前就享受休假探亲了。英佳也坚持要朗宁向外交部打报告，让他陪家人一起回加拿大休假。但是，外交部的答复是，朗宁继续留下，直到预料中的政权更迭结束。

七、在新旧中国之间

新年的钟声，为新中国的诞生而敲响。

1949年元旦，《人民日报》新华社论发表了毛泽东《将革命进行到底》的新年献词。文章开篇就是："中国人民将要在伟大的解放战争中获得最后胜利。这一点，现在甚至我们的敌人也不怀疑了。"这个充满自信的新年献词，不啻为日出东方的献礼，共产党从开天辟地到即将顶天立地于中国的恢宏前奏！

而蒋介石的《民国三十八年新年文告》

1949年1月1日《人民日报》第1版刊登的新华社社论《将革命进行到底——一九四九年新年献词》

却显得无精打采。他没有再把共产党称作"共匪"，也没有预告什么时候消灭他们，在奢谈"和平"的同时，宣称"只望和平果能实现，则个人进退出处绝不萦怀"。

20 天后，蒋介石迫于各方压力，不得不宣布下野，由李宗仁副总统代行总统职权。

可是，蒋总统以隐退换取时间和空间的故伎重演并未奏效。经过辽沈、淮海和平津三大战役，国民党军精锐尽失，长江以北已属共产党，首都南京危如累卵，人心惶惶。

1 月 18 日，国民党政府外交部照会各国驻华使节，南京政府将于 21 日撤往广州"迁地办公"，要求各国使馆随往。蒋介石主动承诺将为各国大使馆和公使馆搬迁提供飞机。

朗宁请示加拿大外交部，建议留在南京以观形势变化。外交部同意了他的意见。

2 月 5 日，国民政府行政院等机关南迁广州。外国使节中只有苏联政府接受了建议，在大使罗申率领下，于 1 月 30 日和 2 月 2 日分两批撤往广州，留下参赞布巴耶夫驻南京。

共产党军队打过长江的迹象越来越明显。南京国民政府为挽回败局，依托长江以南半壁江山，重整军力，伺机反攻，蒋介石决定再打"和平谈判"牌。

4 月 1 日，代总统李宗仁委派张治中任国民党政府和平谈判代表团首席代表，率团前往北平，同以周恩来为首的中共代表进行和谈。

历时 20 天达成的《国内和平协定》传回南京，八条协定终结了蒋介石划江而治的梦想。而且，中共方面强硬指出："首先确认南京国民政府应对于此次国内战争及其各项错误政策担负全部责任。"(《国内和平协定》（最后修正案），《人民日报》1949 年 4 月 22 日）和谈在蒋介石的勃然大怒中宣告破产。

4 月 20 日午夜，中共最后通牒到期。人民解放军执行毛泽东和朱德签署的"向全国进军的命令"，开始了波澜壮阔的渡江战役。

枪炮声从江北岸传来，无数的弹道流星般划破硝烟弥漫的夜空。朗宁登上使馆的楼顶，在隆隆的炮声中瞭望着这场即将身陷其中的战争。该来的总归来了。

4 月 23 日凌晨，住在南京高楼门 101 号美联社办公室的西默·托平被一阵激烈的枪炮声惊醒。他赶忙穿好衣服，钻进吉普车沿街向江边开去。职业的敏感告诉他，这应该是最出新闻的时刻。

大街上一片混乱。代总统李宗仁等撤离南京后，国民党残军及党、政、警、宪、特各类人员已纷纷逃遁，人民解放军尚未进入，南京城一时处于失控状态。老百姓哄抢食品，有的居民到国民党军政官僚家中或机关抢搬无人看管的家具，一些地痞流氓乘机作乱。国民政府的首都在一片哄抢中度过了骚乱的一天。

是夜，托平开着吉普车，带上法新社的中国雇员比

1949 年 4 月 21 日至人民解放军进城接管之前的 48 小时之内，南京城一片混乱

尔·关，继续四处寻找新闻。当他们开过司法部大楼时，那座黄色大楼还在灰烬中冒着黑烟，大街上已经空空荡荡。忽然他们听见一声喝问"停车！干什么的？"路旁树丛里立刻跃出两个军人来。他们端着枪，指着坐在车上的托平和比尔·关，一个士兵边询问边用手电筒照着他们的脸。

比尔·关神情紧张地说："我们是记者。我是法新社的，他是美联社的。"

"请你们下车，我们是中国人民解放军。"两个士兵把他们带到几十米外的一个指挥员面前。周围的士兵们身穿黄褐色的棉衣，背着背包，全副武装，强行军的汗珠还在顺着脸往下淌。指挥员简单问了托平他们几个问题后就命令他们回到车上去。

这时，解放军先头部队已列队向市区进发。一辆民用吉普在前面带路，车上坐的是治安维持会人员。托平敏锐地意识到，此时的国民党政府首都南京已经易手，被解放军占领了。这可是一条震惊世界的重大新闻。

二人立即掉转车头，向电报大楼飞驰，他们都想抢着在第一时间发稿。在电报局的服务台前，当他们用随身带的便携式打字机完成新闻稿时，两人都争着先发。为体现公平，他们采用投硬币的办法确定先后。结果比尔·关赢了，他发了一封三个单词的快电——Reds take Nanking（"赤党"占领南京）。紧随其后，托平发出了他66字的电讯稿。

没想到他们的电文刚发完，解放军就切断了南京与上海之间的通信联络。比尔·关的三字电报虽然很快摆到巴黎法新社的办公桌上，可编辑们翘首等待的详细内容，直到第二天早上南京启动无线电传输后才得以发出。这一耽搁使比尔·关与国民党首府失陷的国

1949 年 4 月 24 日，人民解放军进入南京城

际头条新闻失之交臂。托平较详细的电文倒是立即通过美联社的电信系统向全世界播发。这样，托平的报道就成为让西方世界获悉南京解放的第一条新闻。

24 日清晨，托平开车到加拿大使馆接上朗宁，一起赶到南京城西北的挹江门，那里是解放军大部队入城的地方。这时，解放军的大队人马正准备入城，他们沿着人行道整整齐齐地坐在自己的背包上，步枪斜靠在肩，一会儿聆听首长讲话，一会儿高唱革命歌曲。旁边站着许多好奇的市民围观，附近的居民送来了茶水，热情地倒进他们从皮带上解下来的碗或者缸子里，请他们喝。而那些已放下武器的国民党士兵从旁边路过时却无人理睬。

学生们高呼欢迎解放军入城的口号，张贴标语，红旗插上总统府的楼顶。街上的店铺有些还关着门，有些开门营业了但只收银圆和铜子儿。一些外国使馆门前由解放军布了岗，限制出入。也许因为加拿大使馆与中共方面的特殊关系，门前没有岗哨，朗宁可以和先前一样自由活动。

朗宁和托平目睹的入城仪式井然有序，人人称道。然而，发生在美国大使馆司徒雷登住所的一个小插曲，却引起一场轩然大波。

4月25日早晨6点，率先入城的解放军第三十五军某营营长带着通讯员等在为部队安排食宿的时候，误入西康路的美国大使馆。当时刚刚起床正在洗漱的司徒雷登看到两个解放军进来了，既惊且喜。司徒雷登想借"入宅"之事把事情闹大，同中共进行联系。他装作暴跳如雷的样子，大声用中国话叫道："你们到美国大使馆干什么？我就是美国大使司徒雷登。你们进入使馆就是侵犯美国，必须立即退出。"

营长正准备道歉，但听到司徒雷登盛气凌人的呵斥，愤怒回怼道："我们不知道这是美国大使馆，我们也没有承认你们美国大使馆。这是中国的地方，凡是中国的地方，我们中国人民解放军都要解放。"接着退出了房门。一会儿又和另外几个解放军战士一起折返了回来。其中一位解释说，他们只是随便转转，并无恶意。

当美国使馆将这一重大外交事件报告华盛顿后，引起美国国内公众的高度关注。美国国务院命令驻华大使馆武官罗伯特·索尔向共产党的军事当局提出抗议。

司徒雷登声称自己"是一个中国人更多于是一个美国人"。他的父母都是美国人，而他却于1876年出生在中国杭州。他的童年在西子湖畔度过，会说一口流利的杭州话。11岁到美国接受教育，20多岁又回到中国，在中国生活的时间总共超过半个世纪。他传过教，教过书，当过记者，其中最有名的工作是任燕京大学校长。正是凭借这段特殊的经历，他游走于美国、中国国民党和共产党之间，充当着斡旋调停的角色。

世事难料。1946年7月，这位身材瘦削、面色苍白、已年届

1946 年，周恩来与司徒雷登在南京

七旬的老人，自己也没想到会步入新的职业生涯。在特使马歇尔将
军的恳请下，他匆匆接任了赫尔利辞掉的美国驻华大使一职。用他
自己的话说："马歇尔将军打算让我与他一起，协力促成一个联合
政府。因为我是一个美国开明人士，有一定的威信，对整个中国人
民友好，对任何宗派或思想流派都没有明显的倾向性——包括共产
党在内。我和几位共产党的领导人还相当熟悉。"

4 月 27 日凌晨 4 时，中央就三十五军擅入司徒雷登住宅一事，
致总前委电报写道："三十五军到南京第二天擅入司徒雷登住宅一
事，必须引起注意，否则可能引出大乱子。"

中共在之后解放上海的战役中就吸取了这个教训。华东局机关、
华野指挥部和接管干部在丹阳集结待命时，除了战前动员、接管准
备，每天做的就是学习相关政策和纪律。华野司令陈毅曾斩钉截铁

地说："我们号称野战军，但在接管城市上可千万不能撒'野'！"

4月28日，中国人民解放军南京市军事管制委员会成立。"军管字第1号"称："南京已获解放，为保障全体人民生命财产，维护社会安宁，确立革命秩序，决定在南京市实行军事管制。南京市军管会为该市军事管制时期的最高权力机关，统一全市军事、民政等管理事宜。"刘伯承任军管会主任，宋任穷为副主任。自此日起，军管会分别按照军事、行政、财政、经济、公安、文化教育、交通、国营企业等系统派出军代表，接管国民党在南京的各级统治机构。

南京市军管会成立后，社会秩序马上恢复了正常。

朗宁第一次接触新政权所发动的改革，是在南京郊外的农村里。几位青年告诉他，他们参加了新组织的委员会。他们向朗宁热情地展示了自己的新农具，还说得到了化肥供应，又说金陵大学农学院的学生经常来看他们，并取了土壤样品，帮助化验分析，以便进行土壤改良。

有一天，朗宁开车行进在市区街道上，遇到一支庞大的游行队伍。那是附近几十个村子的农民，高举着写有各自村名的横幅和红旗在庆祝什么活动，他们边走边打着腰鼓，时而停下扭起秧歌。

坐在车上一起出行的大使馆门卫忽然兴奋地大叫："你快看啊，我老婆也在那儿呢！"原来他老婆也在游行队伍里挥着旗子。他解释说她在村委会里当上了委员。朗宁十分惊讶，农民上山进香他见得多，集体上街庆祝游行还是第一次看到呢。

学生们开始对社区活动感兴趣，朗宁的几个中国朋友的孩子，经过几个月的训练就完全投入了建设工作。每一回他们来看他，满口谈的都是工作，表现出对自己工作的极大热情。朗宁十分感慨，让老百姓参与，才是南京解放后使人民群众释放出巨大能量的关键。

解放了的城乡居民，不再受有组织的寄生虫黑帮的欺凌。"黄牛党""丐帮"和高利贷消失了。农民都可分得一份土地。美国人撤出中国时曾经放言，中国人不出六个礼拜就会向经济合作总署（ECA）乞求大米。由于共产党对物价的控制和稳定，这个预言并没有应验。

朗宁亲眼看到的解放军进入南京城后所执行的第一项任务，是疏浚众多的河渠，成千上万的军人，采用各种工具清淤，这样大规模的工程很可能是从明朝以来的第一次。附近的村庄把这些污泥挑去做田土和菜园的肥料。只几个礼拜，城里的渠道和城外的护城河都已清曲流畅了。

与此同时，全城青年组织了一次卫生运动，重点是改变男人和小孩在僻街路角随地小便、在方便的地方随地大便的习惯。

那天朗宁在十字路口见到一群青年人正在表演节目，一位青年人把这种公众恶习对人民大众的危害编进了快板书。然后发表正式演说：有了为农民准备的方便场所而又随地大小便是一种罪过。而且大便小便是要收集起来去园子和土地施肥的。更加新式的公共厕所马上就要建造起来，那种恶习就更不必要、更讨厌、更不可原谅了。运动结束后，果然空气清新，可以在城里任意走动而不需要提防随时可能踩在令人恶心的粪便上。

比疏浚河道和改变公众恶习更重要的是稳定物价，特别是米价和制止灾难性的通货膨胀。在发行新的"人民币"而且证明了它的稳定之后，新政权受到广泛赞扬。这一改革在极短的时间里就完成了。

然而，更让朗宁关心的是，共产党会怎样对待他们这些外国驻华使馆和外交使节。

早在 1949 年初，毛泽东就曾指示，"凡属被国民党政府所承认的资本主义国家的大使馆、公使馆、领事馆及其所属的外交机关和外交人员，在人民共和国和这些国家建立正式外交关系之前，我们一概不予承认，只把他们当作外国侨民待遇，但应予以切实保护。"（《关于外交工作的指示》，摘自《建党以来重要文献选编（1921—1949）》第 26 册，中央文献出版社 2011 年版，第 56 页）南京军管会下设的外侨事务管理处，接管了原国民党政府外交部的工作，具体负责管理包括原外国驻华使节在内的外侨工作。

4 月 28 日，毛泽东电令南京军管会："如果美国及英国能断绝和国民党的关系，我们可以考虑和他们建立外交关系的问题。此事请邓、饶、陈、刘加以注意。"

南京解放以后，有些国家关闭了在南京的使馆，到 7 月调查登记时，仍留在南京的使馆只剩下 24 个，而且他们已被规定不再具备本国外交代表资格。他们留在南京，主要是观察这个新政权对美国的态度和寻找美国对华政策的转机。

周恩来敏锐地觉察到这一变化，特意将燕京大学毕业的黄华从天津调到南京。他是司徒雷登的学生，便于加强与以美国为代表的西方国家使馆之间的接触。

一天，司徒雷登召集滞留南京的各西方国家使馆大使商议。那些大使们议论纷纷，对共产党表示强烈不满，认为到目前为止，他们受到的待遇及今后要遇到的麻烦事，根源在于共产党政权不懂得外交礼仪。他们打算通过某种途径教育一下这些中国人应该怎样做。

司徒雷登对此却不以为然，他提议由加拿大使馆的朗宁作为各外交使团的代表，与中共的军管会方面沟通。他告诉大家说："朗宁出生在中国，和他们说一样的语言，他像中国人那样思维，他们对任何事情做出反应，他都能很快明白是什么意思。他很随和，用不了几分钟就可以赢得他们的信赖，轻松地同他们交谈。而且由于加拿大与中国没有不良的外交背景，他也不必像我们这样拘泥于正式途径。"

朗宁作为西方外交使团的代表，经常到外侨处沟通给予使馆适当的外交待遇，尤其是使用密电同国内联系问题。而黄华则认为，在没有同中共政权建交之前，所有外国使馆的外交人员，只能作普通侨民对待。

那天，朗宁再次拜访黄华。他说："老政府离开南京时，曾要求我们跟他们一起走，你们不走就是表示对共产党政府支持，甚至用'你们的太太、小孩会被共产党杀掉'相恐吓。我们留在南京，就是表示将要承认共产党政府的第一步。因此，把一切外交特权取消，特别是密电，他们是很不能接受的。他们需要用密电同他们的政府商量，这对将来承认你们关系很大。"

黄华对朗宁的谈话很重视，让秘书人员很快将谈话记录整理好后，送刘伯承、宋任穷等领导参阅。

此时，美国新任国务卿艾奇逊指示司徒雷登，宣布停止驻华军事顾问团的工作，与蒋介石政权拉开距离，停止《援华法案》对蒋援助的剩余军需品供给。中美关系出现了一丝新的转机和希望。

毛泽东也曾在公开场合表示，如果司徒雷登希望前往北平访问燕京大学，他会作为许多中共人士的老朋友而受到欢迎。周恩来则通过时任燕京大学校长朱志伟，发出请他前往北平访问的邀请。

对司徒雷登来讲，这无疑是个鼓舞人心的好消息。能够访问北平，这就意味着新的中美关系即将开启。当他把这个消息电告给美国国务院后，就一直急迫地等着批准同意的回复。

历史总是包裹在坚硬的核桃壳里，在没有砸开之前，人们一时间看不见奇形怪状的桃仁。直到6月，双方的密切接触都在朝着积极的方向发展。然而，此后的形势却是风云突变，司徒雷登与中共的联系戛然而止了。

7月1日，是加拿大国庆节，朗宁在加拿大使馆宴请司徒雷登及西方国家留守的大使们。宴会在热烈的气氛中进行着，大家为司徒雷登接受中共邀请，即将赴北平参加燕京大学聚会，并可能同周恩来会晤而举杯相庆。

突然，一阵急促的电话铃声冲断了这喜庆欢乐的气氛。朗宁接到的电话是托平打来的。托平在电话那边急匆匆地说，他刚刚收听到共产党电台播发的毛泽东为纪念共产党成立28周年发表的讲话，题为《论人民民主专政》。在托平看来，这可不是一般的纪念性文告，而是确立了未来中共对内和对外的政策与方向。

......

在国外，联合世界上以平等待我的民族和各国人民，共同奋斗。这就是联合苏联，联合人民民主国家，联合其他各国的无产阶级和广大人民，结成国际的统一战线。

......

"我们需要英美政府的援助。"在现实，这也是幼稚的想法。现时英美的统治者还是帝国主义者，他们会给人民国家以援助吗？......我们在国际上是属于以苏联为首的反帝国主义战

线一方面的，真正的友谊和援助只能向这一方面去找，而不能
向帝国主义战线一方面去找。

......

朗宁被这个突如其来的电话一下子惊呆了。当他回过神来把这
个消息转告司徒时，所有在场的使节们无不大为惊愕，一片唏嘘。
年逾古稀的司徒脸色惨白，一下跌坐在椅子上。直到刚才，他还一
直在煞费苦心地反复考虑，如何利用这次赴北平访问的机会，在共
产党中国和美国之间促成某种非正式协议呢。然而，这个美丽的愿
望顷刻之间化为泡影。

如此重大的逆转，背后究竟发生了什么呢？

原来，艾奇逊的指示遭到国会的反对。美国政府不希望与中共
关系发展过快。国民党政府还没有完全崩溃，艾奇逊实施的每一项
外交政策都要给自己留有余地，"等待尘埃落定"。一方面指示司徒
可与中共接触，另一方面又对英法等国表态，强烈反对任何主要国
家承认中共政府。

司徒向国务院提出赴北平的建议后，6 月 24 日，参议员范登
堡公开表示，希望参议院在对外关系委员会探讨之前，不要承认共
产党政府。同日，以诺兰为首的 22 名参议员联名致信杜鲁门总统，
说这时如果同意司徒赴北平，所有的西方国家都可能会尾随而去，
美国所主导的对共产党中国的封锁局面就会遭到破坏，警告不得擅
自承认中国新政权。这也是司徒迟迟等不到回复的原因。

美国国内的这些争议和变化，迅速引起中共高层的高度注意。
毛泽东的《论人民民主专政》，是中共方面作出的强烈回应。

第二天，司徒雷登就收到美国国务院的来电，电文指示他婉拒

北京方面的邀请，并要求他务必在 8 月 2 日之前直接离开中国。

撤回大使不说，何以还要限时离境呢？原来背后隐藏着另一个重大秘密，美国国务院的这个决定，是出于司徒的安全考虑。他们计划将在 8 月 2 日这天，爆出一颗"重磅炸弹"——《美国与中国的关系》白皮书。后因司徒办理手续延迟了离境时间，才不得不改在 8 月 5 日公开发表。而正是这个"白皮书"，将司徒雷登彻底抛入人生的谷底。

中国内战蒋介石节节败退，美国的对华政策受到重创。这在美国资产阶级统治集团内部引起了强烈的震动，并产生了严重的分歧和争吵：一派是以麦克阿瑟、诺兰等为首，他们猛烈抨击杜鲁门政府"援蒋不力"，丢失了中国，要承担蒋介石集团失败的主要责任；另一派以杜鲁门、艾奇逊为代表，他们完全否认有"援蒋不力"之处，强调蒋介石集团的失败应完全归咎于蒋介石的无能。

为了推卸对华政策失败的责任，也为了给美国日后的卷土重来做好准备，在征得杜鲁门的同意后，艾奇逊在国务院组织了一个专门班子，绞尽脑汁地编写了这份名为《美国与中国的关系》的白皮书。

在白皮书中，美国政府为开脱责任，不仅将中国内战中国民党失败的责任全都归咎于国民党自身，更公布了司徒雷登与其中国朋友间秘密谈话及许多他对国共两党的看法和评论，包括赞成让李宗仁代替蒋介石当总统等等。如此一来，把司徒雷登推到了尴尬的绝境。

一石激起千层浪。蒋介石对白皮书中指责他无能的部分私下里表示不能接受，在日记中愤愤不平地写道："杜鲁门、艾奇逊因欲掩饰其对华政策之错误与失败，不惜彻底毁灭中美两国传统友谊，以遂其心，而亦不知为其国家之信义与外交上留下莫大之污点！"

而中共方面则从中看到的是美国政府对华政策的内幕，"白皮书"成了他们实施扶蒋反共政策的自供状。正如毛泽东在他的第3篇评论中所写："现在全世界都在讨论中国革命和美国的白皮书，这件事不是偶然的，它表示了中国革命在整个世界历史上的伟大意义。……过去关于这种讨论之所以没有获得机会，是因为革命还没有得到基本上的胜利，中外反动派将大城市和人民解放区隔绝了，再则革命的发展还没有使几个矛盾侧面充分暴露的缘故。现在不同了，大半个中国已被解放，各个内外矛盾的侧面都已充分地暴露出来，恰好美国发表了白皮书，这个讨论的机会就找到了。"

此时的毛泽东，终于可以胜利者的口气对美帝国主义说一声再见了。他在 8 月 12 日之后的一个多月里，亲自捉笔一气儿为新华社撰写了《丢掉幻想，准备斗争》《别了，司徒雷登》《为什么要讨论白皮书？》《"友谊"，还是侵略？》《唯心历史观的破产》5 篇社论，揭露美帝国主义的侵略本性。其中最具冲击力的要数 8 月 18 日发表的那篇《别了，司徒雷登》：

> ……
>
> 人民解放军横渡长江，南京的美国殖民政府如鸟兽散。司徒雷登大使老爷却坐着不动，睁起眼睛看着，希望开设新店，捞一把……总之是没有人去理他，使得他"茕茕孑立，形影相吊"，没有什么事做了，只好挟起皮包走路……司徒雷登走了，白皮书来了，很好，很好。这两件事都是值得庆祝的。

在毛泽东特有的嘲讽笔调下，司徒雷登成了"美国侵略政策彻底破产的象征"，灰溜溜地"挟起皮包走路"了。好在司徒大使此时已回到大洋彼岸的华盛顿。因为他一回去便受到隔离，反而幸免了一场极为尖刻的刺激。

1949年10月1日，中国在共产党的领导下，终于迎来了改朝换代的日子。

这天下午，整个南京城都飘扬着鲜艳的五星红旗，扎满鲜花的彩车和庞大的游行队伍，打着"保卫世界和平　庆祝中华人民共和国诞生""睡狮醒矣"等巨大横幅，载歌载舞潮水一般在古城的大街小巷涌动。新街口广场那座高大庄严的"和平堡垒"上，挂着毛泽东、朱德巨幅画像。京沪路龙头房内外的机车、停泊在长江江面上的轮船，汽笛长鸣。高音大喇叭里转播着北京的开国大典实况。数十万市民以各种不同的方式，尽情抒发他们对新中国诞生和从此翻身做主的喜悦之情，如醉如狂……

为庆祝开国大典，南京被服厂女工加班赶制五星红旗

1949 年 10 月 1 日，南京市在新街口隆重举行庆祝中华人民共和国成立活动

朗宁穿行在红色的海洋之中，分享着这激动人心的时刻。新中国的时间开始了，她是百年革命的产物，她在长达一个世纪的战火和混乱中降生，承载着中国人民的百年期盼。

他听说，五星红旗刚刚才被确定为国旗，那些红旗是两天前才加班加点赶制出来的，几乎用尽了南京城所有的红布。由此，他想到自己四年前在南京升起第一面加拿大国旗的感受，那是多么地激动人心和充满庄严。朗宁不由得迈开长腿，加快了步伐。他正赶往南京外侨处接见厅，去参加南京军管会召集的会议。

外侨处的这座红墙大楼，原是国民党政府外交部，朗宁曾多次在这里参加活动，但今天坐在这里的会议厅却别有一番感受。环顾四周，清新明亮的装饰和布置，一扫往日沉闷。原来的青天白日旗已被一幅巨大的五星红旗取而代之，世纪更迭，真是桑田沧海、物是人非啊！

留驻南京的那些大使们神色凝重地聚在一起，小声地议论着外面发生的事。当一身军装的黄华健步登上主席台时，外交官们的目光齐刷刷地聚焦在他的身上，大厅里顿时肃静起来。

黄华受中央人民政府指示，郑重宣布："中华人民共和国中央人民政府委员会于本日在首都就职，一致决议：宣告中华人民共和国中央人民政府的成立，……同时决议：向各国政府宣布，本政府为代表中华人民共和国全国人民的唯一合法政府。凡愿遵守平等、互利及互相尊重领土主权等项原则的任何外国政府，本政府均愿与之建立外交关系。"随后，宣读了周恩来外长致各国外长信函电文：

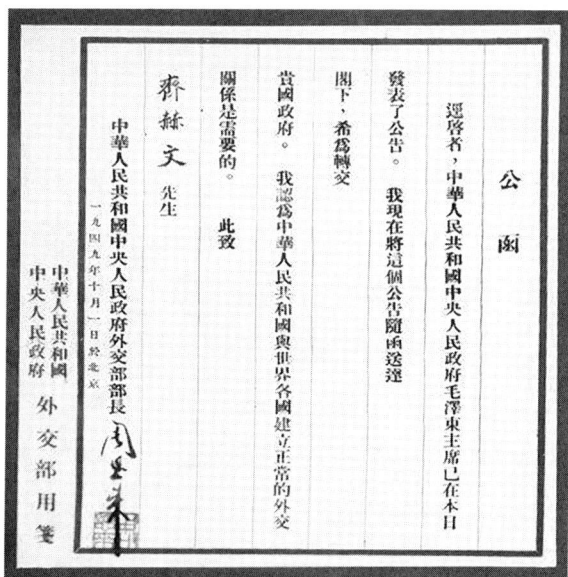

公函

逕啓者，中華人民共和國中央人民政府毛澤東主席，在本日發表了公告。我現在將這個公告函送達

閣下，希爲轉交

貴國政府。我認爲中華人民共和國與世界各國建立正常的外交關係是需要的。

此致

喬赫文 先生

中華人民共和國中央人民政府外交部部長

一九四九年十月一日於北京

中華人民共和國
中央人民政府

外交部用箋

周恩来

1949 年 10 月 1 日，周恩来致各国外长公函（图为给时任"苏联驻北京总领事"齐赫文的公函）

迳启者，中华人民共和国中央人民政府毛泽东主席已在本日发表了公告。我现在将这个公告随函送达阁下，希为转交贵国政府。我认为中华人民共和国与世界各国建立正常的外交关系是需要的。

中华人民共和国中央人民政府外交部部长周恩来

一九四九年十月一日于北京

黄华用汉语宣布完毕就坐了下来。

以往，中国的外交官跟外国的外交人员进行工作时一向使用两种语言，这就是汉语、英语或者法语。大使们等待的翻译一直没有出现，大厅里一下子变得沉闷起来。

一阵沉默之后，澳大利亚大使凯斯·奥非萨站起来用英语说："黄华先生，在座各位除去加拿大使馆的切斯特·朗宁之外，其他人都不懂汉语，能否让他把您刚才说过的话译成英语？"

黄华没有回答，大厅再次陷入沉寂，只有墙上的挂钟发出的咔嗒声，沉闷的空气透着一种压抑。过了片刻，凯斯·奥非萨再次站起来重复了刚才的意思，黄华还是没作表示。

这些外交官们忽然明白了，黄华是在向他们表明，共产党政权在自己的国家同外国人打交道时，要显示自己本民族语言的尊严。他们知道，这位燕京大学的毕业生应该能说一口流利的英语。而今天，他要改一改国民党政府在本国对外交往中使用外国语言的惯例。

这时，朗宁忍不住站了起来，用汉语对黄华说："黄华先生，澳大利亚大使说，他们都不懂汉语，想问问您，能不能让我把您刚才讲的译给他们听。"

黄华顿了一下，点头用汉语表示同意，并说明几天后会以书面形式把《中华人民共和国中央人民政府公告》和周恩来外长给各国外长的信，交由各国驻南京使馆代转。

由此，朗宁别无选择地成为代言人，第一个用英语把新中国成立的消息传递给全世界。一时间，南京的电讯出现繁忙拥堵，《公告》及周恩来的信随着强大电波，飞向遥远的大洋彼岸。中国政府愿在平等、互利和互相尊重领土主权原则下与所有国家建立外交关系的立场，迅速传遍了全球。

朗宁即刻把公告和周恩来信的全文电报传回国内。加拿大政府的意见是，首先了解英、美两国的态度。

英国政府授权驻北京总领事回应中国政府，说他们正在对毛泽东签署的公告和周恩来的信进行研究。在此期间，希望同中共政权建立一种非正式关系，这对双方都有利。

华盛顿授命驻北京领事代理以私人身份告知中国政府，已将信件转送美国政府。

参照英、美两国的做法，加拿大外交部电告朗宁，让他把加拿大的答复，口头通知南京外侨处，托其转告北京。

为了准确传递信息，朗宁与使馆雇用的翻译陈子修一起，对加拿大外交部答复的电文进行了字斟句酌的翻译。

10月26日，朗宁来到外侨处面见黄华处长。请求黄华将口头答复转告北京。按照电文内容，一字一句地转达："加拿大政府已经收到了周部长的信和毛主席签发的公告。现在加拿大政府在讨论研究这个问题。在此期间，希望中共人民政府能够按照国际普通对待领事的办法，准许加拿大在华领事行使正常职权。"生怕不方便黄华的助手做好记录。

接着，朗宁向黄华解释说，加拿大靠近美国，虽然是自主国家，可是政策是要受到美国影响的。不过，有时候也会影响美国。谈话中流露出对前途的些许忧虑。

他请黄华如有机会，向周恩来、董必武、王炳南、章汉夫他们转达问候。他说，自己从小生长在中国，像中国人一样对新中国的成立感到无比高兴，充满信心和希望。几个月来的变化，证明了新政府是真正的人民政府，将来人民一定会胜利的。他会尽力促成加拿大政府对中华人民共和国政府的承认。

黄华深为朗宁的中国情结所感动，感谢他的努力。

然而，就在朗宁与黄华交换意见的同时，加拿大外长皮尔逊迫于反对党和保守党议员对加拿大中国政策的不满，在加拿大发表对华关系谈话声明。认为加拿大承认的政府，必须是不受任何其他国家外来控制，又对其领土具有切实管制的能力，并能将此项领土的界线明确规定。

10月31日，朗宁带着这个声明再次来到外侨处。他首先告诉黄华，今天不是加拿大政府派他来的，是觉得应该将这个情况告诉黄华。黄华说，中国的立场很明确，有些国家在制造舆论，说中国不是一个独立的国家，这完全是造谣，是在为帝国主义利益鼓噪。

站在加拿大和故乡中国之间，朗宁承受着来自双方不同立场的压力。他明白，自己的职责就是要去做好这个沟通的桥梁，帮助消除双方的误解。他把中共政府方面的观点及时传回加拿大。

皮尔逊的态度随之出现了转变。他在国会众议院讨论中国问题时委婉地说："我们加拿大完全反对中国共产党信仰的马克思主义原则。但是，我们不可否认中国的事实和它的四亿五千万人民……我们尊重它古老的文明，钦佩中国农民的勤劳。中国人民是大洋彼岸的邻居，我们将互相尊重，友好相处。如果中国共产党政权得以巩固，而且是独立的，一个能够履行国际义务的中国政府被中国人民所接受，我们同友好国家协商之后，将承认面对的事实。"

这时，加拿大政府也在积极地为同中国建交做着准备。外交部远东司司长孟西斯在接待来自安大略的哈里·赫西时，同这位原美国洛克菲勒基金会驻北京办事处的官员商谈，是否能将他们在北京南池子大苏胡同的一所私房，出租或者卖给加拿大将来做驻华使馆使用。

朗宁对局势的变化越来越乐观，他总是随时报告着中国发展动向，极力为国内加速推进中加建交推波助澜。

> 许多事实说明，中国有了一个廉洁的政府，中国官场中的腐败这个蠹虫正在消亡。新政权得到多数人的积极支持，而且随着总的形势逐渐好转，拥护的人越来越多。……
>
> 某些外国人，尤其是美国人不同意这种看法，几年来，许多美国人对中国形势的分析一直是不符合实际的。许多美国人不把中国问题同美苏关系联系起来就受不了。当前，美国对个别事实大加渲染，扭曲了形象。不应忘记，中国处于一场大革命期间。……
>
> 恢复同西方国家的政治和贸易关系对解决中国的经济问题至关重要。这种关系恢复得越早，越有利于我们抵制苏联的影响。全体中国人都希望尽早承认，只有那些指望通过第三次世界大战恢复失去权力的那些人除外。

当他的这封电报送到皮尔逊办公桌的时候，皮尔逊正准备前往科伦坡参加英联邦外长会议，对华政策是会议内容之一。他致电朗宁，内阁已原则同意承认中国。考虑承认的时机问题，可能要等到次年2月国会众议院复会时，宣布承认中国。

获悉加拿大即将承认中国的意向后，美国国务院召见加拿大驻美大使，希望知道加拿大承认中国的时间表。并指出，北京对"建立外交关系"的解释可能引发一些问题。因为美国注意到，周恩来在答复英国的照会时，并未承认英国滞留南京的使馆秘书胡阶森为派往北京的"临时代办"，而是"谈判两国建交问题"的英国政府代表。

这位大使便将美国人的分析传回加拿大外交部，建议最好不急于承认中国，而是看看英国同北京建交的进展情况再作决定。

2月底，朗宁接到父亲病危的电报，夫人英佳致电外交部，要求通知朗宁回国探视父亲。27日，皮尔逊致电朗宁：

> 我从科伦坡回来之后，政府进一步讨论了承认北平政府问题，事情还搁置在内阁尚未作出决定。但是，已基本同意不久就要承认，只须决定何时宣布。
>
> 除非情况有变化，可望于3月后半月的适当时候承认北平政府。可能在一个时期不考虑派出大使，以表示我们不赞成共产党政府。一旦决定承认，拟答复周恩来的那封信，大概内容不外乎我们对中华人民共和国予以法律上的承认；撤销对国民党政府的承认；并准备派人以临时代办资格前往北平讨论建交问题。

皮尔逊很想知道朗宁的想法，并告诉他，如果宣布承认中国之后，考虑派他去北平谈判建交，而且负责使馆迁往北平的事宜。因为没有比他更合适的人选，建议他暂时留在南京。

朗宁十分想回加拿大探望病危的父亲。自从 1945 年来中国之前在伐尔哈拉与父亲告别，一直没有机会回去看他。但是，此刻正是加拿大承认中国的关键时期，他决定接受外交部的意见，留在中国，为时刻可能前往北平，去同中国政府谈判建交事宜做着准备。哈尔沃溘然辞世的时候，朗宁却忙碌在遥远的中国，履行着他的使命。没能同父亲见上最后一面，成了朗宁铭心的忧伤和遗憾。

朗宁一刻也没停止对北京外交动向的关注。3 月 2 日，中国外交部副部长章汉夫同英国代表胡阶森，就两国建交问题进行了第一轮会谈，章汉夫要求英国明确它同国民党政府残余集团的关系问题。英国虽然口头上撤销了对国民党政府的承认，但它在中国在联合国的席位问题上、在对待香港的一些国民党政府机构、对待中国在香港的财产态度等问题上，胡阶森的表态含糊。后来进行的第二次谈判，仍然没有达成共识。由此，两国之间结成的是一个人所诟病的"半拉子"外交。

本来，加拿大外交部已安排好承认中国问题的时间表，只等内阁批准。不料，3 月 22 日皮尔逊给朗宁的一份电报，又推迟了对中国的承认。理由是中英那次谈判受阻。

与此同时，美国却在使着反劲。美国国务院的一位官员旁敲侧击加拿大外交部，问他们对荷兰政府承认中国有什么看法。因为，荷兰是联合国远东委员会的成员国，如果这个委员会的成员承认中国的越多，设在华盛顿的远东委员会就要接受来自北京的代表。

朗宁十分焦急地回电皮尔逊说："我仍然坚持原来的意见，承认中国给我们带来的好处，会随着我们推迟承认的时间表成平方地递减。"

加拿大外交部认真分析形势后，觉得朗宁的看法很有道理，便建议国会还是决定宣布承认中国，只是可以采取不同于英国的方式。

皮尔逊告诉朗宁，让他以加拿大政府代表的名义，加紧同南京外侨处沟通。通报本国政府正在考虑在合适的时机宣布承认中国，同时希望知道能不能在宣布承认的同时，两国同意交换外交使节，是否可以考虑接受朗宁以临时代办身份前往北京谈判建交具体事宜。

这让朗宁重新看到一线光明。他按照皮尔逊的指示，5月16日来到南京外侨处，外侨处的崔烈接待了他。在南京市档案馆保存着当时的谈话记录：

> 今天我以加拿大政府代表身份来谈，但还是非正式的谈。加拿大政府关于承认中央人民政府有几个决定：
>
> 1. 加拿大政府在宣布承认中央人民政府时，同时宣布与台湾的国民党政府断绝外交关系。关于这个问题，一部分外交关系已经断绝了。在国民党离开南京时，加拿大政府并未派代表去广州、重庆和成都。现在，在台北也没有加拿大的代表，只不过国民党还有代表驻加拿大。
>
> 2. 加拿大政府愿意在所有联合国的委员会里命令其代表赞成中央人民政府的代表，尤其是在远东委员会里的代表。
>
> （崔烈问"赞成驱逐国民党代表吗？"朗宁答"是的"。）
>
> 关于这件事，我个人想，加拿大中央政府的代表，可能会影响到别的国家的态度，可能大多数国家的代表也会跟着赞成。
>
> 3. 加拿大政府愿意和中央人民政府建立正常的商务关系，把中国当作最惠国看待。

4. 加拿大政府向来给予在加拿大的中国侨民居住、旅行的自由，并准许经营合法事业。希望中央人民政府也能给住中国的加拿大侨民以相同的待遇。

5. 加拿大政府同意中国政府在渥太华设立大使馆，在温哥华设立总领事馆。加拿大政府希望在北京设立大使馆，在上海设立总领事馆。

6. 加拿大政府决定承认以后，派我为临时代办。

7. 加拿大政府决定派我作为代表，与中央人民政府的代表商谈初步的问题与手续上的事。

（当问及"在承认以前吗？"朗宁回答说："是的。"）

外侨处将这份谈话记录上报之后，朗宁得到的答复是：如果加拿大政府"正式表明"承认人民政府的愿望，中国外交部将欢迎加拿大政府代表到北京进行初步、程序性的会谈。

朗宁问道："如果加拿大指示他以政府名义口头表示承认中国的愿望，愿派代表到北京进行初步会谈，算不算'正式表明'？"他得到的答复是，外侨处现在没有对"正式表明"给出具体解释的权限。

当天，朗宁就把这一情况电告皮尔逊，急切等待回复。而此时，南京市政府已开始对尚未同中国建立外交关系的国家留在南京的馆舍征收地产税。英国以正在同中国进行建交谈判获得缓征处理。朗宁为此找到外侨处，希望参照对待英国的方式缓征，但被拒绝。

朗宁接着又给皮尔逊补发一份电报："如果我们不打算交税，或像英国那样开始同中国进行建交谈判，或像美国那样撤离中国，就什么事也管不了了。"

6月23日，皮尔逊终于对朗宁的催促作出答复：

　　现已决定着手就承认中国问题进行谈判，你可以口头告知南京外侨处处长，一旦就建交问题达成一致协议，加拿大政府就宣布承认中华人民共和国中央人民政府。加拿大政府将派你去北京就此进行谈判。你应当要求他们把这一答复转告北京当局，并要求他们对此保密。

　　在转述这一答复时，请指出，外侨代理处长5月23日交给你的书面答复表明，将只就建立外交关系的程序问题进行谈判。请转告他们，加拿大接受这立场。

　　如果我们从北京当局得到满意的答复，将立即指示你前往北京。请把北京的答复详细报告。

　　我们正在把这一行动向英联邦各国政府、美国、法国、荷兰、比利时和意大利秘密通报。我们知道，谈判一旦开始很难做到保密。尽管如此，我们也不愿把这一决定及其后同北京的谈判公之于众。

　　然而，加拿大犹豫得太久，皮尔逊的电报来得太迟了。两天后的6月25日，朝鲜战争爆发。随着以美军为首的联合国军入朝，朝鲜战争的性质也从原本一个国家内部的统一战争，演变成为一场资本主义与社会主义两大阵营之间的较量。加拿大所支持的联合国军事干预的战火，自然把新的国际政治重大因素引向与北京的关系问题，三八线上的隆隆炮声淹没了沟通渥太华和南京的微弱电报声。

八、惜别金陵

天有不测之风云，地有万变之前端。

1950 年 7 月 6 日，一封把中加两国隔绝 20 年的电报，由渥太华发往南京。

加拿大外交部长皮尔逊电告朗宁，由于发生朝鲜战争，加拿大支持联合国对朝鲜问题所做的决议。在这种情况下，虽然加拿大政府也未决定不予承认，但同北京谈判建交显然是不合时宜的了。在局势没有明朗之前，朗宁暂时也就失去前往北京的可能。

加拿大外交部的意见是，至于何时考虑开启赴北京谈判，条件有三个。一是俟朝鲜危机消失；二是共产党中国对朝鲜问题的态度明朗；三是北京方面对英国谈判代表胡阶森 6 月 17 日的谈话作出反应。这个谈话里曾质疑北京政府对建交的诚意。

电报中还告诉朗宁，如果中国方面问及暂缓谈判的原因，可以用正在等待国内进一步指示的策略来回避正面回答。要求他在观察中等待，重点了解中共对朝鲜战争进展，特别是对联合国的行动持什么态度。

此时的加拿大外交部也很矛盾，他们既不能很快实施建交谈判工作，又担心如果召回朗宁，会被中国理解为加拿大要关闭建交谈判的大门。在这种进退两难的情况下，加拿大外交部只得让朗宁再等一等，同意了朗宁把夫人英佳和两个最小的孩子送到中国去的想法。

朗宁忧心忡忡，看来加拿大承认中国已不是一个短期能够解决的问题，这样旷日持久地拖下去简直度日如年。他决定去一趟上海，去看看那边的情况。加拿大在上海设有总领事馆，目前还没有撤，由帕森特在那里负责。他还有一个很重要的想法，就是黄华从南京调到上海外侨处后也许久没有联系了。自从他调走后，南京这边的外侨处换了一些新人，平时的沟通交流也不像当初那样顺畅。如果可能，最好能同他谈谈中加关系问题的心里话，了解一下中国政府方面外交政策的新动向。同时，顺便咨询一下家属来华的可能性，因为此时外国人入境这一地区，需要在他们那里办理签证审批。

朗宁来到上海，与帕森特交谈过各自的情况后，便去了上海外侨处，请求面见代理处长黄华。外侨处的工作人员热情接待了他，但以处长不在的理由，回避了他的约见请求。这让朗宁多少有些失望。

其实，黄华避而不见另有隐情。几天之后，上海外侨处给南京外侨处发来一封公函作出解释：前加拿大使馆朗宁曾到上海外侨处请求会见黄华处长，非正式商谈有关中加外交关系事项。考虑这事一向是由南京外侨处秉承中央指示进行，为避免节外生枝，仅安排一般工作人员接待，未予答复。关于其妻及小孩申请来华之事，上海外侨处原则上同意，请南京外侨处通知朗宁届时去沪办理申请手续。

南京解放已经一年多了，中华人民共和国也成立快一年了，朗宁代表使馆，每个月都要向加拿大外交部发回一份《每月报告》。他所知道的新中国的各项变化，在他的笔下都有所反映。政权日益巩固，社会治安日趋好转，政府采取措施发展生产，财政、金融秩序得以整顿，甚至连朗宁从襄阳老乡那里听来的关于汉江治洪成就，也出现在了皮尔逊的办公桌上。

朗宁不遗余力地搜集中国各方面的信息，希望能为国内的决策者们提供更多的参考，哪怕是一些细微的能够拨动他们某个神经的小事情。

从 1949 年 10 月新中国成立到这时，滞留南京的原外交人员越来越少了，已同中国建交的迁往北京，正在建交谈判的也去了北京，美国人早就撤走了。心存焦虑的朗宁思前想后，觉得此时把英佳和孩子接到南京来，时机并不适宜，便放弃了这个打算。

1951 年新年过后不久，朗宁收到皮尔逊发来的明码电报。告诉朗宁，考虑他驻中国多年，又长期和家人分居，可以安排一下馆务，把遗留问题交代给上海领事馆的帕森特，即可回国。

加拿大先让朗宁回国，帕森特暂时留驻，考虑的是为将来处理同中国的关系留下一点回旋的余地。

接到电报后，朗宁复杂的心情不可名状，几分释然又几分怆然！

从 1945 年到现在已在中国待了 6 年，英佳和孩子也转眼离开两年了。难以作为、度日如年的苦行僧生活就要结束，就要回到阔别 6 年之久的家了，朗宁应该高兴。

可是，此刻内心充满矛盾的他，怎么也高兴不起来。他多么期望加拿大能够同故乡中国牵手。可是，所有的心血和努力就在使命即将完成的时候，突然之间化作了泡影和遥遥无期的等待。

司徒雷登走了，那是因为中美之间的隔阂和宿怨。如今，自己也要离开，朗宁难以理解的是，加拿大与中国没有黑暗的往昔，没有参加过鸦片战争，没有参加过八国联军，也没有在中国港口城市占有过租界，作为英国殖民地，所有的只是治外法权让他们不受中国的约束。在不需要达成相互谅解的情况下，为什么就不能握手言欢、结义金兰呢？这一走，还不知何时才能再回来啊！

加拿大的南京使馆就要关闭，朗宁退掉了北京租用房子的合约，向南京外侨处提出离境申请后便开始处理善后事宜。

按加拿大外交部的指示，关闭后的大使馆房屋和财产，暂时请使馆雇用的翻译陈子修留守，在出售或者将来有机会迁往北京之前由他负责。在撤离之前，朗宁要清点使馆财产，登记造册，然后办理交接，封存入库。

他们在清理储藏室的时候，在角落里发现了一只硕大的木箱子。木箱用长长的钉子牢牢钉着，一时谁也想不起是谁放的，更不知道里面装着什么东西。

朗宁隐约回忆起有段时间加拿大常寄一些食品过来。有次使馆人员到上海，回来时带了许多从加拿大邮来的食品箱子，这个箱子好像就是那次一块儿运回来的，当时他们似乎说过是加拿大来华传教士詹姆斯·梅隆·明义士的女儿托送的，是她父亲留下的东西。

几年中，使馆人员你来我往，更替多变，大家都把这事儿给忘了，这只箱子也就一直待在储藏室的角落里被人遗忘了。现在要把所有东西都托给陈子修看管，必须两人当面清点登记，是什么东西都得打开，这只箱子当然也不能例外。

朗宁叫来使馆的勤杂工，把木箱上的钉子一个个起下来。木箱打开后，发现里面还套着一个橱子，橱子上下两排小抽屉，每排抽屉用一根铁棍从钉在抽屉上的铁环穿过，用一把锁锁住。要查看里面的东西，还得把锁打开，可是哪里还找得到钥匙呢，只好撬锁。

抽屉打开后，每个抽屉又分隔成四个四英寸见方的小格子，每个格子里都塞着棉套。掀开棉套一看，朗宁和陈子修都大吃一惊，全是一些刻有图案和文字的龟壳。朗宁赶紧用目光示意别出声，然后用英语说还是把它重新钉起来吧。勤杂工好奇地问那是些什么东西，朗宁搪塞说那是些中药材。因为龟壳这东西确实是可以入中医中药的。

两人都认出那是极为珍贵的文物甲骨卜辞。朗宁虽然从未见过甲骨卜辞，但一想起这只箱子与詹姆斯·梅隆·明义士（James Mellon Menzies）有关，他马上就明白了。

明义士是孟西斯（Arthur Menzies）的父亲。孟西斯此时正是与自己联系密切的加拿大外交部远东司司长。朗宁与孟西斯有着相似的家族经历，父母都是来华传教士，他们都出生在中国，只是一个在湖北襄阳，一个在河南安阳。朗宁的中文名字叫穰杰德，孟西斯的中文名字叫明明德。孟西斯称年长的朗宁为老大哥，朗宁则称身材胖胖的孟西斯叫"小天宝"，他们曾一起谈起过各自的父亲。一个是中学校长，一个做过大学的教授。

明义士早年从加拿大多伦多大学诺克斯神学院毕业，被派往位于河南北部的加拿大长老会豫北差会工作，后调任安阳传教总站，明义士所在的教会设在彰德府老城以北的小屯村旁。得知小屯出土甲骨卜辞消息的明义士，骑上一匹老白马，打算去碰碰运气。结果，他被博大精深的中国古代文明所折服，从此和中国历史文化结下了不解之缘，不仅成为最大的甲骨收藏家，而且还是甲骨研究

明义士（左二）与妻子安妮（左三）、儿子明明德（左四）、女儿（左一）在一起

"西方学者第一人"。

明义士后来被齐鲁大学聘为国学研究所考古学教授。他把自己在河南收藏的甲骨分装在几辆马车中全部运到济南，并在校园里自办了一个小型甲骨卜辞博物馆，而且在那里完成了一系列研究甲骨文的论著，使齐鲁大学成为甲骨学研究的重要基地之一。

1936 年 6 月，明义士回到加拿大多伦多休假。没承想后来抗日战争爆发，阻断了明义士重回齐鲁大学教书的愿望，终未能再回中国。

等勤杂工走后，陈子修郑重其事地说："你得赶紧想办法把它们存到别处去。这么珍贵的文物放在使馆里，我可负不起责任。"

无奈之下，朗宁只好去找几个还留在南京的外国朋友，看他们有没有什么好主意。没想到他们根本就不知道甲骨文是个什么东西，当他们知道它的贵重之后，立即就建议干脆把它销毁省事。他们说，要是让公安局知道，一定会惹祸，警察是不会相信你是从使馆的储藏室里发现的。朗宁虽然感觉到问题的严重，却坚决反对"销毁"的馊主意，那样糟蹋中国的国宝才是真正的罪人。

这可该怎么办呢？朗宁十分棘手。这些都是中国的国宝级文物，理所当然应该留在中国。可是，如果直接捐给中国政府，他们肯定不会相信是他在自己的储藏室里发现的，一定会把他当成一个文物走私贩子或者文化强盗。因为这些东西原本不属于自己，而且它的来龙去脉也无法解释清楚。那样真可能会如同那些朋友说的，要招祸了。

彻夜难眠的朗宁终于想出一个好办法，去找那个可靠的中国朋友杨宪益，看能不能通过第三方捐赠。杨宪益是南京市政协的副秘书长，又是一位学者，因为他的夫人是英国人，他们之间交往很多，并且十分要好。平时朗宁从夫子庙买到的老物件，都会拿到他那里一起欣赏一番。

第二天一大早，朗宁便兴冲冲地去找杨宪益。当他把这个既捐物又不留名的想法告诉杨宪益时，杨宪益吃惊之余，非常感动地满口答应，朗宁这才放下心来。等到晚上，朗宁就让几个勤杂工趁着夜色，把箱子送到杨家，并再三叮嘱，千万不要说出这事与他有关。随后，朗宁送来的那只木箱，就被转送给了南京博物院。

国宝入了博物院，朗宁这才松了口气。然而，让人始料未及的是麻烦就此开始，朗宁成了离境的重点盘查对象。

两天之后，使馆来了两个警察，指名面见朗宁。朗宁以为只是例行检查，坦然地回答了他们提出的许多问题。这样持续了一个上午。但警察似乎仍然意犹未尽，决定下午再谈。

下午一见面，警察就忍不住直截了当地询问朗宁："你是否曾

朗宁（左三）与他的老朋友杨宪益（左二）在一起

经把一些值钱的古玩送过朋友？"

朗宁想了想回答说："没有，我就没有什么真正值钱的古玩。"他顺手拿起桌上的一个雕花的中国笔筒说："你们看，如果要说古玩，就是这个了。"

警察把笔筒拿起来翻来覆去反复验看，从底部的钤印看，表明那是洪宪元年出品。这是袁世凯为他当中华帝国皇帝作纪念，命景德镇官窑为他烧制的瓷器。

警察的兴趣明显不在这个上面，绕了许多圈子，总是继续追问是否送过朋友古玩的事。朗宁只好说："圣诞节后没送过任何人任何东西。"

警察立即紧追不放："那么你的意思是在圣诞节前送过别人东西？"

"是的，一点小东西，夫子庙买的。"

"是什么东西?"

"几件小玩意儿,你们知道的,都是些生意人卖给容易上当的外国人的。"

警察立即让朗宁全部列出清单,包括受礼人的名单也全写上,然后带走。

第二天一早,朗宁到了办公室,陈子修悄声说:"你知道警察找你是为什么吗?"

"不知道。"朗宁若无其事地摇摇头。

"他们一定是来查那箱甲骨卜辞的。"陈子修肯定地说。

朗宁一脸茫然:"他们问的是古董。如果是甲骨卜辞,为什么不直接说呢?"

陈子修说:"你可能不知道吧,这样的东西,警察们也许从来就没听说过。"

朗宁这才恍然大悟。他原以为那件事已经了结,现在才意识到并非那么简单。

朗宁急忙赶往杨宪益家。杨宪益不在,他的夫人浑身发着抖,神情紧张地说,自己的丈夫一大早就被警察带到公安局去了。

朗宁转身赶往公安局。他一进办公室就看见杨宪益正在接受警察的询问,便主动要求同杨宪益一起来回答问题。朗宁将事情的前后原原本本作了交代,并解释说,此前完全没有想到他们真正追究的是那箱甲骨卜辞。

警察满脸严肃地追问:"一共有多少件卜辞甲骨?"

"不知道,我只开了一个抽屉。"

"那些东西有多重?"

"我确实没有称过。"

"你留了多少个？"

"一个也没有。"

旁边的杨宪益忍不住说："让他走吧！他和我一样，把知道的全都告诉了你们。他的朋友建议他全部销毁，可他知道那些东西的价值，才让我送到博物院去的。"

调查总算结束了，朗宁开始打点自己撤离中国的行装。

1951 年 2 月 26 日上午，朗宁怀着依依难舍的心情，缓缓地降下了那面亲手升起、在南京飘扬了将近 5 年的加拿大国旗，然后细心地折叠起来，交给留守的陈子修保管。按计划他要坐火车去上海，转广州经香港，然后回加拿大。

在南京火车站，虽然朗宁他们已报过关，但行李箱照例是要检查的。警察有礼貌地接待了他，然后开始一件件地检查行李，对一切可疑的东西都不放过。

一个警察拿起一件有着精美内画的小玻璃瓶问朗宁："这是什么？"

"鼻烟壶。"

"鼻烟壶不是古董？"

朗宁解释说："在中国鼻烟壶没有超过 300 年的，所以不能算古董。"警察仍然坚持把这东西放在一边。

朗宁说："你有什么不放心的，这些都是贩子们卖给容易上当的外国人的东西，你还看不出来？"

警察并不理会，用两只篮子把认为可疑的东西装了，连人一起送到公安局的一间办公室，然后说等待南京博物院的专家来鉴定。

从上午一直等到下午 3 点钟，那位戴老花眼镜，一副老学究模样的专家才来。他一个一个地掂着这些东西细细察看了一遍之后，不以为然地对警察说："这算什么国宝，没一件 300 年以上的东西。"

警察问："可这是些什么玩意儿？"他手里拿起那个小瓶子来。

"鼻烟壶。"

"鼻烟壶是什么东西？"

专家不耐烦地向他们解释："这都是些文物贩子糊弄外国人的东西。"

朗宁颇为不快，就为这几件不值钱的小物件，耽误了大半天时间。

大概是南京方面把朗宁的鼻烟壶之类的事通报了上海，他在上海通关还算比较顺利。

朗宁从上海第二天到达广州时，已经接近傍晚。按照南京市公安局证件签发的限定时间，他必须次日以前离境。而广州开往深圳的火车发车时间在第二天早上 6 点之前，时间非常紧张。

朗宁的行李再次接受严格盘查。两个年轻的检查员很是细心。也许是才上任急于表现，把凡是觉得可疑的东西全部没收，包括朗宁历经数年行程万里拍摄的照片。

那支猎枪是经过南京警察批准同意携带出境的，在这里也没放过。这两名年轻的检查员一见它，就把朗宁带到了车站公安局，交给一个领导模样的警察进行盘问审查。

朗宁辩解道："我携带的这些东西所办的唯一手续就是一个保证人出具的一份保证，说我从中国携带的东西都是自己的财产。看，这是银行的担保书。"接着朗宁把担保书递到警察手里。

"我命令你到特许局办理携带黄金出境的特许证，今天下午立即回来。"那位脸色很不好看的警察说。

朗宁一脸无奈。没有手表、戒指和眼镜的特许证，他就无法离开中国，可他此时却不知道特许局在什么地方。

那位警察又补上一句："别忘了，你的那支猎枪也必须用硬纸包好，打上封记才能带走。"

朗宁在街上好不容易雇到一辆人力车，让车夫带着到处打听特许局在哪里，而首先打听的是有谁能听懂官话。

幸亏有个人说他懂得一点，朗宁赶忙请他把意思用方言翻译给车夫听。

到了特许局，可是临近下班，大门已关上了。这时幸好有一个警卫走了过来。朗宁赶忙上去打问。这是一位山东人，当他听出朗宁的北方口音，惊异地笑着问："你是北方人？"

朗宁说："是的，刚到这里，这些人不懂官话。"

警卫热情地把他带到后门，并大声告诉里面的人："这里有个北方人非得办几样东西的特许证，你们赶紧帮忙办一下。"

一个办事员闻声走出门来，可问明情况之后告诉警卫说："特许证办完需要盖上机关的章子才能生效，管章子的负责人回家去了，章子锁在他的柜子里。"

热心的警卫赶紧让里面的另一位年轻人骑着自行车去取钥匙，这边就忙着在空白申请书上填写审批事项。然后警卫又带着朗宁到对面的铺子去买包装猎枪的硬纸和绳子。

赶回公安局，那位负责人还在。

第二天一早，朗宁乘坐开往边境的火车，到了铁路终点站深圳，过了罗湖桥对面就是英属香港的新界了。年近六旬的朗宁，拎着沉重行李，踉踉跄跄地在南国的燥热中不停地往来奔走。

罗湖桥上，长长的队伍等待验证出关。满脸汗水风尘仆仆的朗宁落在最后，等挪到验证台前，已经疲惫不堪了。他终于长长地松了口气，摘下冒着热气的帽子如释重负地扇着，心想跨过眼前的这道关卡就轻松了，因为那边有人接他。

就在这时，身后突然传来急促的脚步声。没等朗宁反应过来，他的双臂已被两位警察牢牢抓住。朗宁一个趔趄，手上的帽子一溜烟地滚落罗湖桥下的深圳河里，引来周围一片惊诧、审视的目光。朗宁连人带行李被带了转去。

"你们这是干什么？"朗宁大声地质问，可是没人理会。在一位领导模样的人的面前，两个警察开始从头到脚地搜查，行李箱中所有的物品又都细细地过了一遍。朗宁心想，这一定又是为那些倒霉的甲骨卜辞了。

面对一无所获的警察，朗宁再也无法抑制心中的委曲和愤懑，铁青着脸低声吼道："我就知道你们无法回答，因为你们对自己要找的东西也不太明白，无非是有人怀疑我携带了甲骨卜辞。我可以告诉你们，它们早就进了南京的国家博物院，你们不妨去那里看看你们要找的东西。"

在两个警察的监视下，朗宁再次踏上罗湖桥。过了关卡，香港的英国警察还在等候着他。驻香港的加拿大商务专员已经把朗宁即将到达的消息通知了他们。他们见到朗宁被带转去，已让火车等候多时。

到了香港，身心俱疲的朗宁就患上了重感冒，他在格罗斯特大饭店的床上躺了5天才慢慢恢复过来。在这几天里，朗宁把许多事情都重新彻底梳理了一遍。

从出生到现在，这已是第4次离开中国。第一次是1900年风起云涌的义和团运动，第二次1907年正处在辛亥革命的前夜，第三次是 1927 年，北伐胜利进军中原，国共合作分裂，而这次是改朝换代。每次离开都是处于中国的重要事件或者重大转折的当口，每次在中国生活的周期都是 6 年，加在一起差不多就是四分之一个世纪。自认为对这片土地有着非同寻常的深情，可为何每次别离，留下的都是伤心的记忆呢？他慢慢想明白了，苦难深重的中华民族长期饱受帝国主义的外侮和侵略，在绝大部分中国人眼里，洋人——洋鬼子——帝国主义者是画了等号的。

在回国途经美国时，朗宁特意绕道华盛顿，去看望老朋友司徒雷登。

司徒雷登自从黯然回到美国之后，就被麦卡锡主义者们限制了话语权，国务院对他在中国最后的日子的一些活动也总是遮遮掩掩。司徒雷登回到美国不到 3 个月就一病不起，严重的中风后遗症使他只能在轮椅和病榻上度过。夫人已经去世，唯一的儿子也不在身边，只有在中国工作时的秘书傅泾波跟随而来，陪护左右。

这是华盛顿远郊一处偏僻的寓所。虽是早春，周围的草木仍然一片枯黄。也许鲜有人至，使这里显得格外冷清、落寞和悲凉。

朗宁的来访，让轮椅上的司徒兴奋不已，那张形容枯槁目光呆滞的脸上立刻闪出一丝难得一见的笑容。他不住地向朗宁打听他离开南京之后中国的情况。

"美国终将面对现实，实行符合现实的对华政策的。"从司徒喉咙深处发出来的声音虽然断续、含混，那么吃力，却依然透着一丝希望。

眼前的这一幕，让朗宁不禁心中五味杂陈，潸然欲泪。这让他感同身受，生命垂暮的司徒依然热切地关注着中国，可他并不知道，自从毛泽东的《别了，司徒雷登》"钦点"之后，他的名字在中国就成了声名狼藉的代称。

司徒的命运可以说是中美关系史上一个时代的象征。他曾天真地希望中国变成基督教的乐土，但是，国共内战中他又无意之间成了美国推行对华政策的代表。冷战思维支配下的美国政府，是无法接受司徒"转变政策，接近中共"的建议的。在麦卡锡主义者眼中，司徒的这一建议，成了他对美国不忠的证据。司徒先生最终成了美国对华政策摇摆不定、自相矛盾的牺牲品。

朗宁满怀忧伤和同情。他深知，这既是司徒个人的人生悲剧，但更是国际风云变幻下的时代政治悲剧。

九、重逢日内瓦

1954 年 4 月，日内瓦的春天比以往似乎来得要晚一些。阿尔卑斯山下的罗纳河，悄然发出冰释的声音，美丽的莱蒙湖畔，刚刚开始泛起片片新绿。

在这乍暖还寒的日子，世界 20 多个国家和地区的政要带着他们庞大的代表团纷至沓来。他们不是为了欣赏这里美丽的湖光山色，而是要在这个著名的国际会都，举行日内瓦会议。

早在这年 2 月，苏联、美国、英国、法国外长在柏林会议上决定，于 4 月 26 日在日内瓦举行一次有中国参加的国际会议，以寻求和平解决朝鲜问题和恢复印度支那和平的途径。

当苏联政府把柏林会议的计划传到北京后，周恩来马上报告给正在杭州主持制定新中国第一部宪法的毛泽东。

毛泽东对此很感兴趣，很快给予了积极的答复。参加日内瓦会议，对刚刚起步的新中国来说，既可以借此在国际外交舞台上登台亮相，又可以寻求解决若干实际问题的途径，是一个千载难逢的好机会。通过日内瓦会议，可以加强外交和国际活动，有助于破解美国的封锁、禁运和军事备战制约，以促进国际紧张局势的缓和。中国政府将此行看作是破冰之旅。

4 月 24 日下午，一架苏制伊尔－14 专机，缓缓降落在瑞士日内瓦昆士兰机场。待机舱门打开，机场响起一片欢呼声。周恩来和他的代表团，代表着东方一个新型社会主义国家，第一次来到这座被称作"世界谈判桌"的欧洲城市。

周恩来的到来，引起了各国记者超乎寻常的关注。从停机坪到出口的通道附近，搭起了 3 层高台，上面挤满了各国记者。当周恩来经过的时候，记者们纷纷高呼"周恩来！周恩来！"以吸引他的注意，抓拍他每个瞩目的瞬间。周恩来大方的外交风度，迅速折服了西方记者，激起一股中国热潮。

不过，在这份关注背后，隐藏着的是人们对中国这个遥远国度

1954 年 4 月 24 日，周恩来率中国代表团参加日内瓦会议，在机场受到欢迎

的极度陌生。这是新中国在与东西方主要国家还没有建立外交关系的情况下，第一次以大国身份参加这样的多边国际会议。当时在许多西方人的想象中，中国人还停留在八国联军铁蹄之下的晚清，是留着长辫子，穿着长袍马褂的呢。中国代表团的到来，让他们明白了原来并非如此。

加拿大因为派兵加入联合国军，参与了朝鲜战争，也在与会邀请国家之列。

加拿大代表团以外交部长皮尔逊为团长，于4月25日抵达日内瓦。朗宁为代表团成员，并被指定当皮尔逊因故不能出席会议时，履行代理团长职责。因为在加拿大看来，他们的代表团不能缺少像朗宁这样熟悉并研究这一地区事务的外交官。

会议定于4月26日下午3时，在莱蒙湖畔的万国宫开幕。万国宫又名国联大厦，是联合国前身"国际联盟"的总部所在地。

可是，直到会议开幕前的几个小时，代表团的席位还没排好，原因是美国代表团团长杜勒斯的要求实在太多了。首先是他的席位不能与周恩来相邻。这个好办，按英文字母的顺序排就行了，一个C，一个U，中间有距离。可随后他又提出，他的席位也不能与敌对的东方阵营的席位连在一起，这就有点麻烦了，因为美国和苏联都是U字起头。接下来杜勒斯又提出一个要求，韩国的席位要排在美国的前面。

朗宁后来在他的回忆录中记载：经过反复调整，总算满足了杜勒斯的要求。在万国宫中央大会厅，面对主席台，各代表团的座位呈三个马蹄扇形，按照英文字母顺序排列依次展开。内半圆坐8个代表团，第二个半圆坐8个代表团，最后一个半圆坐8个代表团。第一排从左至右为澳大利亚、比利时、加拿大等。中国代表团坐第

1954 年 4 月 26 日，朗宁陪同加拿大外交部长皮尔逊（前排右二）出席日内瓦会议。后排右为周恩来，前排右一为朗宁（奥黛丽·朗宁·托平提供）

二排，在加拿大代表席位的后方右侧。

会议大厅里，中国和加拿大代表团的座席虽然近在咫尺，但相互之间却无法交流。能在万里他乡的日内瓦与来自中国的老朋友相逢，朗宁十分激动。他在心里感叹，这个令他情牵梦绕的东方大国，终于以崭新的姿态出现在国际舞台。此刻的他是多么急切地希望，能够马上就同周恩来他们热烈相拥、畅叙友情。

会议首先讨论的是朝鲜问题。北朝鲜外务相南日提出了关于恢复朝鲜统一，组织全朝鲜自由选举的方案。

中国代表团对南日的方案表示支持。板门店刚刚签署停战协议，中方希望迅速恢复朝鲜统一，维护东亚和平。

而南朝鲜的代表却立即站起来表示反对，提议：全朝鲜的选举应按大韩民国的宪法进行，由联合国监督；在选举前一个月，中国军队全部撤离朝鲜，而联合国军队则待选举和完成统一后再撤走。很显然，南朝鲜的方案实质上就是要把大韩民国的法统强加给全朝鲜人民，由南朝鲜并吞北朝鲜。美国代表马上就表示支持。

会议从一开始就弥漫着浓烈的"冷战"气氛，在这座有着弘扬人道主义传统的万国宫，却上演着一场没有硝烟的战争。

会间休息，代表们纷纷走进中央会议大厅侧面的咖啡厅，借这轻柔舒缓而又浪漫的乡村音乐蓝色小调，松弛一下紧绷的神经。此时的朗宁与周恩来，都在匆匆寻找着对方，当二人四目相对的时候，双方都闪着激动的目光。

"我说总理呀，您可知道'他乡遇故知'的感觉？"朗宁操着一口湖北腔，老远就热情地招着手，快步迎着周恩来。

"人生三大喜嘛！没想到老朋友能在这里重逢。几年未见，你还是那么风趣。"周恩来爽朗的笑声很有感染力。

朗宁是唯一能用汉语同中国代表团说话的西方国家代表团成员，他们以中国人的方式互致问候，这热烈而亲切的情景，立即吸引了众人的眼球，成为视觉中心。

周恩来高兴地向朗宁介绍代表团的主要成员，他们是张闻天、李克农、王稼祥等，还有在重庆时就认识的老朋友，王炳南担任代表团秘书长，黄华为代表团新闻发言人，龚澎负责新闻工作。

朗宁告诉周恩来，1951年从中国回到渥太华后，就被任命为外交部美洲及远东司代理司长，最近他又被外交部派驻挪威大使兼冰岛公使，就在来日内瓦的两天前，履新向挪威国王哈康七世递交了国书。

朗宁说，出席本次日内瓦会议，是作为代表团团长皮尔逊外长的助手来参加的。这时，周恩来表示希望认识一下皮尔逊。于是，朗宁便立即走到皮尔逊身边，转达了周恩来的意思。皮尔逊当然也很乐意同中国代表团接触，几年来，加拿大一直在寻求与中国建交的时机，便高兴地随朗宁被引见给周恩来。两人热情地握手致意，然后，由朗宁做双边翻译，一起愉快地交谈起来。

谈起美国代表团的立场，朗宁说这是他意料之中的。上年9月，他曾作为加拿大代表团的政治顾问出席联合国会议，目睹了以美国国务卿杜勒斯为首的西方盟国，以"'在中共尚未表示结束其侵略及从事和平的真诚证据和意向'之前，延期考虑中国代表权的问题"。否决了苏联代表所提准许中共代表中国在联合国拥有席位的议案。

事情就是这么凑巧，当他们起身走向会场时，迎面遇到了美国代表团团长杜勒斯。同皮尔逊一起走在前面的周恩来出于礼貌，微微前伸右臂做出有意同杜勒斯握手的表示。不料，不可一世的杜勒斯却没有响应，他冷冷地将手背向一边，还满脸不悦地横了皮尔逊一眼。

杜勒斯拒绝与周恩来握手事件，一直是一个扑朔迷离的公案，在是与否之间众说纷纭。其实，在这个转瞬即逝的瞬间，人的视觉误判也并非不可能，但杜勒斯在制定与会方针时确实在他的代表团下令，要孤立和打击中国代表团，不许同他们接触。

这个拒绝握手的事件影响深远。1972年2月，美国总统尼克松访华时，曾在他的空军一号上6次对随行人员说："在我下飞机时，你们不要跟着我，我和周恩来握手的镜头要让全世界看得更清楚。"他后来在回忆录中写道："为了弥补杜勒斯对周恩来的不敬，我决定在跨出舷梯时，向周恩来伸出手。"

朗宁心里明白，杜勒斯是个极端仇视共产主义的人。朝鲜战争，美国和美国率领的联合国军伤亡惨重，这是美国建国以来，第一次在没有取得胜利的情况下，在停战协议书上签字。单凭这一点，杜勒斯就认定自己和中国的周恩来及其代表团不共戴天。

在来日内瓦之前，周恩来他们就对可能遇到的阻挠作过分析，并确立了通过和平途径力促朝鲜统一的目标。但会议一开始，美国就四处散布言论说，日内瓦会议不会在朝鲜问题上达成任何协议。

本来会议安排杜勒斯在 4 月 27 日发言，周恩来的发言排在 28 日，杜勒斯却提出要把自己的发言改到 28 日。

朗宁敏锐地意识到，这个阴森的杜勒斯是故意要与周恩来同台对垒一争高下的。他想，如何对付这个冷酷的家伙，得事先给中国朋友们提个醒，便立即去找周恩来。

"杜勒斯这家伙满脑子冷战思维，虽然不善言辞，但颇具攻击性，您得多防着点。他有个外号叫雷管，就是说一点就炸，很危险。"朗宁满脸认真地说。

"中国参加日内瓦会议，是带着和平的愿望来的，就是希望共同达成和平协定，解决朝鲜半岛的危机，美国的态度是没有道理的嘛。"周恩来显得比较坦然。

"可在美国的一些人中流行着一个'多米诺'理论。在他们看来，亚洲这些国家和地区，就像一个个立起来的多米诺骨牌，中国就是其中非常大的一块。在中国，美国支持的国民党政权已经倒了。如果在朝鲜、越南，西方支持的政权再倒了，那不是一波接一波不停地倒下去吗？他们为了防止连锁反应，必然会对中共实行打压。"朗宁流露出忧虑和不安。

周恩来剑眉紧锁，陷入了沉思。

朗宁接着说："我虽然没有参与朝鲜战争，但在担任美洲及远东司长时，朝鲜问题成了我的职务工作，所以知道了更多的内幕。"随后，他向周恩来披露了一些相关的信息：

1950 年 6 月 25 日，朝鲜的"三八线"刚发生战争，两天后杜鲁门总统就命令他的海军空军支援大韩民国。并宣布，作为朝鲜危机的后果，他已把保卫台湾定为美国海军的职责，第七舰队将在台湾与大陆之间的海峡里游弋。

麦克阿瑟将军又不经批准，擅自访问了蒋介石，使局势进一步复杂化，他的造访无疑诱发了蒋介石卷土重来的希望。

麦克阿瑟什么角色？他有着三重司令身份：在朝鲜的联合国部队司令，驻台湾的美国军队司令，还是驻日本的盟军总司令。其实，他已有了蒋介石后台的身份。联合国军究竟是谁的队伍？那是点缀了些外国人的美国队伍，追求的是美国的目标。

5 次战役下来，美国那支使用先进武器装备的部队，已经被穿轻便胶鞋，在夜间翻山越岭的志愿军和原始游击队赶回了三八线以南，逼上了谈判桌。可是，李承晚和美国方面，无论在板门店谈判，还是在日内瓦会议上，仍然大大咧咧地以胜利者自居，以为"用不着玩手腕，只需要下达条件就行"。美国支持南朝鲜的议案，是因为在会议之前美国对李承晚已经做出了承诺，订立了军事性的"共同防御条约"，而且打出了政治性统一朝鲜的包票。可是战败的现实大家已看得清清楚楚，许多人都不愿意再被套上那部为李承晚打江山的战车，去做无谓的牺牲。

朗宁提供的信息十分重要，这引起了周恩来的高度警觉，他一边细细地听着，一边思忖着自己的对策。现在看来，情况比当初的

周恩来正步入日内瓦万国宫会场（资料图片）

预计要复杂得多。但他同时又发现，貌似紧密的西方阵营也并非铁板一块，这让他在心里多少有了个底。

4月28日这天，日内瓦冷风嗖嗖，面色苍白的杜勒斯，戴一副夹鼻眼镜，神情冷酷地把一股冷气带进了热气腾腾的万国宫。

杜勒斯低头走上讲台，脸色阴沉傲慢，对谁都不看一眼。他一上来就叫嚣着把矛头直指周恩来，把发动和进行朝鲜战争的责任，一股脑儿地推给了中国，对中国代表先前提出的方案横加指责，尤其是关于撤军问题。他说，中国只需要几分钟就可以再次进入朝鲜，而美国则需要横跨一个大洋，并以此为借口拒绝撤军。说完就阴沉着脸走下讲台，没有回美国代表团的席位，而是径直离开会场，钻进他的大福特轿车扬长而去了。

杜勒斯的突然离席，让所有代表无不侧目唏嘘。坐在前排的朗宁虽然早就知道杜勒斯古怪，此时还是觉得不可理喻，心里不禁为周恩来捏了把汗。

就在人们为杜勒斯的突然离去面面相觑的时候，周恩来神情冷静地大步登上讲台。

"我们到这里来是解决问题的，不是来吵架的，不要摆出一副指责别人的架势。你究竟准备怎么解决，把你的方案拿出来嘛。"整个会厅一片肃然。

周恩来略微顿了一下，随即指出：杜勒斯先生刚才的发言，不符合亚洲人民的利益。朝鲜发生了战争，中国还远远没有做出反应，杜鲁门总统就已经"把保卫台湾定为美国海军的职责"。这一切说明了什么？等到麦克阿瑟率领部队直逼鸭绿江时，中国不担心他以追击北朝鲜部队为由，或以任何其他借口，沿着日本人走过的路闯进中国东北吗？

从朝鲜撤出一切外国军队，是朝鲜人民在全国选举中能自由表示意愿不受外力干涉的先决条件，联合国是朝鲜战争中的交战一方，不能由交战一方来监督朝鲜的选举。中国同意对选举进行国际监督，但这个监督委员会应该由中立国组成。

会场上立即引起强烈反响和共鸣。那些代表们对周恩来的外交风度和所展示的大国风范肃然起敬，对中方客观的立场和建议也表示出极大兴趣。

后经 6 次会议的发言，杜勒斯除了强硬对抗的态度，和他那个"周恩来的方案是个阴谋。这个阴谋的目的，是破坏现有政府的权利，而使一个共产党傀儡政府取而代之"的结论之外，始终没有提出任何对解决问题有益的建议。

几个回合下来，杜勒斯只得到了土耳其和泰国的支持，英、法等国家在开始的时候，都不愿意在朝鲜问题上发言，这让杜勒斯大为恼火，私下里抱怨说，这些家伙真不够哥儿们，都不帮着他说话。

周恩来和中国代表团在日内瓦大受关注，相反美国却有些冷落，这让杜勒斯简直无法忍受，而且中国的立场也让他十分闹心。没几天，杜勒斯就待不下去了。5 月 6 日，他把美国代表团团长的头衔丢给副国务卿史密斯，气急败坏地回美国去了。

史密斯虽然并不赞同杜勒斯的僵硬姿态，但又不得不执行杜勒斯的既定立场，这使得朝鲜问题的谈判举步维艰，一个多月过去，没有取得丝毫进展。

6 月 15 日，以美国为首的西方阵营，否决了中、苏、朝提出的建议，正式抛出了《十六国宣言》，准备结束关于朝鲜问题的谈判。

这时，比利时外长斯巴克提出："我希望在不久的将来，就有可能重新会谈，再一次检验问题所在，以期建立一个真正统一、独立、民主的朝鲜。"

朗宁紧随其后代表加拿大说："我们感到必须清楚说明，目前这个《十六国宣言》，在好几个方面并不完全代表我们在会议上提出而且坚持的观点。"

敏锐的周恩来当即抓住机会，提出了一个两句话的临时提案。第一句说的是与会国表达了一个意愿，一个最低要求的意愿，这就是与会国成员愿意为推动朝鲜问题的和平解决继续努力。第二句是恢复谈判的时间和地点另行商定。

这个提案一下就把西方国家吸引过来了。比利时外长斯巴克再次站起来，表示赞同周恩来的这个提案，苏联外长莫洛托夫也发言赞同。

会议执行主席英国外长艾登用目光扫视了一圈，正式发言说：
"以我的理解，我们面前有一个中华人民共和国代表的提案，比利
时代表认为这个提案体现了本次会议工作的精神，苏联代表表示赞
同，加拿大代表对《十六国宣言》持保留意见，我本人也同意这个
观点，如果大家都同意的话，我是不是可以认为，这个声明已经为
本次会议普遍接受呢？"

会场里一片沉寂，没有人反对。史密斯这时候犯了难，他不
能不说话呀，可杜勒斯早就交代过不能达成任何协议。理由呢？没
有。最后，史密斯只好要了一个滑头，以还没有得到白宫的答复而
拒绝了签字。

这个声明虽然由于美国代表没表示同意而未能获得通过，但为
下一步的解决打下了基础。周恩来在心里感谢着朗宁，在这场举步
维艰的"冷战"中，这位忠诚的朋友实在是帮了大忙。

会议期间，中国代表团为了让与会代表和各国记者更多地了解
中国悠久的传统文化和新中国成立后的新气象、新成就，举行了两
次电影招待会。他们把请柬印成两种，一种是署名邀请，另一种不
写姓名，放在"记者之家"，让一些不便邀请的代表和记者自取，
朗宁自然是在指名邀请之列。

第一部放映的是中央新闻纪录电影制片厂拍摄的纪录片《一九
五二年国庆节》。观众们对新中国的建设成就和中国人民意气风发
的精神风貌报以热烈的掌声。

另一部是新中国拍摄的彩色越剧影片《梁山伯与祝英台》。中
国代表团为方便外国人观看，将剧情和主要唱段译成一本 16 页的
说明书，剧名为《梁与祝的悲剧》。

朗宁拿到请柬时非常高兴，因为这个故事十分精彩感人。他是

由中国奶妈和厨娘带大的，儿时在厨娘的臂弯里就听过许多遍了。可朗宁掂了掂那个厚厚的本子却皱起了眉头，让外国人照着一个大本子看电影很不实际，即使懂点汉语的人也会因为听不懂越调而无法理解剧情，建议能否简化一下说明。

工作人员将这个建议报告给周恩来，周恩来一想，对呀，看电影又不是听报告嘛，略加思索便当即指示，只在请柬上写一句话："请您欣赏一部彩色歌剧电影——中国的'罗密欧与朱丽叶'！"

朗宁拿着重新印制的请柬广而告之，用英语把这个故事绘声绘色地讲给一些西方人听，为他们观看电影进入剧情做了铺垫。

果然，电影放映时观众们都很快入戏了。当演到"哭坟"和"化蝶"等一些关键情节时，朗宁还小声地做着剧情的英语旁白，很多观众发出同情的感叹声。放映结束灯光打开时，观众还沉浸在剧情里静默了好一会儿。突然，朗宁站了起来带头鼓掌，全场顿时跟着响起暴风雨般的掌声和喝彩声。一位美国记者甚至说："这部电影太美了，比莎士比亚的《罗密欧与朱丽叶》更感人！"

影片的成功放映，让中国代表团的工作人员们兴高采烈，他们钦佩周恩来的睿智，也感激朗宁的热心配合。

日内瓦会议结束第一阶段关于朝鲜问题的讨论后，因为第二阶段关于印度支那问题的会议与加拿大没有直接关系，加拿大代表团离会，朗宁也将前往挪威赴任。

6月19日，临别之前，周恩来热情地邀请朗宁到花山别墅做客。

花山别墅位于日内瓦州的韦尔斯瓦小镇，距日内瓦城区约10公里，因其所处的山坡而得名，离日内瓦莱蒙湖畔仅有几百米远，环境优美幽静。在日内瓦会议期间，这里是中国代表团的大本营，周恩来他们在这里进行了大量的会外活动。如会见苏联外长莫洛托

1954 年日内瓦会议中国代表团的大本营——花山别墅

夫、英国外长艾登，还有寓居瑞士的美国反战人士著名喜剧表演艺术家卓别林等等。

此时的花山别墅，已是姹紫嫣红，鲜花盛开。当朗宁走进这座灰白色的三层小楼，看着到处流淌的中国元素时，感到十分亲切。墙壁挂着齐白石、徐悲鸿等一些大师的画作，摆架上陈列有珍贵古董，大到国宝级文物，中国的宫灯、屏风、官窑青花瓷瓶，小到茶几上飞天神话造型的烟灰缸，都引人注目。它们都是周恩来特意指示向故宫博物院借用的。这些工艺精湛、寓意深刻的稀世珍品，万里迢迢被送到日内瓦，就是用来展现灿烂的中华文明以及中国人民的聪明智慧和对生活的热爱。

朗宁一边兴趣盎然地欣赏着这些稀世珍品，一边同周恩来谈起1951 年离开中国时因为甲骨卜辞事件所遭遇的一系列尴尬。加拿大传教士明义士留下的一批国宝级文物甲骨卜辞，经由他手捐献给了南京博物院，没想到因为中间的误会差点回不了国。周恩来十分惊诧，继而笑着说："当年的八国联军不知抢了多少中国国宝，他们不是怕再有什么闪失嘛！"

一起作陪的还有黄华、王炳南等一些老朋友，大家在轻松愉快的气氛中交谈起来。

朗宁说起离开中国这几年，无时无刻不在关注着故乡。他觉得中国的政府越来越巩固，已不可能再会由亲西方的政权所取代。他批评一些老中国通，说他们不能与时俱进和理解中国发生的变化，不相信中国共产党领导的革命释放出来的巨大能量。他经常应邀在公开场合就中国问题作讲演，围绕义和团、辛亥革命、20年代大革命和共产党领导的新民主主义革命介绍中国，使许多人对中国有了新的认识。

谈到这里，朗宁笑着问周恩来："您还记得奥德朗先生吗？"

"怎么会不记得呢？当年你们的那位大使先生总在说，只要我们把枪交给蒋介石，就能实行联合政府。"

"就连他这样对共产党和新中国抱有成见的人，也成了一个现实主义者呢！前些日子他在给我的信中说：'就我个人而言，是同情台湾那些人的，但现实告诉我，它现在不是，今后也不可能再成为中国的政府。我相信，蒋先生永远不可能作为元首衣锦还乡了，除非美国决定发动一场大战把他送回去。'"

"可是杜勒斯和蒋介石他们还在做着这个梦啊！他们仇视共产党。"

"是的，我们以为自己是按柏林会议确定的路线来参加会议的，却发现他们重点只在阻挠和平解决的实现。他们开会的目的，就是提出一项项提案，证明谈判不能产生政治解决。"

谈到这些，周恩来十分感慨："虽然没有在朝鲜问题上达成协议，但这些日子也没有白费，找到了一些共同点。许多代表同意中国的立场，美国代表团有人反对中国的提议，也有人表示认可，比如史密斯将军。"

谈起加拿大的态度，朗宁说，加拿大不是不愿意同新中国建立外交关系，而是受美国政策的牵制比较大。同时也还有件事情影响着国内民众的情绪，就是麦肯齐的问题。他告诉周恩来，麦肯齐是在朝鲜战场上，驾驶美国飞机时被中国军队击落俘虏的。

周恩来告诉他，这件事可以按特殊情况处理，但由于是战俘，需要按一定的法律程序办，并答应回国后向有关方面调查了解一下情况。后来在周恩来的亲自过问下，麦肯齐于这年12月中旬回到了蒙特利尔。

临别前，朗宁说，马上还有一位老朋友要来日内瓦，也许能对你们有所帮助。西默·托平在5年前成了自己的女婿，他和奥黛丽被美联社派驻越南西贡，报道印度支那战争。托平告诉他说，美联社最近将派他来日内瓦，观察和报道会议第二阶段对印度支那战争的解决。

周恩来等人按中国习俗把朗宁送出门外，朗宁钻进汽车后才发现这不是自己的汽车。司机告诉他，周恩来见他的汽车没有来接他，就让自己的车送他回去。朗宁这才想起，原来他忘了让自己的车来接他了。朗宁心里不禁涌起一股暖流，周恩来这样大的人物，每天要操那么多的心，关心起人来却是这么心细入微。

其实，朗宁也给中国代表团留下了十分友好的印象。多年以后，其中有位在日内瓦接触过朗宁的人在回忆录中这样描述他：修长的身材，儒雅的风度，幽默的性格，说得一口流利但带有浓重湖北乡音的中国话，和蔼可亲。他以自己出生在中国湖北而自豪，他逢人常说的一句中国俚语是："天上九头鸟，地下湖北佬。"

日内瓦会议的后期，讨论的是印度支那问题。主要包括停战后一段时期内越南与法国交战双方武装力量集结区的划分；老挝和柬埔寨问题如何同越南问题区别对待；停战的监督和保证；印度支那三国的政治前途等。美国企图延长乃至扩大印度支那战争，虽然勉强同意参加会议，但始终没有放弃其直接插手印度支那战争的打算。

面对上述情况，中国代表团尽可能争取法国等多数国家支持，反对美国破坏，尽力使会议取得实质性进展。休会间隙，周恩来会晤了法国新任总理孟戴斯－弗朗斯，在广西柳州与胡志明主席交换意见，在莫斯科与苏联领导人会谈，进一步协调了中、苏、越、法的看法，打破了在划分武装集结问题上的僵局。

然而，让中国方面最顾忌的是，如果美国联合英国进行武装干预，印度支那战争仍然有继续扩大的危险。要是能够通过某种途径，与美国方面沟通，达成不以武力干预和平协议的共识，印度支那问题或许就不会像朝鲜问题那样流产了。这时，他们想起一个最为合适的人，这就是朗宁提到的他的女婿西默·托平。此时，托平已作为美联社的驻会记者来到日内瓦。

7月18日上午，托平在旅馆里突然接到中国代表团的电话。对方告诉他，中国代表团的新闻发言人黄华想马上见他。

自从1949年9月离开南京后，他们已经5年没见面了。托平立即如约赶往花山别墅。两人一见面，托平就发现黄华一脸的焦虑，心想这位老朋友一定有什么当紧的事要请他帮忙。

二人简单地寒暄过后，黄华就直截了当地说，他找托平一是想了解美方的反应；二是想让托平充当中间传递信息的人，希望他能赶在当天下午由莫洛托夫主持的关键会议之前，尽快给美国代表团递个话儿，让他们了解中方关于和平解决印度支那问题的意图。

此时，被美国国务院召回的史密斯刚刚重返日内瓦，中方怀疑，美国召回史密斯的目的，会不会是商议阻止协议的签订，担心杜勒斯已经说服孟戴斯－弗朗斯，要将西方代表团拟定的协议条款变得更加苛刻，变得让越南人无法接受，特别忧虑的是美国会不会武装干涉印度支那。如果那样，自己的国家很可能又会像朝鲜战争一样，在一个本想一门心思重建家园的时刻，却不得不在家门口再次与美国交战。

黄华将谈话的主要内容作了记录，并明确表示希望这些信息能在当天下午会议召开之前转达给美国代表团，即便是通过美联社发表新闻电讯也可以。他说，如果西方各大国愿意接受那个"关键"条件，即：答应禁止在印度支那设立任何外国军事基地，并不得让这三个印度支那国家加入任何军事联盟。停火协议便有望在两天内达成——届时正好是法国新总理孟戴斯－弗朗斯上台时承诺"不是结束战争就是辞职"的最后期限。

中国方面知道美国和法国正在协商筹备一个东南亚条约组织（SEATO），他们担心越南、老挝和柬埔寨会被纳入这个"安全条约"，成为美国将来可能对中国采取军事行动的基地和桥头堡。"他们的做法"，黄华说，"将直接威胁到任何有望达成的印度支那协议。日内瓦会议的成功与否可能就取决于美国代表团在这个问题上采取的态度，拒绝做出这样一个承诺，将会严重阻碍协议的最终达成。就谈判中涉及的其他要点而言，我们的看法是一致的，或者说是非常接近的，我们对有可能在7月21日之前达成协议充满希望，我们坚信这一点。"中国方面希望协议上能留下美方同意的印记。

托平理解黄华的心思，从花山别墅出来后，很快便拟好并发出了题为"中国方面准备在英法原则上同意、以越南分疆而治为基础的协议上签字"通讯稿，同时还抄了一份递交给美国代表团。

经过艰苦努力和多方斡旋，7月21日，会议通过《日内瓦会议最后宣言》。美国虽未在协定和宣言上签字，但它作出了将不使用武力或武力威胁来妨碍上述协议的声明。

印度支那实现了停战，结束了法国在这个地区进行了多年的殖民战争，确认了印支三国的民族权利。这一成果，堪称印支三国人民争取独立过程中的重要里程碑。

《日内瓦会议最后宣言》签订后，中国代表团举行了香槟庆祝酒会，托平应邀参加，大家都为这个来之不易的成果感到高兴。黄华热情地向大家介绍托平，说他就是那位澄清中方立场的通讯稿的作者。

日内瓦会议之后，朗宁觉得中国离加拿大好像没有几年前那么遥远了。从日内瓦回到挪威奥斯陆不久，中国和挪威发表了建交公报，中国驻挪威使馆开馆了，朗宁在社交场合经常可以见到中国使馆官员和家属，这让他感到格外亲切。最有缘的是一位从湖北来的家属，朗宁在同她拉家常时得知，她的老家竟然还是老樊城十字街福音堂附近的，与自己是真正的街坊邻居。朗宁甚至知道她家住的位置，叫出她父亲的名字。

1956年底，挪威外长哈沃德·朗格出席联合国会议回来，带给朗宁一个令人振奋的好消息。他神秘地对朗宁说，在纽约时加拿大外长皮尔逊亲口告诉他说，加拿大最近可能与中国北京政府建交，届时将派朗宁去做大使。这个消息让朗宁无比兴奋，在自己的祖籍工作虽然令人愉快，但他更急切地想回到生长的中国故乡，从这天起就天天盼着外交部的调令。

然而，朗宁最终等来的却是让他到印度新德里出任高级专员的电报，这让朗宁深感遗憾和意外。他想，皮尔逊应该是不会轻率地透露那条不负责任的信息的，其中必然另有缘由。于是，朗宁便于1957年1月2日带着试探的口气致电加拿大外交部：

> 我非常感谢对我的信任，要我代表加拿大去印度，但我不去印度或许更好些。
>
> 如果今年有可能与北京建交，尽快采取行动十分重要。我相信，为使（中国大陆）沿海岛屿及台湾保持平静无事，不再对世界和平构成威胁，加中关系是一个重要因素。目前我们同印度的良好关系无疑对加拿大在中国的威信是一种催化剂，我们对北京的影响在西方来说可能变得重要了，尤其是现在美国似乎更倚重政治谈判。因此，我最好留在这里，等待时机，要不然我会在短时间里调来调去。

哈沃德·朗格带来的消息并非空穴来风。1月4日，外交部及时回电作出解释。原来，加拿大议会确实已同意外交承认中国，并开始启动程序。总理圣劳伦特和外长皮尔逊兴冲冲地前往美国弗吉尼亚州的白磺温泉别墅，会见美国总统艾森豪威尔，准备就加拿大承认中国问题听听他的意见。

原以为在这个问题上艾森豪威尔不会像杜勒斯那样顽固，没料到他比杜勒斯肝火更大，对他们吼叫："如果你们承认中国，就可能引起连锁反应，中国就会进入联合国。要是这样，美国就退出联合国，并把联合国总部从美国赶出去。"

不得已，1957 年 6 月 1 日，朗宁只好受命出使印度，入驻新德里。

时光荏苒，转眼到了 1958 年 12 月，朗宁马上就要过 64 岁生日，按常规已到了快退休的年龄。可是，促成加拿大承认中国的心愿一直未了，他怎么也不甘心就这样告老还乡，因为他一刻也不曾放弃过加中建交后能够出使中国的梦想。考虑再三，他诚恳地致信外交部请求延聘。他说：

> 我考虑在外交部继续工作一段时间的理由是，自从我 1951 年离开中国之后，一直希望同北京建立外交关系，在那里工作一些时日。外交部曾于 1950 年指示我着手进行建交谈判，周恩来也接受了我们的建议，但朝鲜战争爆发使其毁于一旦。如果什么时候我们决定重开谈判，我或许还能为此尽力。没有什么事能比参与这一谈判，到中国筹建使馆更使我感到欣慰了。

皮尔逊十分理解朗宁的心情，同时外交部也很需要他这样一位对中国事务有着深入了解和深厚情感的外交家。如果加中建交工作一旦进入程序，在外交部来说，朗宁将是参与谈判沟通最合适不过的人选了。外交部立即向财政部提出延聘朗宁的申请。理由是：

> 朗宁在亚洲事务方面有着广泛经验，在我们同世界这一地区的关系处于关键时刻的今天，外交部不愿让他离开。
>
> 需要附带说明的是，朗宁是外交部对中国事务有着广泛深刻了解的唯一的资深官员。如果加拿大政府决定着手同中国开

始建交谈判并进而建立外交关系，没有人可以代替朗宁去做这一工作。

1959 年 1 月，朗宁接到延聘通知，聘期为 1959 年 12 月 13 日至 1960 年 12 月 13 日。

1960 年，由于美国的干涉，老挝爆发了内战，危及邻国的和平与安全。国际社会呼吁再次召开日内瓦会议，解决老挝危机。

1961 年 5 月 16 日，讨论老挝问题的日内瓦会议开幕。加拿大是出席日内瓦会议 14 国之一，朗宁被任命为该代表团团长。陈毅外长率中国代表团出席会议，王炳南、章汉夫和乔冠华为代表团成员。

5 月 23 日，朗宁得到陈毅的邀请，再次来到花山别墅做客。老朋友再次重逢，朗宁感慨万千，他欣喜地告诉陈毅，在西哈努克

1961 年 5 月，日内瓦会议期间朗宁与陈毅亲切交谈

亲王邀请的宴会上，美国代表团团长哈里曼希望通过自己搭桥，认识陈毅。这是个令人高兴的意外，同 1954 年日内瓦会议上的杜勒斯形成鲜明对照。席间，陈毅热情邀请朗宁有机会到中国访问。

由于各方意见很难统一，这次关于和平解决老挝问题的日内瓦会议持续到 1962 年 7 月才终于结束，最后签署了《关于老挝中立的宣言》和《关于老挝中立的宣言的议定书》。

加拿大外交部对于朗宁的出色工作和卓越贡献，给予很高评价。因此，朗宁也破例地不断被延聘，直到 1964 年 70 岁了才办理退休，告别外交生涯。在即将离任之时，他怀着极其复杂的心情，向外交部递交了一份述职报告。时任外交部长保罗·马丁读了朗宁的离任报告后给他回信说：

> 我怀着极其浓厚的兴趣读了你从新德里发出的充满激情的离职报告。我愿借此机会对您表达深深的敬意——我想总理也怀有此意——感谢您多年来为加拿大作出的贡献，包括在外交部工作期间的贡献。
>
> 我不宜对您在两次世界大战中的业绩作出评价，就促进和平交往来说，没有几个加拿大人能像您这样做出如此巨大的贡献。我深知，没有您和您的家庭的牺牲为代价，是不会有这些成就的，因为您的工作使您远离加拿大，长期处在艰苦、重要的岗位上。
>
> 我，还有您在外交部的许多朋友们都知道，缺少了您的智慧、处理复杂的远东事务的经验，我们将会承受多么大的痛苦。然而，我们谁都珍惜您来之不易的退休生活，您一定会带着我们深深的祝福开始漫长而愉快的退休生活。

10 月 24 日，朗宁在安大略省的滑铁卢市接受了滑铁卢路德大学授予的名誉博士学位，并在毕业典礼上发表了讲话。然后，结束了外交职业生涯的朗宁和夫人英佳一起回到阿尔伯塔卡姆罗斯，去过退休生活。但他是无法放弃那个未了的心愿的，从此开始了促进中加建交和中西方沟通交流的新征程。

十、和平的呐喊

　　1966 年的夏天，加拿大班夫国家公园，露易丝湖波光粼粼的蓝色湖水，在一望无际的茂密森林包围下，澄净得就像一颗明珠，冰肌玉骨，超凡脱俗。

　　黄昏的湖边，已经 72 岁的朗宁背着双手，心事重重地独自漫步在幽深曲折的小径上。此时，他无心欣赏这风光旖旎的湖光山色，却是满脸焦虑的神色。加拿大国际事务研究所组织一年一度的研讨会就在这里召开，他是作为中国问题研究资深专家应邀出席的。

　　就在不久前，朗宁作为加拿大政府特使，才从越南调停战争回来，那里隆隆的炸弹声仿佛还在耳边震响，熊熊的硝烟战火让他忧心如焚。

　　加拿大是 1954 年关于越南问题日内瓦协定的国际监督委员会成员国之一。随着美国给越南造成的紧张局势加剧，在越南北方越来越严重的毁灭性轰炸向中国边境靠近，加拿大担心中国可能作出自身安全受到威胁的判断，像 1950 年麦克阿瑟率领联合国军逼近鸭绿江时一样，援越抗美使战争继续扩大。为了争取恢复和平谈判进行斡旋，特别是希望达成华盛顿与河内越共之间的沟通，加拿大决定派遣特使，前往交战的越南南越政府西贡和北越政府河内调停。

于是，在这年 3 月，朗宁这位已经退休的资深外交官，由于熟悉东亚事务而再次起用被委以"特使"。

为了协助扑灭那场不宣而战的毁灭性战火，朗宁欣然受命。他在途经香港时，顺便去看了住在那里的女儿奥黛丽、女婿托平和一帮外孙。托平正作为《纽约时报》东南亚首席记者派驻香港，负责报道越南的战事。托平告诉他，美国的炸弹快要失控了。

在得到加拿大越南委员会专员维克多·穆尔的"解除警报"的电报后，朗宁从香港飞到西贡，在那里与三名国际委员会的代表见面。

就在刚刚到达，还在委员会的客厅里休息的时候，就听见一声猛烈的爆炸，房屋震得发抖，窗户玻璃啪啪落地。朗宁正惊异间，第二颗炸弹又炸响了。

维克多·穆尔解释说："这是美国的炸弹。"

"为什么离西贡这么近？"朗宁不解地问。

"因为越共把我们包围了。"

这让朗宁想起了 16 年前在南京听见的美国巨型炸弹的轰炸。那时内战已经结束，逃离大陆的蒋介石用美国援助的炸弹，丢在南京人民的头上。可现在挨炸的却偏偏是据说要保护的人。他们的谈话，在隆隆的爆炸声中不得不提高嗓门。

在西贡，朗宁同越南南方总统阮文绍作了一次长谈。阮的意思是赞成回到日内瓦协议，特别是回到以非军事区隔离双方的条款。然后，拿自己与他的对手胡志明在河内的环境作比较："这不公平，我们不干涉他在河内的活动，他可以散步到任何地方，没有人想暗杀他。可我从这地方去我的家却不能不坐防弹车，还得前后有武装警卫保护。"朗宁心想，如果阮文绍也能受到越南人的爱戴，他说不定也是可以不用警卫保护，自己步行回家的。

朗宁接着拜访了美国驻南越大使卡波特·洛奇。洛奇首先给他看的是一张军事战略地图，上边标注着越南东部沿海的多个登陆地点和海上运输线，然后对他说："现在我们可以从全部新兵站平行派出远征部队，穿越全国同时出击了。无论什么力量也阻挡不了我们，我们要把它吃掉。"朗宁忧心忡忡，美国人仍然对他们的武力解决抱有自信。

从西贡到河内，朗宁再去做北越政府的工作。沿途的一些地区一个个炸弹坑简直像月球的表面，完全是一片彻底毁灭的景象。大片大片的丛林被燃烧弹烧得精光，一个个村庄，一片片庄稼被大面积损毁。

在河内，北越政府总理范文同会见了朗宁。朗宁解释了此行的目的：

"加拿大政府对遍及全越南的危险局势很为关注。作为美国的邻居和朋友，我们对美国有一些了解。虽然常有人认为加拿大盲目追随美国政策，其实我们的外交政策和美国并不等同，在重要时刻也曾出现过严重分歧。我提醒范文同总理，在西方政府首脑里第一位建议停止对越南民主共和国的轰炸的，就是加拿大总理。"

"我被派来河内，不是想劝说谁改变或者修正政策。我的目的是听听你们的意见，就是你们所宣布的，在考虑和平解决前，美国必须接受的关键要求是什么。我们希望出现一种可能，这就是通过双方非正式的直接会谈。"

范文同感谢朗宁的善意和加拿大政府的善意，但转而情绪激动地说："可是美国没有这样的善意。使战争紧张的是美国的政界和军界人士。"

朗宁建议道："为什么不试试和平谈判，一劳永逸地结束战争呢？美国人撤出越南问题可以通过谈判解决嘛。"

范文同阐明北越政府也愿意回到日内瓦协议，但"和平谈判的前提条件是：全部撤走美国军队；必须接受民族解放阵线临时政府为越南南方的政府；必须保证越南主权和领土完整；必须保持越南中立，一切内部问题由越南人民自己解决，不容外国干涉。这是美国的一场殖民战争，你们不应该支持他们这个政策。战争越久，他们的失败就越惨。"

这显然是个难解的题目。朗宁带着沉重的心情回到渥太华复命。当加拿大把他们掌握的情况和建议传递给华盛顿后，一意孤行的五角大楼的决心却是以全胜结束战争。他的西贡第七航空队把轰炸航程继续向北推进，以致引发中国的抗美援越也就不足为奇了。

依然还处在忧虑之中的朗宁，决定把这次提交研讨的题目确定为《加拿大、亚洲与联合国》。

在讨论会上，朗宁以见证人的身份，分析了亚洲主要国家在第二次世界大战后发生的巨大变化。他显得有些激动地指出："除非急遽升级的越南战争被制止，否则全世界就要陷入一场灾难。……同样重要的是，加拿大应当尽快行动起来，竭尽全力通过承认北京政权，在联合国投票赞成，使中国进入这个国际组织，在讨论国际问题包括裁军问题时，可以听到七亿中国人民的声音。"

这年 10 月，朗宁应邀来到阿尔伯塔大学作学术演讲。他对东西方之间的关系进一步作出深刻分析。

他认为,"革命浪潮已经改变了亚洲的面貌。亚洲革命是西方社会影响古老东方社会的结果。但是,西方不应死守上个世纪对待东方的态度"。接着,他着重分析了发生在中国的巨大变化:"中国已经成为一个世界强国,中美苏三国已经形成一个国际三角。在解决越南问题上,中国比苏联更有发言权,因为越南战争打的是一场常规陆地战。中国一再声明,中国人民是越南人民的坚强后盾,中国领土是越南的可靠后方。如果美国一味地扩大战争,一旦中国感到威胁,它就会像帮助朝鲜抗击联合国军那样帮助越南。当今,没有中国的参与,许多国际问题,尤其是亚洲问题都很难得到解决。"

1966年10月17日,《多伦多每日星报》在重要位置报道了一条题为"大学报告会在是否承认中国的激烈辩论声中结束"的消息:

> 两位前外交官昨天在多伦多大学举办的中国问题报告会上,就承认中国问题展开激烈辩论,一位是加拿大人,另一位是美国人。
>
> 大学体育馆里约3000名听众明显地支持加拿大的朗宁,他呼吁渥太华承认北京政权。朗宁先生曾作为密使访问越南。当他的演讲结束时,场内爆发出热烈的掌声。
>
> 听众对美国的查尔斯·伯顿·马歇尔的态度可就不那么热情了。当这位前美国国务院政策设计司官员贬低加拿大承认中国的意义时,观众吹口哨嘘斥他。

报道中所指的辩论会,是多伦多大学举办的以中国问题为主题的国际问题报告会,特地从世界各地请来了许多著名的中国问题专家，包括英籍华裔女作家韩素音等。查尔斯·伯顿·马歇尔是作为美国"心理战略委员会"的代表参加的。

冷战爆发后，为遏制苏联和所谓共产主义扩张，美国政府制定了遏制战略。在这一战略下，又出台了具体的政治、军事、经济、外交、文化等战略，与以苏联为首的社会主义阵营全方位对抗。还成立了"心理战略委员会"，查尔斯·伯顿·马歇尔就是这个机构的主要成员之一。他主张以统一性取代多样性，认为美国所倡导的价值观、信仰和社会制度才是正确的，并试图通过宣传证明这一点，来与苏联展开心灵和思想争夺。

马歇尔对朗宁承认中国的呼吁不屑一顾。他说，"中国微不足道，就像你可以随便把一枚硬币扔在地上，它不会引起震动"。并进而对英国和法国同中国建立外交关系大加指责，听众席上一片哗然。

1966 年 10 月 17 日，加拿大《多伦多每日星报》对辩论会的报道

朗宁对多年来美国对加拿大外交一直横加干涉十分反感，但他还是抑制住自己的情绪，冷静地说："如何对待北京政权，加拿大可以有自己的政策。美国的政策是建立在中国是苏联的附庸这一错误论断之上的，现在已经没有人相信这一论断，美国还死抱着不放，拒不承认中国，还阻挠恢复北京在联合国的合法席位。"

当马歇尔在台上否认美国在联合国游说，阻止中国进入联合国时，听众席有个学生站起来大声质问："你在欺骗谁呢？"恼羞成怒的马歇尔失态地大声吼叫，但他的声音立即淹没在一片倒彩和口哨声中。这是一场充满火药味的报告会，自始至终充满了支持承认中国的热烈气氛。

1967 年伊始，加拿大便启动了联邦政府成立一百周年庆祝活动。新闻界率先在创刊于 20 世纪初、全加拿大发行量最大的杂志《麦克林》第 1 期上，把读者推选的十大名人介绍给全国人民，朗宁荣登榜首。《麦克林》称朗宁是加拿大最能沟通东西方的职业外交家。

作为百年庆典的一项内容，加拿大第一次对作出重要贡献的公民颁发勋章。1967 年 11 月 24 日，朗宁被授予加拿大一级勋章。

加拿大勋章不仅代表加拿大的最高平民荣誉，而且有着严格的名额限制。它源于英联邦大勋章，英联邦大勋章授勋所有联邦国家的名额只有 24 个，除非中间有人去世，才可增补。

1967 年，作为英联邦国家的加拿大，在建国百年庆典时，总理皮尔逊征得英国女王的同意，设立了加拿大勋章，用来表彰成就杰出或服务卓越，终身奉献于某个领域，力图或大幅改变了加拿大的人（但不包括在任的官员和法官），它是对一个加拿大人对国家的终生贡献的认可。

加拿大勋章的授予，有着十分严格的程序。授勋候选人名单由

朗宁（左）在接受加拿大勋章的授勋仪式上

顾问委员会推荐确定，顾问委员会主席由加拿大最高法官担任。英国女王伊丽莎白二世是该勋章的名誉颁发者，加拿大总督实际负责该勋章的授予工作。

根据规定，金质的加拿大勋章每年最多只可颁发 15 枚。在任何时候，全国最多只能有 165 个健在的公民同时拥有这份殊荣。如果数额已满，该项勋章就自动停止颁发，直至有先前的勋章获得者去世，才能重新按所缺的数目推选补充。而朗宁理所当然地成了全加拿大首批获此殊荣的 15 人之一，可谓实至名归。

1968 年春天，加拿大一向沉闷的政治生活迎来了清新的气息。由于西方盟国努力摆脱美国的控制，为加拿大调整亚洲政策、承认中国提供了一个良好的外部环境。此时，加拿大已经成为新中国第 9 大贸易伙伴，中国是加拿大小麦的最大买主。

这时的皮埃尔·特鲁多瞅准时机，代表自由党内的少壮派，对总理皮尔逊落后的对华政策提出尖锐批评。他们所拟定的新党纲中的重要一条，就是尽快承认中华人民共和国，这使他赢得了人心。他在竞选中当选自由党的新领袖之后不久，获选加拿大总理。

特鲁多在 5 月 29 日竞选演说中的一段话，引起加拿大民众的广泛注意：

> 我们将在太平洋事务的新的利益观念这一意义上看待我们的对华政策。因为过去我们优先大西洋和欧洲事务，有点忽视加拿大也是太平洋国家这一事实。加拿大向来以积极态度对待中国大陆，并指望他成为世界中的一员。我们在中国有经济和贸易利益……中华民族是一个世界必须重视的民族，世界大家庭需要中国，敌视和歪曲应该加以放弃，沟通和理解才是处理与新中国关系的最佳途径。我们的目标是尽快承认中华人民共和国并使其占有联合国的席位。

美国掣肘及国内右翼势力笼罩下的中加关系的云层，终于裂开一线希望的亮光，朗宁从中敏锐地觉察到，新总理的新思维定会拓展出一片新天地，这让他受到鼓舞，更加活跃于报刊媒体和发表公开演说，不仅积极支持特鲁多的主张，还到美国呼吁美国人民敦促他们的政府改变其中国政策。

特鲁多思想左倾，曾被美国列入黑名单，不准其入境美国。他上台执政后，在对华政策上欲与美国拉开距离，希望加拿大能在国际舞台上扮演更重要的角色，不唯美国"马首是瞻"。为此，他经常同美国就外交政策发生摩擦，还讽刺五角大楼的人是一群"无聊

朗宁（中）经常应邀到一些机构和公众场合作演讲

小人"。他曾公开表示："在对华关系上，加拿大已经等待美国快20个年头了。加拿大现在要干一些美国不同意，也不喜欢的事，就算是老虎尾巴也要扭它一下。"

但话虽这样说，特鲁多还是不得不多少顾及美国的态度。他出任总理之后的前3个月，曾向美国总统尼克松探询。尼克松对他说："加拿大与中国谈判建交是不明智的。"

迫于美方压力，特鲁多的中加建交计划在"台湾有一个单独的政府"面前一度搁浅。

1969年2月，渥太华仍然处在漫长的冬雪里，可此时在它的主人特鲁多心里，已萌动着春天的气息，他希望封冻在渥太华河面的冰层早一些融化。

这一天，特鲁多在议会大厦的小客厅里请朗宁喝咖啡，他对这位熟悉中国事务的外交部前外交官很尊重，想听听他的意见。

两人一见面特鲁多就说："你当年在驻中国大使馆工作的时候，我也去了中国呢。"

朗宁笑道："是啊，我知道你去了那里，遗憾的是我没请你去做客。不过，你后来写的那本书我已读过了。"

特鲁多对中国的看法与其早年经历有着直接关系。40年代末新中国成立前夕，他就抵达中国，对这个东方文明古国进行考察，后因战事而中断。

12年后，他又和好友、作家雅克·埃贝尔再次前往中国，并把在中国的见闻写成了《红色中国的两个天真汉》一书。书中，他同后来成为参议员的埃贝尔描写了一个与当时西方舆论宣传中截然不同的中国，认为中华民族是一个世界必须重视的民族，世界大家庭需要中国，敌视和歪曲应该加以放弃，沟通和理解才是处理与新中国关系的最佳途径。朗宁非常赞同特鲁多的观点。

特鲁多谈起共同关心的中加建交问题说："我加入自由党，给担任总理的皮尔逊做秘书时，他就很有感触地对我谈起过朝鲜战争的教训：加拿大在朝鲜战争中有1500多人伤亡，付出的代价够大了。停战之后，政府是接受了教训的，我们应当同中国建立正常关系。可现在遇到的难题就是台湾问题。中国方面对台湾问题极其敏感，而美国向来是倾向台湾的。"特鲁多顾虑重重。

朗宁告诉特鲁多："从我在做驻华使馆代理大使的时候起，我就深刻感受到，在处理同中国的关系上，我们加拿大受到来自美国的干扰实在太多。自新中国成立至今，美国一直都在干涉西方盟国的外交政策。他们追求的是自己的利益，眷顾的是台湾的老朋友蒋介石总统先生，却把我们绑架在他们的战车上！"

特鲁多脸上隐隐露出一丝苦笑，但马上又转阴为晴，"不过，尽管有美国和加拿大国内右翼势力的反对，现任内阁还是打算承认中国。在台湾问题上，我们已经决定迈出一步，承认中华人民共和国政府是代表中国人民唯一合法的政府。我一直认为，我们作此表态已经足够了。至于台湾岛，那是属于中国领土主权范围的问题，是中国人自己的事情，是无须由加拿大表示赞成或者反对的。"

朗宁对特鲁多的这种说法表示困惑。特鲁多继续解释说："就像我们从不要求同我们建交的国家承认北极圈地区是加拿大的领土一样，我们也不愿对别国领土的确认承担义务。"

"不，我觉得中国人自有他们的道理。台湾与北极圈不同，他们声称自己代表中国，而北极圈里是没有任何政府声称要代表整个加拿大。"朗宁辩解道。

特鲁多说："对于加中两国关系正常化，中国人还必然会提出另一个前提，就是赞同中国应该在联合国占有席位问题。从法理上说，我们也不能对属于将来的行为预先承担义务。"

朗宁幽默地笑道："我们既然承认只有一个中国，在联合国里当然应只能由北京政权代表中国。北极圈里的那些北极熊居民们，是不会要求在联合国里占据席位代表加拿大的。"

特鲁多哈哈大笑："朗宁先生，应该称你为'朗宁同志'，你几乎可以代表共产党的中国政府与我们进行建交谈判了。"

几天之后的 2 月 6 日，特鲁多便指示加拿大驻瑞典大使馆设法与中国驻瑞典大使馆接触，传递出加拿大政府准备与新中国进行建交谈判的试探性信号。选择将瑞典作为对接点，是因为中加双方都在那里设有大使馆。

谈判之初，中方就阐明了建交的一贯原则：必须承认中华人民共和国政府是代表中国人民的唯一合法政府。加方则提出几项有关互派大使、建大使馆等具体建议，对中方关心的原则问题采取回避态度，谈判一时陷入僵局。

然而，谈判既然开启，特鲁多也就不会轻易放弃。中加双方的谈判代表分别在周恩来和特鲁多的因势利导下，以不突破双方原则底线为前提，互作让步，努力达成共识。

经过数轮谈判，充分交换意见，加方对台湾问题作出明确表态：加拿大政府无保留地不搞"两个中国"，绝不奉行"两个中国"政策，也不愿参与搞"一中一台"的活动，加方确实尊重中国领土主权完整。就台湾地位而言，加政府不拟参加旨在促成其特定地位的任何活动。加方这一表态，扫除了建交障碍，为余下的谈判奠定了基础。

可是，双方代表在讨论建交公报的草稿时，在有关措辞上再次出现分歧。焦点是如何在建交公报中表述台湾问题。中方要求加方将其对台湾问题所做的明确表态写入公报，加方则坚持在公报中体现其模糊立场。

如果中方一味坚持自己的观点，不考虑加拿大政府顶着美方压力、处境困难的具体情况，仍要求加方公开表态，谈判恐致流产。最后报经毛泽东同意，采用了加方的表述方式。

云开月朗，日出天光。1970 年 9 月 17 日，双方终于在联合公报中达成共识："中国政府重申：台湾是中华人民共和国领土不可分割的一部分。加拿大政府注意到中国政府的这一立场。加拿大政府承认中华人民共和国政府为中国的唯一合法政府。"

10 月 7 日，中加确定了建交公报的中、英文文本。公报确定：

自 1970 年 10 月 13 日起，两国政府互相承认并决定两国之间建立外交关系，两国在建交后的 6 个月内互派大使。

1970 年 10 月 13 日，中加两国建立外交关系的联合公报由双方在各自首都同时公布。这一重大决定在加拿大出版的百年政治与外交回顾杂志上，被认为是最重大的事件之一。这一明智的重大外交决策，使加拿大被国际上公认为"在重大国际事务中扮演了极为重要的领导角色"。而公报中加方用"注意到"中国政府立场这一独创性表述，被称为"加拿大模式"，颇受国际社会赞赏。

1970 年 10 月 16 日新华通讯社《参考消息》，以"西方舆论评中加建交的重大意义：中加建交影响巨大　美帝反华更加孤立"为通栏标题，报道来自各方的反应：

合众国际社香港十四日电：中国和加拿大建立外交关系的协议大概标志着国民党中国停止作为中国在联合国的代表的开始。

专门研究中国事务的外交官和其他分析家们认为加拿大承认中国要比 1964 年 1 月法国的承认具有重大得多的意义。

台湾的国民党中国政府立即和加拿大断交，这就为北京和渥太华互派大使扫清了道路。

这是立即引起的一个反响。

据这个听音哨的分析家们的看法，长远的影响比这重要得多。

加拿大的背叛使得美国几乎没有什么重要的西方国家政府支持它的对华政策了，其政策是主张台北的国民党政府是中国的唯一合法政府。

加拿大的背叛也将促进美国国内日益高涨的要求和共产党中国建立关系的共同呼声。

……

中加建交，被誉为 20 世纪 70 年代的"报春花"。加拿大是重要的发达国家，又是美国的近邻。加拿大与中国建交，是中国外交工作的重大突破。紧接着，11 月 6 日，意大利与中国建交。12 月 15 日，智利与中国建交。进入 1971 年 5 月 28 日，奥地利与中国建交。

同时，中加建交还在第三世界国家中引起连锁反应，一个又一个国家谋求与中国建交或发展关系，在国际上掀起了一个承认新中国的高潮。

然而，1970 年 10 月 13 日，对于朗宁来说更是一个特别的日子。这一天他发出由衷的感叹："经过 21 年零 13 天之后，加拿大终于承认了中国！"原来在朗宁的心里，中加建交的夙愿是以天为计算单位的。

为了庆祝中加建交，同时对为之付出努力的人士表示谢意，特鲁多亲自设宴招待为此做出过突出贡献的人士，朗宁理所当然受到邀请。宴会上，兴高采烈的皮埃尔·特鲁多一手端着鸡尾酒，一手拍着朗宁的肩膀对大家说："我们都为加拿大同中国建交感到高兴，但最高兴的加拿大人要数切斯特·朗宁了。这位退休外交官，多年来一直在不知疲倦地呼吁加拿大承认中国。"整个宴会厅响起热烈的掌声。

十一、"湖北佬"回来了

对于中加建交，毛泽东以他特有的幽默笑称："在美国的后院交上了朋友。"

1969 年珍宝岛军事冲突之后，苏联已在中国东北和外蒙边境陈兵百万，战争似乎一触即发。毛泽东和周恩来从调整中、美、苏大三角关系的外交战略需要出发，通过请美国作家斯诺传话、邀请美国乒乓球队访华等方式，发出愿与美方接触、争取打破中美关系长期封冻坚冰的信号。

面对新的国际关系态势，入主白宫的美国总统尼克松也在想着怎样通过改善中美关系，开展"均势外交"，以增强美国对付苏联的力量，并调整其亚洲政策，作出寻求"与中共改善关系"的姿态。

1971 年的春天，有着不同寻常的意蕴。4 月底，在日本名古屋参加第 31 届世界乒乓球锦标赛的美国乒乓球队应邀访问中国。自1949 年以来，他们是获准进入新中国的第一批美国人。这一消息引起了全球的极大关注，人们意识到这是中国为恢复中美接触而传达的一个重要信号，这就是著名的"小球转动大球"的乒乓外交。

就在美国乒乓球队访华团刚刚离开，周恩来就会见了一位来自加拿大的客人——切斯特·朗宁。

朗宁曾三次受到周恩来邀请访华，都因中国和加拿大没有外交关系而未能成行。这年初，中国外交部受周恩来的指示，第四次对这位老朋友发出了邀请。

特鲁多也为之感到高兴，希望朗宁的中国之行能带回一些自己所关注的新的信息。临行之前，他对朗宁说："你去看看，那些西方记者们和所谓的'中国通'们关于中国的报道究竟有多少真实性。"他虽然在 20 世纪 40 年代末期和 60 年代初期有过两次实地考察中国的经历，但对现实发展状况却很茫然。

"是的，从新中国成立之初关闭南京的加拿大使馆到现在已经过去 20 年了，从离开故乡湖北的襄阳樊城到现在已经 44 年了。我更急切地想回去看看。"

"中国人都一个模样，穿一样衣服，说一样话，一种想法吗？全都没了色彩吗？"特鲁多的疑问真多，问号排出一大串儿。

"等我回来，一定会告诉你我所看到的一切。"朗宁的激动之情溢于言表。

1971 年 3 月 17 日，襄阳地区革委会接到湖北省革委会通知。根据中国人民对外友好协会指示，最近，有位叫穰杰德的加拿大友人将来中国访问，其间要求到襄阳参观。据称，此人出生襄樊，并曾在本地"雄文中学"教过书。省里要求，襄阳方面对相关情况进行调查了解，重点是尽快查清三个问题：襄樊解放前有无"雄文中学"；穰杰德 1922 年至 1927 年在襄樊的活动情况；穰杰德的政治面貌。

对于襄阳来说，这是新中国成立以来首次面临的问题，这个内地小城已有几十年没有见过洋人了。

襄阳地区革委会的领导们都没有接待外宾的经验，在当时全面实行军管的体制下，决定由军管会的成副政委牵头负责调查工作。

襄樊市是襄阳地区首府所在地，又是外宾曾经生活和工作的地方。于是，成副政委将任务下达给襄樊市公安机关军管小组。

军管小组当即组织一个专班，首先从市教育系统展开调查。半个世纪过去，早已时过境迁，哪里还有人记得这些陈年往事呢？

经多方查询，最后终于从退休多年的老教师宋涤华那里获得重要线索。"雄文中学"应该叫"鸿文中学"，穰杰德的英文名字叫切斯特·朗宁，曾于1922年至1927年在这个学校担任校长。他的父母是基督教传教士，母亲早年去世安葬在这里。

3月19日，襄樊市公安机关军管小组根据掌握的情况，向襄阳地区革委会和军管会呈交了一份调查报告。

报告简单汇报了掌握的情况后分析说，朗宁此行的目的可能有三个：一是看望他母亲的坟，但此坟早已不见。二是看望当年的鸿文中学，而这所学校也早已改了名字。三是找童年伙伴，目前健在的人已经不多。考虑从未有过外宾接待经验和可能带来的麻烦，最后建议，能否取消朗宁访问襄樊的活动计划。

报告报到省里，省里立即上呈中央。中国对外友协向湖北转达外交部意见：中央很重视，周总理称朗宁是他的老朋友，要作为特殊客人接待。湖北省革委会迅速将意见电告襄阳。同时，襄阳军分区也接到湖北省军区指示，批评襄阳方面不够热情。

他们哪里知道，这可是周恩来亲自邀请的客人。中央的指示，是要求妥善安排朗宁访问的一切相关活动，而不是征求你是否接待的意见的。襄阳地区革委会立即会同襄樊市革委会，成立外宾接待班子，启动筹备工作。

4月21日，对这件事非常重视的省委书记张体学亲自作出批示，要求襄阳方面迅速拿出具体的接待方案，并随时与省革委会保持联系。为慎重起见，省革委会特派省军区副政委潘振武带领省外事部门的同志亲临襄阳，指导接待筹备工作。潘振武曾经担任过中国驻苏联大使馆武官、国防部办公厅副主任兼外事局局长，有着相当丰富的外事工作经验。

潘振武来到襄阳后，首先就是组织对朗宁与襄阳的关系做详细调查。

原来朗宁家族与襄阳有着这么深厚的渊源。他不仅生在襄阳，长在襄阳，还在襄阳从事过多年教育工作。并且，他的父母也不只是一般的传教士，他们当年在这里办起了最早的新式学校和最早的西医院，为襄阳的教育和医疗做出过非常重要的贡献。他们家族有9人在这里出生，3人在这里去世，永远留在了襄阳。朗宁不仅是周恩来亲自邀请的贵宾，而且是襄阳引以为豪的海外游子啊！襄阳方面为当初的草率深感自责。

紧接着，地、市革委会在潘振武的指导下，拿出了《关于接待外宾的安排意见》。包括参观项目的安排，接待的规格，伙食标准，交通问题，下榻宾馆布置和安保，等等。为了这个详细备至的接待方案，接待专班花了足足一个星期。随着朗宁一行抵达日期的迫近，准备工作在紧锣密鼓中进行。

4月27日，朗宁和他的大女儿西尔维亚及三女儿奥黛丽，通过深圳罗湖桥踏上中国的土地。同行的还有两位加拿大记者，他们是随行采访朗宁访华活动的。

中国对外友好协会副会长周秋野从北京专程赶到深圳，迎接他们的到来。

一踏上阔别的故土中国，朗宁就显得异常兴奋。当年他是带着极为复杂的心情从这里离开中国大陆的，今天他终于回来了。从办理签证那一天起，他就一直在猜想着 20 年之后的中国会是什么样子。

在周秋野的陪同下，朗宁一行登上开往广州的列车。列车上装有空调是他没想到的，过去拥挤、破烂、散发污浊气味的车厢，如今窗明几净、欢声笑语，广播里播送着欢快激昂的革命歌曲，旅客们的脸上无不洋溢着幸福的光彩。沿途的田野和农舍弥散着春天的气息，眼前闪现的社员们集体劳动的场景，是一派热火朝天欣欣向荣的景象。

朗宁原以为这一带的乘客都说广东话，没想到大部分旅客都会说普通话，虽然听起来夹杂着方言的味道，但听懂是没有问题的。想起当年在这里同样说中国话却语言不通的窘境，十分惊讶。于是，他兴趣盎然地同邻座的旅客们攀谈起来。

在入境之前，朗宁特意换上一身新做的中山装。一个洋人却身着中山装，而且是一口地道的中国北方口音，说起话来妙趣横生，立即引来周围好奇的旅客。人们惊异地问朗宁是哪里人，他一字一顿地说："天上九头鸟，地下湖北佬。我嘛，湖—北—佬！"

出于礼貌，也是安全考虑，乘务员示意人们不要围观外国友人，可仍然阻止不了大家的热情。朗宁给他们出了许多自己小时候听来的谜语猜。

"我给你们破个命（谜）儿好吧！金斧头银把把儿，猜着了是个笑话。你们猜是个什么东西？"

"是豆芽，对吧？"

"对了，你真聪明。"

"我再给你们出一个。一个老头儿八十八，先长胡子后长牙。你们猜得到吧?"

"苞谷。"

"哈哈，你们又猜对了。"

大家不时发出朗朗笑声，整个车厢充满热情友好的气氛，在不知不觉中列车抵达广州。

朗宁一行在广州参观了春季广交会后稍作停留，便搭乘中国民航客机飞往北京。周恩来特意为他们安排了参加庆"五一"天安门焰火晚会观礼活动。

5月1日晚上7点，周恩来在人民大会堂会见了朗宁和他的两个女儿。两位老朋友相见，热烈拥抱之后双手又紧紧握在一起，心情都非常激动，日内瓦一别已是17年了。

他们轻松地品着绿茶，首先回忆起在日内瓦的那些日子。

朗宁说:"如果会议采纳您的建议，朝鲜问题就不会无果而终，可能会签订一项和平协定。"

"可是美国人不干啊!"周恩来还清楚地记得，杜勒斯是怎样挥舞着拳头搅乱会议，使会议夭折的。

"日内瓦会议之后没几年，听说你去了印度，你是从印度任上退休的吗?"周恩来问朗宁。

"是的，我应该在65岁退休，但到70岁才退。"朗宁答道。

"我们这些人都是例外，我今年73岁了还不能退休。你退休后一直住在老家吗?"

"是的，退休少了公务，闲暇时光更多是离开渥太华，回到阿尔伯塔卡姆罗斯原来的老房子。我住的房子是我们那个地方最小的

1971年5月1日，周恩来在人民大会堂会见来访的朗宁

房子，不过总理若到加拿大访问，我在家里接待你是没问题的。"

"上了年纪，离开大都市回归田园生活可能更闲适。听说工业发达国家的生态普遍受到影响，由于环境污染许多地方连鱼都难生存了，你们那里的情况怎么样呢?"周恩来十分关心工业发展与环境保护的矛盾问题。

"工业污染确实难以避免，但我们对环境保护很重视，鱼还是很多的。您到我家做客，我可以给您煎鱼吃。我自己每天会做两顿中国饭，普通的家常饭。我也不要菜谱，我都记得怎么做。"

"中国工业化刚刚起步，你们的许多经验教训，是值得我们借鉴的。"

周恩来斜身靠在沙发上，又跟朗宁回忆起当年在重庆和南京的时光，不时发出爽朗的笑声。身为美国《国家地理》杂志摄影记者

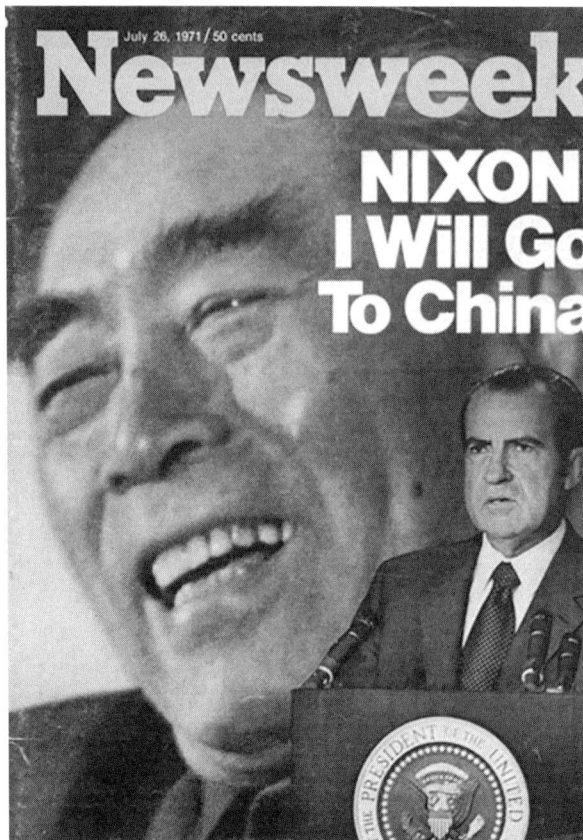

奥黛丽·托平拍摄的
周恩来总理照片刊登在美
国《新闻周刊》封面

的奥黛丽，不断转换角度，抓拍着周恩来谈笑风生时的俊朗神态。后来这组照片被西方媒体广泛采用，其中一张上了美国《新闻周刊》杂志的封面。

半个小时后，周恩来因要提前到天安门城楼安排晚上观礼活动现场，便指示由外交部的官员陪同朗宁上天安门城楼，并预约过几天请朗宁和他的女儿们一起吃饭。

天安门广场上的"五一"焰火晚会，人声鼎沸，一片欢腾的红色海洋。广场四周的建筑物穿上彩色灯装，各种激光射线像画笔一样，勾勒出人民大会堂、人民英雄纪念碑、历史博物馆亮丽的轮廓。"'五一'国际劳动节万岁！""毛泽东思想万岁！""全世界人民大团结万岁！"等巨幅霓虹灯牌耸立在广场之上，闪烁光芒。

在高音喇叭里"大海航行靠舵手"的歌声中，毛泽东等党和国家领导人从天安门西侧登上城楼。及至正中，毛泽东在"毛主席万岁！"的欢呼声中，不停地向欢腾雀跃的群众挥手致意。

这时，包括西哈努克亲王夫妇在内的诸多外国政要、贵宾和驻华使节，从城楼上的休息室依次而出，在时任外交部礼宾司负责人王海容的引介下，一一与毛泽东握手。当轮到朗宁的时候，周恩来赶紧上前，抓住时机向毛泽东介绍说，这位就是加拿大友人切斯特·朗宁先生，我们的老朋友。毛泽东亲切地点头示意，宽厚的大手与朗宁特意重重地握了一下。

观礼台上，一溜圆桌沿着靠南的栏杆依次排开，宾主各就其位。正中的主桌上5人，自东而西围成一个半圆形，依次为：毛泽东、西哈努克、董必武、西哈努克夫人、林彪。朗宁坐在东边的外宾席，与主桌相隔两个桌子，紧挨其右手作陪的是外交部副部长乔冠华。

朗宁首次登上天安门这个最具中国国家标志的城楼，站在这象征国家最高权力核心的地方，面对沸腾的天安门广场，心潮起伏。他切身感受到这中国心脏勃勃跳动的强音，心里充满着对这个伟大民族独立解放、兴旺繁荣的无限感慨和祝愿。

主桌那边，在翻译的帮助下，毛泽东与西哈努克纵横捭阖，由讽刺苏联不敢登载中国的"反修"文章，说到美国《纽约时报》对中国的积极报道，又顺势说："你是到过美国的啊，我们这些人都是'土包子'。不过，我们最近打了个小球过去。"朗宁隐约从断断

1971 年 5 月 1 日，朗宁应邀在天安门城楼观看焰火晚会（右一为朗宁，右二为乔冠华）

续续传来的毛泽东谈话里听出，这是在利用一切机会释放暖热中美关系的信号。

焰火晚会观礼活动在雄壮的《国际歌》声中拉开序幕，整个晚会的背景音乐是响彻中国大地的"大海航行靠舵手"和"全世界人民一定胜利"。《海港》《沙家浜》《红灯记》《智取威虎山》等革命样板戏选段次第登场表演，高潮迭起。

作为美国《国家地理》的摄影记者和《纽约时报》自由撰稿人，奥黛丽深为眼前这难得一见的恢宏气势所震撼，激动地不停揿下快门，用当时在中国尚属稀缺商品的彩色胶卷，记录下这绚丽多彩的焰火晚会盛况。

其实，这已是奥黛丽在新中国成立后第二次访问中国了。5 年前的 1966 年夏天，她就从香港踏上过中国大陆，只不过当时得到中国签证的身份是一位加拿大家庭主妇。那次她走了广州、北京、南京、上海等几个城市，目睹了刚刚开始的"文化大革命"，她的文章和照片被《国家地理》《纽约时报》等西方主要媒体广泛采用。

奥黛丽还是后来第一个向西方介绍"世界第八大奇迹"中国兵马俑的人。她拍摄的秦墓兵马俑发掘的照片，上了美国《国家地理》的封面。她在封面文章《神奇的兵马俑》一文中称："我们面临的是本世纪以来最伟大的考古发现……我们站在雨中，激动得几乎流下眼泪……如此伟大的考古发现展示了历经战斗与荣耀的中国历史。而我们看到的大军只是一个历史的开端……"她的报道震惊了世界。

参加完"五一"国际劳动节焰火晚会观礼之后，朗宁一行参观了北京的一些风景名胜。自从 1922 年离开北京，他已经半个世纪没有踏进过这个东方古国的都城了。

奥黛丽是第一个见证兵马俑的西方记者，她关于兵马俑的特别报道被作为美国《国家地理》杂志封面文章发表

5 月 5 日，周恩来在人民大会堂江苏厅设宴招待朗宁和他的两个女儿，外交部副部长乔冠华和新任命的驻加拿大大使黄华等出席作陪。

晚宴中，朗宁顺便向周恩来表示，三女儿奥黛丽的丈夫西默·托平现在《纽约时报》工作，希望能够有机会访华。

周恩来马上回答说，托平也是我们的好朋友，日内瓦会议上他为我们沟通与美国代表团之间的联系帮了大忙。便交代身边的黄华，由他与中国驻加（渥太华）使馆代办徐长富联系，为托平办理访华签证。

临别时，奥黛丽问总理，能否报道他今晚的谈话内容。周恩来

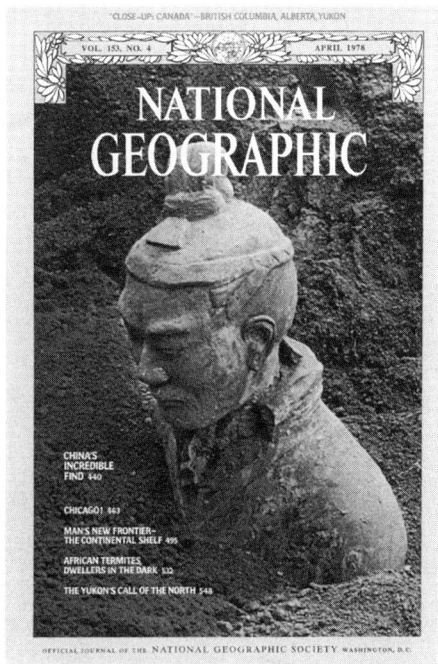

爽快地回答说，她有这个自由。

周恩来把朗宁送到门口，关切地说，离开大陆前一定要在广州休息一周，到了这个年纪经不起长时间奔波。朗宁感动地握着周恩来的手说："总理也要注意身体，感谢您在百忙之中请我们吃饭，还聊了一个晚上。"朗宁知道，送走他们，总理的工作还要继续呢！

当晚，奥黛丽就激动地电告丈夫托平，周恩来总理讲你可以来中国看看。让他与中国驻渥太华使馆直接联系。

自收到这份电报后，托平就忍不住天天给中国驻加拿大使馆打电话。自从 1949 年离开中国，他就再也没有机会踏上那片神奇的土地。

他一直梦想能再次见到那些熟悉的村庄，那些土坯瓦盖的小房，那些绿褐相间一直伸向天际的田野，以及那些处处显示出与众不同的民族所迸发出来势不可挡能量的城市。他曾目睹了发生在那片土地上的革命，那个社会在失败与胜利交替时分的震荡；曾跨过那片广袤平原上战争留下的具具尸体；曾有幸与幸存的农民、士兵促膝交谈，记录下了他们的伤痛、悲愤和希望。他急切地盼望着能重返中国，去看看那里的这场规模最大的人类工程试验（社会主义），现在到底进行得怎么样了。

5 月 10 日，朗宁一行离开北京后，继续由周秋野和两个翻译陪同，乘火车南下武汉。中途他们特意在石家庄停留，朗宁要去那里看看加拿大的中国抗日烈士白求恩。

白求恩医生，是 1938 年宋庆龄为中共抗日争取国际援助中来到中国的。他在提供医疗援助时，把青年组织起来进行医护培训，还发明了迅捷稳妥，用来运送急救手术治疗器械和药品的"骡马驮

朗宁（左）参观纪念白求恩展览室

子"，在战地救护中发挥了重要作用。后因在极其困难的环境下没
有戴手套就做手术，手指伤口感染了坏血病而牺牲。他的遗体，安
葬在石家庄宽阔肃穆的烈士陵园中一座朴素的白色陵墓里。

毛泽东的《纪念白求恩》，让白求恩名扬中国。可在来过中
国的加拿大人报道他之前，并没有多少加拿大人知道这个响亮的
名字。

朗宁拜谒白求恩墓，参观了"纪念白求恩展览室"和国际和
平医院之后，对这位国际主义战士十分敬佩。他告诉同行的人说：
"有些加拿大人对毛泽东选择白求恩这位加拿大人做英雄感到不满。
认为那是对许多来中国的传教士的不尊重，好多传教士所做的牺牲
和贡献都比共产党员白求恩医生在中国 18 个月大得多，时间也长
得多。可说这话的人忘记了，耶稣选择了'好撒马尼亚人'是要做

榜样让人学习的。他们也忘了，白求恩还是安大略一个本神堂神父
的儿子。"

奥黛丽带着一丝疑惑问："白求恩是个外国人，并没有受过中
国人特别的恩惠，却为他们献出了生命。给予白求恩荣誉是因为他
为中国人民冒了生命危险吗?"

朗宁不容置疑地说："把他称作英雄，肯定不是给加拿大人做
榜样的。纪念白求恩，是向许多为中国而牺牲生命的外国人致敬，
这位外国人的牺牲鼓舞着来烈士陵园的成千上万个中国青年。"

就在朗宁一行在石家庄活动的时候，襄阳地区和襄樊市的领导
们还在做着最后的准备，重点是落实安保工作，确保万无一失。襄
樊市公安机关军管小组制定了《关于对外国友人来访的安全保卫工
作安排》。这份被加盖"机密"印鉴的文件上说，我国外交形势越
来越好，国际威望越来越高。不少外国朋友连绵不断来我国进行友
好访问，要从进一步发展外交大好形势，巩固我国国际威望，为伟
大领袖毛主席争光，为伟大的社会主义祖国争光的高度提高认识。

文件要求做好外宾住地和被参观单位的治安保卫工作，将沿途
和参观区域作为重点保卫范围，要求政治可靠、思想纯洁的车间连
以上干部，农村、街道、学校的主要负责人亲自挂帅，做到定人、
定点、定任务、定措施。要加强对社会上五类分子和重点对象的控
制，对扰乱社会的流氓、盗窃分子、流窜、讨饭人员要彻底清查，
及时收容处理。整顿市容，维护交通秩序，外宾车辆优先通行。

公安机关成立了由内卫组、外卫组、流动组和机动组构成的保
卫班子。要求人人怀揣毛主席的"红宝书"，佩戴毛主席像章，衣
着整洁大方，既要表现中国人民的精神面貌，又要表现中国人的朴
素气质。

　　朗宁继续沿京广线南行，到达湖北省会武汉，去看了父母刚进入中国，接受汉语培训时曾经住过的地方，而且自己也在那里留下过难忘的记忆。

　　在武汉只停留了一天多时间，朗宁一行便于5月11日晚登上了开往襄阳的火车。他急切地想呼吸到故乡带有泥土清香的空气，想看到儿时的玩伴。

　　朗宁兴奋得一个晚上都难以入睡。襄阳，您的游子回来了，您还认识您曾经的乳儿吗？朗宁的头靠在车窗上，眼里有百感交集的泪光。

　　天刚发白，他就俯着车窗向外张望。当广播里播报枣阳车站到了的时候，他感慨着这么快就要到家了，他知道枣阳离襄阳不过七八十公里。当年他从汉口到樊城只能坐船，得走一个月，现在坐火车一个晚上就到了。

　　朗宁透过车窗，瞭望着晨曦之下丰收在望的田野，那炊烟袅袅的村庄，努力寻找着当年的记忆。他回想起在鸿文中学当校长时的一次枣阳之行。

　　那是为解救两名遭到土匪洗劫的传教士，他向襄郧镇守使张联升要了一辆卡车，还带了几个荷枪实弹的士兵护卫，但仍然一路惊恐。黄昏里，沿途弥漫着土匪刚

故乡樊城就要到了，朗宁凝视着列车窗外陷入沉思

刚打劫之后的滚滚狼烟，随时都有土匪出没的危险。荒芜的原野散落着一些土墙茅屋的村庄，村庄的外面有防范土匪的土寨和四角的瞭望台。现在围墙拆了，瞭望台也不见了，村子的土坯茅屋大多变成了砖瓦房，一片祥和安宁。

5月12日上午8时，汽笛一声长鸣，把朗宁从遥远的回忆中拉了回来。火车徐徐停靠襄樊站。

襄阳地区革委会副主任郑少波、襄樊市革委会主任郝逢武等领导早已在站台上迎候，一群小学生手拿花环列队欢迎。车门一打开，朗宁就率先出现在门口，兴奋地挥动摘下的帽子，向大家致意。

郑少波快步走上前去，热情地握着朗宁的手说："欢迎！热烈欢迎加拿大贵宾！"

朗宁却风趣地用襄樊话说："欢迎什么啊。我本来就是襄樊人，回家来了！"

"对！对！您的襄樊话说得真好。"郑少波十分惊讶。

"不会讲襄樊话，还能叫襄樊人吗？听口音你倒不像本地人，你老家哪里呀？"

"我呀，河北人。"

"哈哈，你看是不是应该由我来欢迎你才对啊！"朗宁一口浓厚的襄樊腔，引得大家轰然大笑。

郑少波问："你的中国话说得很好，你的两个女儿会说中国话吗？"

朗宁转身掰着手指对两个女儿说："我在家教她们学一、二、三、四……"一旁的两个女儿接着数"一、二、三、四……"气氛十分活跃。

朗宁高兴地同大家一一握手，并把同行的两个女儿和随行记者介绍给大家。在学生队伍的热情欢迎声中，他们上了等候在一旁的外宾接待车辆。

车子驶出车站，朗宁望着窗外的街道恍如隔世一般，四十多年沧桑巨变已完全没有了当年熟悉的影子。往日樊城老街上飘着各色商号幌子的小商铺和作坊不见了，取而代之的是一些国营大型商场和集体合作社，整齐划一且带有浓厚政治色彩的店名招牌掩映在街道两旁绿树的后面。

汽车穿过整个樊城没有停下的意思，而是爬上斜坡上了一座大桥。高大的钢梁铁桥，雄伟壮观，两边通行公路，中间迎面而来的是一列飞驰的火车。朗宁十分惊讶，故乡不知什么时候建起了这座跨越汉江的大桥，过去过江可从来是要坐划子的。

他问这是要到哪里去，郑少波回答说去住襄阳地区招待所。还介绍说，这座铁路公路两用大桥才建成通车不久。

跨过襄阳护城河桥，进入东门，车子拐了两个弯来到襄阳地区招待所。

朗宁怎么也没想到这里的接待条件竟然这么好，他是早已作好条件简陋的思想准备的。

他哪里知道，家乡人为迎接他们回来做出了多大努力。据襄阳地区革委会后来在接待总结中记载："我们遵照毛主席关于'什么工作都要搞群众运动'的教导，把接待外宾的过程，当作广大革命群众进行无产阶级国际主义和毛主席外交路线教育的过程，广泛发动群众，大打人民战争。如修建地区招待所内外道路，全市人民大力支援，参加义务劳动的达万余人次，各单位支援的汽车30多部，奋战十天十夜。再如商业部门，凡是接待外宾所需要的物资，他们闻风而动，送货上门。没有的物资派人外出采购，为圆满完成接待任务创造了条件。"

在早餐时，朗宁从襄阳的历史谈到地方风俗，讲自己当年在这里生活的趣事，兴致勃勃。他风趣地说："天上九头鸟，地下湖北佬。过去河南人口音比较硬，湖北人老好（温和）。"

吃过早餐，已是上午 10 点，接待的领导让他们休息一下。可朗宁哪里抑制得住自己激动的心情呢？他说，我们这就出去走走吧，太想看看当年熟悉的地方了。

接待组只好调整时间计划，带他们从鼓楼开始看襄城。

鼓楼是襄阳城的地标性建筑，位于襄阳城中心。此楼雄踞城中，巍巍壮观，古誉为"城中第一胜迹"。登上鼓楼，可以俯瞰襄阳全城，还可遥望樊城。

朗宁走在前面，边走边讲述过去的故事，俨然以主人自居。在鼓楼上的那口大钟旁，他驻足沉思，回想起当年组织营救被绑架在这里的学生。这时翻译向他们介绍说，这口钟是报时用的。朗宁立即纠正说："那是重要庆典才敢敲的呢。报时的是'打更的'，他们拎的是锣，晚上每到一个时辰，他们便沿街走一趟，报了时辰，又报平安。"

在鼓楼的平台顶上，朗宁环视四周，感受着襄阳城的变化。过去他们在学士阁顶上可以看见所有房顶，可现在已经大部分被树木掩映。城南岘山山脉的岘山、虎头山，城西的千山、万山几个山头，以前光秃秃的，现已被植树造林穿上了美丽的绿衣。

从鼓楼下来，沿着北街往小北门去。他指着单家祠堂对女儿说："这里是单氏宗祠，单氏家族出了个大官叫单懋谦，做过清朝廷的文渊阁大学士，跟现在的总理一样大！当年襄阳的好多牌匾都是他的手笔，像'钟鼓楼''米公祠'。"

1971年5月，奥黛丽站在襄阳城昭明台上拍摄的北街

这时，他突然想起一件事来，转身问郑少波："当年这条街上有个叫过盛发的笔墨铺子还在不在？"

郑少波说："过去的私人商铺都公私合营归入国营或集体的商场、合作社了。"

"那时候董曦辔他们在这里办了个专卖进步书刊的乐群书店，开办时没得钱，我还捐过款呢。"朗宁不无自豪地说。

北街两旁原先的商铺如今更多的成了居民住户。出了小北门，朗宁更加兴奋。这里原是一溜儿码头，往来樊城、襄阳，大都从这里上下船的。大女儿西尔维亚也从童年的记忆中找回影子。爸爸常带她到襄阳城，就是从这里上岸的。不同的是，当年的过江划子如今被机动渡船取代了。

下午参观襄城公社檀溪大队。他们去看了马跃檀溪，朗宁不知不觉地竟然操起汉语，讲述这个刘备走马脱险的三国故事。当翻译把它译给他的女儿们时，他忍不住打断翻译又用英语讲解。但无论如何，女儿们对中国的历史传奇故事，是不可能像他理解得那样深刻和生动的。

当他来到当年经常玩耍的檀溪湖，看见无边的大片良田时，简直不敢相信自己的眼睛了。当年满是死水、芦苇、野草的沼泽，现在变成了麦浪翻滚的金色田园。他以历史见证人的身份，向他的两个女儿吟出当年的民谣："檀溪湖，长又长，中间有个鱼脊梁，天旱有水难浇地，一下大雨变汪洋，天灾人祸受饥寒，有女莫嫁这穷地方。"

但他话锋一转，又像孩子似的忆起檀溪湖上的童年趣事。那时他和哥哥内琉斯特别喜欢跟着湖里逮鱼的鹰船看热闹。鹰船老板划的是那种极轻便的"两头翘"鹰船。这"两头翘"由泡桐木制作的两只窄窄的条形小船平行固定，岸上可以挑着走，水里可以如箭飞。每条船的帮上都站有几只威风凛凛的鱼鹰，那鱼鹰极有能耐，自重只五六斤，可它们合作竟能捕起几十斤重的大鱼来。鹰们每逮起一条鱼叼给船老板，船老板都会喂它一条自备的小鱼。鱼鹰得到奖励，然后又一个猛子扎进水里，欢快地接着抓鱼去了，那情景十分有趣。

见到一位老农在地里忙活，朗宁便走上前问他在忙些什么。老农一脸幸福地告诉他，自己年龄大了，干不了重活，生产队派他在小麦地里找出最好的麦穗，然后用塑料袋套着保护起来，不让它和劣质的麦穗交叉授粉，将来好用做种子。朗宁很是新奇。

行走在田间地头，他们好像是在欣赏着一幅幅崭新的田园风景画。妇女们在搭着架子，像是小型的印第安拱顶小屋的骨架，那是用来支撑番茄（西红柿）藤子的。这样能使番茄架子通风透光，便于高产和提高番茄质量。

青年男女在稻田里薅秧草。他们卷着裤管，手拄竹棍，排成横列，有说有笑地并肩前进，杂草在脚下清除，身后留下一行行清爽的秧苗。朗宁问他们集体劳动感觉怎样，他们说祖辈过去是给地主干的，现在我们是为自己干，而且大家在一起干活，既开心又热闹。

当他们走近一群正在用网镰收割大麦的社员时，朗宁也跃跃欲试："好多年没见过这个了，来，来，让我也试试吧！"大家停下手

朗宁参观襄城庞公公社檀溪大队时尝试网镰割大麦

里的活计，惊异地望着这个满口襄阳话的洋老头，没有一个相信他能干这粗活的。"劳动是光荣的。"朗宁一边笑呵呵地同大家说笑，一边顺手接过一张网镰，学着别人的样子干了起来。随行的记者赶紧拍下了这组生动的劳动场景。

接下来几天，他们又参观了许多地方。在市百货公司，朗宁指着柜上的布匹问，那是不是襄樊产的，多少钱一尺，问绸子是哪里出的。营业员说这是苏州的，那是杭州的。郑少波接着说："过去说上有天堂，下有苏杭，穿上苏、杭丝绸就上天堂了。"

朗宁一本正经地问道："上天堂，你信不信？"郑少波回答："我不信。"

朗宁说："对，这是新思想。新思想就是毛泽东思想。"

5月13日晚上，地、市革委会的负责同志焦德秀、赵清奎、郑少波、曹野、郝逢武等，会见并宴请朗宁一行，周秋野及省外事处军代表等出席作陪。地委书记焦德秀致欢迎辞，介绍了襄阳各行各业的发展变化。

听完焦德秀的致辞，朗宁举着酒杯激动地站起来大声说："加中两国人民大团结万岁！伟大的中华人民共和国和毛主席万岁！"

接着，朗宁按照外交惯例用英语致辞："我非常高兴，听到了你们在工业和城市建设方面取得的成绩。还参观了人民公社，看到了你们在农业方面取得的很大进步，我知道你们还没有达到你们既定的目标。刚才你们提到你们的工作还有问题，这是可以理解的。但是我还得说几句话，我小时候看到这里的房子都是破破烂烂的，只有有钱的商人、高级官吏、大地主们才有比较好的房子。农村来说，房子更破，外面下大雨，里面下小雨，冬天屋里屋外一样冷，现在情况不是这样了。我们从北京路过石家庄、武汉到这里，这里真正比我们加拿大都干净。虽然加拿大有打扫道路的机器，但是你们的街道和你们的房子比我们加拿大干净多了，比美国及西欧一些国家都干净。可以这样说，你们的城市和农村是世界上最干净的。"

朗宁感觉翻译的表述总是不能很好表达自己的意思，便干脆直接用襄阳话说："现在我说几句本地话。我这次回到中国，是一个很好机会。我有6个孩子，这次只带了她俩，其他几个说我偏心，没有带他们一起来。明年我再来，再带两个，后年我再来，再带两个，你们欢迎吗？"

在座的领导们异口同声答道：欢迎！当然欢迎！

朗宁继续说："这次来，我知道要看到很多变化，但是我到了广州、北京，一直到襄樊，有些是我想不到的变化。要是没有人（指没有看到中国人）就不知道是在中国。中国农业是最跃进的，工业也还是跃进的，但是最跃进的是人的思想，这个思想也是解放了的思想。你们有新思想，就有了新精神。我们两个国家，能学你们一些榜样。我看到你们小麦比我们种得好，我们用机器，你们用人力，等你们用机器时一定比我们更好。我们全世界国家要团结，要用和平方法，不要用过去的方法，不要用打仗，那不是文明的方法。"

这时，一旁的奥黛丽提醒他讲话莫太长，他这才收住话锋："我女儿说我话说得太多了，我就不说了。我们这次回来，很高兴，也很感谢你们。你们这样热情，我们实在不敢当。"一边说着，一边拱手示谢。

5月14日，他们去参观襄阳棉纺厂，陪同人员告诉他们，襄樊是怎样从一个消费城市转变为一个生产城市的。

这里有大片的棉产区。朗宁见到大量的棉花加工成布匹并不惊

奥黛丽拍摄的襄樊棉纺织厂车间

讶，但是参观襄棉纺织厂时却显得特别激动。好几百台电动织布机同时开着，布匹从机器里哗哗地往外流。朗宁不禁由衷感慨："在我的故乡，我还没有想到有这么大的工厂！某些观察家坚持说中国只有灰暗的颜色，这不是事实。那时只有土布，可现在你们有了现代化的纺织厂了。"

有个随行记者问："根据我们加拿大对纺织工人的调查，由于噪声，在纺织厂工作6个月就会影响听力，你们这里怎么样？"

工人们答道："我们这里工人一年一体检，从现在的健康情况来看，还没有发现这种情况。即使工人有了病，也是公费医疗。"

在襄棉还参观了托儿所和婴儿哺乳室，观看了职工演出的文艺节目。朗宁感叹："过去一些西方人说中国人不会生活，这是污蔑。我看到你们工人能弹这样好的琴，会吹笛子，心里很高兴。过去的中国工人、农民很少看戏，更不用说演戏了。今天听了你们的音乐，我们录了音，带回去让加拿大人民也能听到你们的音乐和歌声。"

在樊城十字街附近的基督教福音堂，当年哈尔沃建造的教堂基本保持了原来的样子。虽然中国人有信仰宗教的自由，但这时其实只有极个别的人坚持着，年轻人中是没有信教的。他们看了门口那个刚刚腾出的食盐仓库，里面可以容纳二三十人做礼拜。朗宁记得，这间房子当时是做教堂的客厅用的。

从教堂出来，他们来到襄樊一中，他出生的那间房子已难寻踪迹，他当校长时所住的"九间楼"还在，只是已划给驻守的消防中队做了宿舍。西尔维亚认出了小时候生活的地方，并指认哪间是她的卧室。她说那时父母住在一楼，有天晚上，她趁父母睡着了，独自从楼上溜下来到院子里欣赏明亮的月光。

朗宁听罢大声笑道："这么多年过去了你才跟我说。如果当时知道了，一定会罚你下跪的。"说着佯装抡起巴掌。

旁边一位消防队员笑道："你那是旧思想了，现在不许打骂了，何况还讲'坦白从宽，抗拒从严'呢。"

朗宁赶紧说："对呀！新思想就是毛泽东思想，毛主席万岁！"

襄樊一中革委会主任冯慧敏向他介绍，这所学校经过无产阶级"文化大革命"，工人阶级登上了上层建筑、政治舞台，贯彻落实毛主席的《五七指示》，发生了巨大变化。

朗宁赞叹道："你们这样做很好，把理论和实践结合起来了。特别是工人师傅当了教员，这是个了不起的事。过去的教员和知识分子，手指甲蓄得长长的，啥也不会干，写的文章也难懂，现在你们把这种情况改变过来了。"

冯慧敏热情地请这位曾经的老校长在留言簿上留几句话。朗宁欣然写道：

樊　城

1971·5·14

　　今天我和我的两个女儿来学校参观对我们来说是富有意义的一天。你们告诉我这所学校是 1922—1927 年我担任老师的原鸿文书院发展起来的，我很高兴知道"文化大革命"后你们已经改革了学制，把理论和实际结合起来。我最高兴地看到，在教职员中有工人师傅，工人们以一种不平凡的身份领导着学校教师和学生从事教育工作。只有这样中国人民才能团结起来进而达到一个伟大国家具有十分重要意义的团结一致。你们能取得的最重要的成就就是促进了思想态度的发展，这对中国的文化、农业、工业上的进步是十分重要的。

　　祝你们成功。

切斯特·朗宁

西尔维亚·朗宁·卡萨迪

奥黛丽·朗宁·托平

　　从市一中出来，对面就是红卫小学（现米公小学）。在操场旁边的大树下，立着几通墓碑，那块白色的石碑显得格外醒目。朗宁快步走了过去，这正是当年自己同父亲一起为母亲立的墓碑。朗宁带着两个女儿，用老樊城人的祭奠方式，双膝跪地，将一束鲜花奉在碑前，双手合十，叩首祈祷。

　　一位随行记者不解地问："共产党为什么会允许一个基督教传教士的坟墓留在学校的院子里呢？"

　　一旁的冯慧敏真诚地答道："因为她也是个革命者。"

　　朗宁深为这句回答感动。母亲虽然不懂政治，但她确实是把自

切斯特·朗宁
带着两个女儿来到
母亲墓碑前

己的青春和爱心全部奉献给了这里。

晚上，在襄阳地区招待所的餐厅里，当地的领导为朗宁举行老朋友见面会。宋涤华、马菊若、李宗山应邀参加。

宋涤华一眼就认出满头银发，身材高大的朗宁，马上迎了上去，亲热地喊道："恰斯丁儿！恰斯丁儿！"这是当年小伙伴们给朗宁取的绰号。

"宋家华子！"朗宁激动地与老同学热烈拥抱。

40多年的岁月沧桑，并未阻隔当年的那份情谊。几位儿时伙伴热烈相拥，眼里闪着泪花，不住地感叹着时光的飞逝，叙说着别后的情景。

快到开席的时候，朗宁附在宋涤华的耳旁悄声说："等会儿吃饱点儿，吃过饭我们再去玩一盘儿赶老鸹！"

"好，好，那你准会输。"宋涤华说。

"你比我大4岁，还能与我比呀！"

"不瞒你说，我结实着呢，你过江走的那座大桥，就是我们修的！"

回到樊城的朗宁，一定要亲自划船过江，寻找当年的感觉

"唉呀！只记得当年你英语好，你啥时候还会了土木工程？"

"我们不会工程设计，但我们可以推车运土呀，我和老伴全家上阵。"

"那好，赶快吃完饭我们去赶一盘老鸹！"

岁月流去的时光，留下的是人间真情与沧桑。

5月15日，朗宁带着对故乡深深的眷恋，依依作别。

一行经南京去往上海和杭州。

5月20日，朗宁一行来到杭州。西默·托平此时也从香港入境，从广州乘飞机抵达杭州，相聚在美丽的西湖之滨杭州宾馆。

翁婿见面，朗宁兴奋地张开双臂，与自己这位朋友式的女婿紧紧拥抱，他们为相聚在中国而开心无比。托平拿出带来的苏格兰威士忌，同家人和随行的中国朋友一起，在下榻的房间里为奥黛丽庆贺42岁生日。

当天晚上，杭州市革委会主任马显光为朗宁一行接风洗尘，准备了丰盛的晚宴。在以叫花鸡、口袋豆腐和杭州鸭为特色的宴席上，马主任和朗宁不断用茅台酒碰杯、祝词。几巡过后，马主任豪情满怀地说："尽管我们远隔千山万水，但中国和加拿大的友谊长存。"席间宾主都兴致高涨，似乎谁也没有注意到身为美国客人的托平受到冷落。当托平小心翼翼地提议为中美友谊干杯时，马主任顿了一下，随后带着些许怜悯之情看着他说："尽管美国政府侵略成性，但中美人民始终是友好的，干杯！"化解了尴尬的气氛。

当朗宁一行在中国四处访问时，随行的加拿大记者就不断把朗宁在中国活动的消息通过报纸、电台、电视台在加拿大和美国传播开来。那年月，中国对于西方来说，简直是一个猜不透的谜。

1971年5月30日，美国华盛顿《明星晚报星期刊》发表了朗宁自杭州发出的访华观感《……在老手看来变化之大惊人》，6月8日，新华通讯社编印的《参考消息》在头版头条全文转载。

朗宁写道："我乘火车在广东境内行驶，从车窗望去，田野一片苍翠，庄稼郁郁葱葱。我发现，昔日的小块田亩，变成了现在的大片耕地。我听到说粮食产量很高，历史上罕见。""到了内地，我发现昔日满街的'叫花子'不见了，欺诈老百姓的兵痞不见了，敲诈盘剥的黄牛党不见了……"

文章说："在我到达中国之前，我料到中国会有变化，但是变化如此巨大，让我惊讶不已。西方的观察家说，中国人仇视外国人，比任何其他国家都严重。这话不对，现在就不是这样。我到工厂访问，进入车间与工人聊天；我到农村，在田边地头与农民拉家常，我感到他们很热情，也很体贴，尤其是用中国话和他们交谈，他们会高兴的大笑，开心的大笑，发自内心的大笑。我会见了阔别44年的学生和同事，还像当年一样亲切，有好些事就像发生在昨天。1922—1927年，大革命时期，我在父亲创办的鸿文

1971 年 5 月 30 日，美国华盛顿《明星晚报星期刊》发表朗宁自中国杭州发出的文章《……在老手看来变化之大惊人》，1971 年 6 月 8 日《参考消息》全文转载

书院教书，当时我知道，他们中有些人是革命者，现在仍然是革命者。……"

朗宁在杭州与托平分手，带着西尔维亚取道广州回国。而奥黛丽和托平则北上继续访问中国。按签证许可，他们将在中国停留 4 周时间。

来华前，托平去渥太华中国使馆取签证时曾提出采访周恩来的请求。5 月 21 日托平在给周恩来的信函中说："我请求能与您会面，是因为我觉得此时美国人民有必要清楚地了解贵国政府的立场和观点。而且如果可能的话，借用您的原话，来杜绝一切误解。"抵达北京后，托平在拜访外交部新闻司时再次表达了这个愿望。

自新中国成立以来，还没有任何一位美国新闻记者获准采访周恩来并发表采访的全文。托平一边等待周恩来的接见，一边参观采访北京市及周边的工厂、农村人民公社、学校、医院等地。

由于迟迟未得到回复，托平和奥黛丽便又去了东北的沈阳、长春访问。回到北京已是 6 月 8 日，离回国的时间只剩下短短几天了，可焦急的托平总是被告知，采访请求正在审批当中，他还想见的乔冠华、黄华也都不曾露面，这让托平颇感纳闷。

他哪里知道，那段时间正是北京和华盛顿之间就尼克松访华谈判筹备的关键阶段。尼克松的特使，美国国家安全事务助理基辛格即将在一个月后秘密抵京，周恩来和他的外交助手乔冠华、黄华他们正集中精力为此忙碌。

眼看签证就要到期，托平有些失望。他在入住的新侨饭店楼顶上不无沮丧地告诉奥黛丽：此时的《纽约时报》，正为公开涉及美国在印度支那作用的一部分最高机密文件"五角大楼文档"计划受阻，急盼他这位副总编辑回去。原定一起访问西安和延安的行程只能由奥黛丽一人去了。

6 月 14 日，托平登上北京飞往广州的航班，准备取道香港回国。下午 4 点 15 分，当托平在广州白云机场走下飞机的舷梯时，一位中国旅行社的工作人员前来迎接他。令他惊讶的是，他被从其他旅客中分离出来领进贵宾室。在此等候的广州市革委会外事办杨主任热情地告诉他："托平先生，周恩来总理希望见你，你是否能立即返回北京？"

托平惊愕地盯着杨主任，有些不敢相信自己的耳朵："是吗？现在？"他怀疑是不是自己听错了。

"是的，飞机将在 5 点起飞。"杨主任说。

托平惊喜万分，不住地连声说："谢谢！谢谢！"

"不过，你能让我给《纽约时报》香港分社挂个电话吗？"回过神儿来的托平想起报社还在等他回去。

"当然，我们派车送你去附近的饭店打电话，飞机会在这里等你。"

托平从东方宾馆打完电话回来，飞机已在停机坪上等候起飞。5点15分，托平怀着截然相反的心情，乘坐刚刚坐过的飞机返回北京。

到了外交部托平才知道，一起被接见的还有在延安各个博物馆收集资料的《华尔街日报》记者鲍勃·凯特斯夫妇，长岛《新闻日报》的出版商威廉·艾特伍德夫妇。奥黛丽也从西安返回，他们重新入住新侨饭店，等候周恩来的接见。

6月21日晚，周恩来在人民大会堂与他们共进晚餐。接送外宾的车子在人民大会堂东门停下，托平他们拾级而上由侧门进入。从一个长长的、铺有地毯的门厅一进入大会堂，就见周恩来在其他几名中国官员的簇拥下，从大厅的左面向他们走来。周恩来上身穿着灰色的中山装，左胸袋上别着一枚毛主席像章，上面刻着"为人民服务"，下身着一条相配的浅色长裤，脚上穿着一双黑袜子和一双棕色凉鞋。一双剑眉浓密黝黑，依然超凡脱俗、英俊洒脱。

"欢迎！欢迎！"爽朗的周恩来先声夺人。他同大家一一握手，然后宾主合影留念。周恩来对奥黛丽说，"上次我们与你的父亲切斯特·朗宁一起在这里用过餐。"然后转身笑着对托平说："那次她还抓紧时间记录下我们的谈话内容，写了一篇报道，真不愧是记者的夫人。"

晚宴设在福建厅，周恩来领着客人转过一道清漆屏风来到一张圆桌旁。桌上整齐地摆放着蓝色和白色的瓷碗碟、银刀叉、象牙筷子以及用来喝中国葡萄酒、啤酒、白酒所需用的各种酒杯，还有座席卡。

宾主按中国传统习俗入座，周恩来坐主人位置，托平和奥黛丽坐主宾位置，鲍勃·凯特斯夫妇和威廉·艾特伍德夫妇分别坐在左右副主宾位置。

周恩来对把托平从广州匆匆召回表示歉意，并特别将《纽约时报》发表关于越南战争的五角大楼文档一事，与美国国务院1949年发布的《美国与中国的关系》白皮书相提并论。

周恩来说："他们发表《美国与中国的关系》白皮书是为他们自己辩护，但它给了世界一个极大震惊。"

托平说："《纽约时报》不顾政府反对，曝光五角大楼文档，是因为我们觉得对美国人民有利。"

周恩来评论道："这不光是为了美国的利益，而且是为了全世界的利益。如果美国从越南撤军，那将是一件光彩的事。美国将因此赢得各国人民的喝彩，《纽约时报》也将获得高度的评价。"

周恩来举着斟满茅台的酒杯提议为美国从印度支那撤军干杯，并问道："你们都能喝茅台酒吗？"

托平答道："嗯，没问题。我们相信，随着贸易的发展，这将成为你们最畅销的商品之一。"

"那样的话，我们可能无法供应那么多茅台酒哟。"周恩来笑着说，"因为它只能在一个特定的地方生产。这种酒不上头，尽管你可以用火柴将它点燃。"

周恩来席间回顾了1938年至1946年间他是如何在延安、重庆和南京招待众多美国朋友的。遗憾的是自打1946年与蒋介石政府和平谈判破裂离开南京后，他就再也没有设宴招待过美国记者了。

周恩来饶有兴趣地看着这几位新闻界朋友时而在桌下奋笔疾书，时而停下笔拿起筷子夹几块转到自己面前的美味佳肴，意味深

1971 年 6 月，西默·托平（左）受到周恩来的亲切接见

长地说："现在身为总理，我就没那么自由了。比如说，我哪怕就说一个字，你们也会记下来。"

托平接话："唔，这也证明了中国在世界上的重要地位啊。"

周恩来沉吟了一下说："我们只能说中国比较重要，但没有到你说的那种程度。中国永远不会做超级大国。当超级大国不是一件容易事。你必须有原子弹；必须插手世界上的一切国际事务；必须为谋求世界霸权而奋斗；还有，必须与其他超级大国展开竞争。所有这一切，最终只能招致各国人民的反对。为什么要受这份罪呢？其他超级大国（苏联和美国）的遭遇就是我们的前车之鉴，我们永远不会称霸。"

席间宾主双方交谈涉及宇宙空间开发、经济发展、妇女解放运动、台湾问题、朝鲜战争问题等很多方面，最后谈到中美关系问题。托平他们此时并不知道基辛格将在 18 天后抵京，更不知道目前正在进行的筹备工作。他们只知道美国乒乓球代表团刚刚离开不久。进而，他们试探地问总理，是否准备接待美国总统尼克松或者他的使者。

周恩来笑着回答："这可真是个不好回答的问题，尼克松本人已表示他愿意访问中国。既然这样说了，他自然知道自己将在什么条件下造访中国。"这个答复并未向托平他们透露任何秘密，但又没有仅仅为了保守秘密而刻意欺骗或者误导他们。

"您会访问美国，也让我们有机会报答你们的盛情吗?"托平问。

周恩来说："我相信那一天肯定会到来。但它到来的快与慢取决于我们双方的努力。这首先要依靠你们来进行舆论宣传啊。我们已经用乒乓球打开了美国和中国人民之间接触的大门。"

晚宴在活跃的气氛中结束。周恩来将客人们一直送到人民大会堂来时的入口，并热情道别。

托平回到美国不久，就充满激情地撰写出新著《在新旧中国间穿行》。这部书在以美国为首的西方社会产生了很大反响，1972年 8 月 25 日的《参考消息》，转载了 7 月 28 日《纽约时报》刊发的美国著名评论家拉斯克的评论文章:《美国的一些教训——评西默·托平新著〈今昔两个中国之行〉》。

评论说:"西默·托平在书中既谈到个人感受，又描述了历史，二者相得益彰。他依靠大量笔记、回忆录、电讯、官方记录以及收集的素材，撰写成书。托平认为:'中国对扩大自己的边界没有兴趣，无论是涉及西藏事件，还是中印边境发生短暂战争都是一样。'更为突出的是下述观点，这种观点应该是本书的主题思想，即'从长远来说，美国不能把自己的政策、价值标准和生活方式强加给任何国家，特别是在违背该国人民愿望和心意的情况下。'我对此的理解是，他是在说，我们没有任何办法'营救'中国，中国的命运掌握在中国人民自己手里。"

拉斯克说："西默·托平描写国民党崩溃的那些篇幅，简直就是对蒋介石的毁灭性打击。""西默·托平也没有忽略另一方面的成就，当共产党的战士到来时，他们受到老百姓的欢迎。他们秩序井然，遵守纪律。去年当中国对美国的态度改变时，托平得以回到中国大陆，此书的后半部分，记述了他看到的情况和所记载的街道环境、人民健康状况、公社组织、医疗和工业生产的进步。"

文章最后评价说：这位作者对中国的描写不仅是地理或政治方面的，也是一个年轻人对所见所闻的亲身体验。他写了乡村、城镇的面貌，写了人民和他们的生活方式。在他的笔下，中国宛如故事中的国土。仅他列举的食品，就足以使西方人不敢奢望吃到一次真正的中国宴席。他写了中国的苦难、战争和动乱，而他在这个国家的亲身体验是令人愉快的、兴奋的，人民的生活是更加丰富的。这本书的价值在于：它能够使人们非常信服地介绍了中国这两方面的情况。

后来，这部书成为西方社会中国问题专家观察和研究中国问题的必读书目之一。

朗宁回到加拿大之后，立即向特鲁多总理报告了他的中国之行，特鲁多对朗宁的所见所闻十分惊奇。新闻界也不断地向朗宁采访、约稿。

奥黛丽在美国和加拿大的媒体上图文并茂地介绍朗宁访华情况。她发表于美国《国家地理》长达 36 页的封面文章《回到变化中的中国》，对西方世界了解中国起到很大的宣传作用。

出于种种不同立场关注中国的人，对朗宁的中国观感反应不一。有人与朗宁一样对中国 20 年来发生的巨变感到震惊和高兴。也有人给朗宁写信，指责他在替中共作宣传。朗宁对这些人一一回复，针对不同情况给予解释和批驳。

1971 年 10 月 25 日，联合国以压倒多数票通过决议，恢复中华人民共和国的合法席位，并定于 11 月 9 日在纽约举行第 26 届联大。中国政府当即决定由外交部副部长乔冠华率团参加会议。

远在加拿大阿尔伯塔卡姆罗斯的切斯特·朗宁，在得知这一消息后十分激动，立即专程飞赴纽约，希望与来自中国参加联合国大会的代表团成员会面并表示祝贺。

在纽约东北郊斯卡斯代尔的托平家，朗宁兴奋地对女儿、女婿说，中国有个用请客的方式分享快乐的风俗，谁个家里有了喜事，都会邀请亲朋好友们来聚会。他提议邀请中国代表团成员和他们的朋友来家里做客，一起庆祝中华人民共和国恢复联合国合法席位，共同分享这激动人心的时刻。

聚会的时间定在 12 月 13 日。为了这次聚会，乔冠华推迟了回国行程，黄华因出席安理会会议没有到场，但他的身为常驻代表团顾问的妻子何理良，另一位中国代表符浩和即将在尼克松访华期间出任翻译的唐闻生应邀而至。这天正好是朗宁的 77 岁生日。

那是中国政府代表团的官员首次到美国百姓家里做客，客人还没到，斯卡斯代尔的地方警察、纽约市的警察还有联邦调查局的特工先登门造访了。这些人满脸狐疑地问着同一个问题——"中国人要来了"？附近的邻居们也好奇地过来想看个究竟。因为冷战时期的中美关系基本上处于隔绝状态，在这里，许多年而且也没有多少人见过中国人。奥黛丽不得不一拨儿又一拨儿地领着这些人观看摆好的午宴餐桌，为了避免猜疑误会和引起不必要的麻烦，给他们简单地解释道"这只不过是一个生日派对"。当中国客人们快到门口时，这些人才自动散去，警察们也撤到树篱后面的绿树丛中担任起安全保卫工作来。

家宴气氛热烈，充满欢声笑语。宾主围坐在客厅壁炉旁的餐桌边，追忆着共同度过的美好时光。大家畅饮着乔冠华他们带来的茅台和家里准备的红酒、香槟，品尝着奥黛丽亲自烹制，由孩子们端上餐桌的火鸡、牛排之类的丰盛食品。这是一个重逢喜聚的时刻，充满了朋友相伴的温馨和快意。朗宁当年在加拿大驻重庆使馆工作时就与乔冠华熟识，几个月前访华时，乔又参与了对他们的接待，两位老朋友的兴致格外高涨，频频举杯对饮，用中文互致祝辞、谈笑打趣、猜拳行令。感觉这不是在纽约，而仿佛是在遥远的中国。曾一度成为美中两国人民友好交往中极为精彩和令人难忘的一幕。

十二、特鲁多的特使

秋高气爽，枫叶正红。加拿大总理皮埃尔·特鲁多决定在1973 年 10 月加中建交三周年之际，亲自到那个充满传奇色彩的国度去看个究竟。自从 1970 年 10 月建交以来，中加两国友好关系便进入蜜月期，经过三年的双边磨合，双方互设领事馆、商标注册互惠、互派留学生、简化签证手续等，经济贸易合作也空前高涨。

作为国家最高领导人首次出访中国，所有细节都是必须慎重考虑和安排的。特鲁多为代表加拿大首次访华做着精心准备，其中，一件十分重要的事情就是国礼的选择，赠送什么样的礼品才最能表达加中两国人民的传统友谊又不落俗套呢？

在他专门征求建议的会议上，有的说中国有古老的文明，就送加拿大印第安人的艺术品面具或者图腾柱吧。有的说中国移民对加拿大铁路建设做出过巨大贡献，送一座表现华工含辛茹苦修铁路的铜雕，但特鲁多感觉都不满意。当有人提议将加拿大珍藏的一两件中国文物回赠北京时，他更是立即反对。他懂得中国的近代史，从中国流失到国外的文物，不是偷（走私）的就是抢的，以此作为礼物，搞不好会伤害中国人民的感情。

正当外交部为此一筹莫展的时候，朗宁来了。他听说特鲁多即将访华十分高兴，特意回到外交部，想给外长夏普提供一些中国的情况，帮助参谋参谋。

夏普眼前一亮，正好可以向这位外交部的老前辈"中国通"讨一下主意。两人刚坐下，夏普就急不可待地提出挑选礼品的问题。

"嗯，这事确实得慎重。不过中国有句俗话，叫'礼轻情意重'。意思是不在于礼物多么贵重，关键是你所要表达的感情能不能引起对方的共鸣，人家感不感兴趣。"

夏普点了点头，但还是一脸茫然。

朗宁想了想，接着给夏普讲起一个故事："在中国驻法国大使馆举行的一次晚会上，曾出现这样一条灯谜：在这个世界上知名度最高的加拿大人是谁。结果一个刚随父母来到法国的中国小学生猜对了。你猜得到这个人是谁吗？"

夏普疑惑地摇摇头说："不知道。"

朗宁神秘地告诉他："这个人叫白求恩！"

"是吗？"夏普有些惊愕。当时在加拿大，确实没有多少人知道白求恩，更不知道白求恩在中国的影响力。

朗宁望着夏普满脸狐疑的表情笑道："在中国，连中小学教科书上都在讲白求恩的故事呢。毛泽东亲笔写的《纪念白求恩》，要求人们能够背诵，八亿中国人至少有六亿知道这个名字。"

夏普惊愕的嘴张得更大了。朗宁继续说："我在中国各地访问的时候，所到之处，他们一听说我们是加拿大来的，脸上就会立刻露出真诚的笑容，我们就会得到格外亲切热情的款待，我们沾了白求恩的光。他在中国人心目中，是一位伟大的国际主义战士。毛主席说他是'一个高尚的人、一个纯粹的人、一个有道德的人、一个脱离低级趣味的人、一个有益于人民的人'。"

朗宁虽然没有直接建议送什么礼品，但他的故事却让夏普茅塞顿开。当他把这些告诉特鲁多时，特鲁多立刻就找到了灵感——白求恩已经成为联系加中两国的精神纽带，礼物当然应该从他身上去找。

外交部的人随即赶往安大略省白求恩的老家，想去看看他生前在家乡有没有留下什么遗物，哪怕一两件也好。让特鲁多欣喜的是，他们找到几件白求恩自己发明和使用过的医疗器械。于是，特鲁多当即拍板，国礼就是这个了。

此前，特鲁多还在为派谁做自己的特使到中国打前站犹豫不决。这下好了，非朗宁莫属，没有人比他更合适了。他打心里敬佩着朗宁。

9月23日，朗宁这位退休的资深外交官欣然受命，从西半球的白云红枫之国，直接飞抵红旗飘扬的中国首都北京。

第二天晚上8点30分，周恩来在人民大会堂湖北厅会见并宴请朗宁，进行了长达4个小时的交谈。

晚宴上，奥黛丽将自己出版的新作《东方欲晓》签名赠送给周总理，那是一本精美画册。她满怀感激地告诉总理，那上面都是承蒙总理特别关照，让她有机会在中国各地访问时拍摄的纪实照片和观感。

周恩来对于特鲁多作为加拿大最高领导人首次正式访华十分重视，特意安排李先念和邓小平参与这一重要外事接待活动的组织工作。

1971年九一三事件之后，尚处在"文化大革命"之中的中国，高层的政治格局发生了一些变化。1973年3月10日，中共中央作

1973 年 9 月 24 日晚，周恩来宴请朗宁之后，进行了长达 4 个小时交谈

1973 年 9 月 24 日，奥黛丽（左）将自己的著作《东方欲晓》签名赠送给周恩来总理

出《关于恢复邓小平同志的党的组织生活和国务院副总理的职务的决定》，下放江西省新建县拖拉机修配厂 4 年之久的邓小平回到北京，在 8 月的中共第十次全国代表大会上，重新当选为中央委员。李先念也刚刚从北京市北郊木材厂回到中央，继续担任国务院领导职务。

朗宁虽然过去同这两位中央领导没有直接交往，但他似乎感觉到周恩来的用意。参与重大外事活动，实际上就是着眼世界政治舞台的一种国际亮相。

朗宁作为特鲁多的先遣特使，配合李先念、邓小平和他们的外交团队共同做着特鲁多访华的准备工作。邓小平对朗宁一口地道的湖北口音颇感新鲜。朗宁笑着告诉他："我出生在襄樊，是个湖北佬。湖北佬当然应该会说湖北话呀。"

邓小平操着浓厚的四川口音说："乡音难改嘛！你看我，在外闯荡了几十年还是只会说四川话。"

"湖北话同四川话有些接近，我在加拿大驻重庆使馆工作的时候，天天听的都是你这口音。你去过湖北襄樊吗？我这可是正宗的襄樊腔。"

"我的故乡就在重庆边边上的广安县。你的故乡襄樊我还没去过，但我知道那是一座历史悠久的古城。1948 年解放襄樊的那场战役就是我的部队打下来的。"

他们从往事谈到现实，从尼克松访华谈到中美关系的前景，邓小平说："我们的条件很简单，就是意识形态的争论不妨碍两国关系正常化。不同社会制度和意识形态的国家之间，完全可以在五项原则的基础上和平共处。意识形态的争论就是打笔仗，耍笔杆子，不是动真刀真枪。"

1973 年 9 月 24 日晚，周恩来在人民大会堂湖北厅宴请朗宁（前排右四）一行

　　1973 年 10 月 10 日，朗宁（左四）与周恩来、李先念、邓小平、萧劲光等在北京首都机场休息厅，迎候加拿大总理特鲁多访华团一行

1973 年 10 月 10 日，朗宁（前左）与周恩来总理共同接待加拿大总理特鲁多（前右）访华

朗宁从与邓小平之间的交流与碰撞中切身感受到，眼前的这位小个子领导人不仅内心强大，而且有着极其敏锐的国际思维和清醒而精确的判断力。

10 月 10 日下午，朗宁同周恩来、李先念、邓小平等中央领导人一起来到北京首都国际机场，在那里等候特鲁多总理和夫人以及他的访华团队到来。朗宁特意换下西装，穿上一身深蓝色中山装，给人的感觉他不是加拿大人，倒像是在以主人的身份迎接客人！

特鲁多的专机降落在北京首都国际机场，飘扬着中加两国国旗的机场上回荡起中加两国国歌。周恩来陪同特鲁多检阅了中国人民解放军三军仪仗队，集聚在机场的千名群众鼓乐齐鸣，有节奏地热情地高呼着"欢迎！欢迎！"的口号。特鲁多和夫人及随行官员绕场一周，向欢迎的群众热情招手致意。

国宾车队从机场驶出，经过天安门广场时，专门等候在那里迎接贵宾的群众挥舞着鲜花和彩带，跳着欢乐的舞蹈，目送车队朝钓鱼台国宾馆方向驶去。特鲁多对这极高的接待礼仪十分感动。

当特鲁多夫妇被主人引进钓鱼台 18 号楼下榻时，周恩来介绍说："去年尼克松总统访问北京，就住在这栋楼里。"

特鲁多幽默地打趣道："承认中国我比他早走了一步，但是访问北京，他比我赶早了一步。"

周恩来笑着说："不能说他比你早，总理阁下已经是第 3 次访问中国了。"他已事先从朗宁那里知道特鲁多曾有过两次造访中国的经历。

特鲁多一行在下榻的国宾馆安置停当之后，马上就开始了与以周恩来为代表的中国领导人举行会谈，"会谈是在友好的气氛中进行的"。次日，《人民日报》在头版头条位置，以大半个版面刊登题为《特鲁多总理和夫人到京受到热烈欢迎》的报道。

毛泽东主席在中南海菊香书屋接见了特鲁多，二人纵论天下大事。加拿大是一个发达的资本主义国家，毛泽东主席不仅对特鲁多为中加关系所做的贡献大加赞赏，还饶有兴致地询问他们的经济发展情况，谈话气氛轻松，热情友好。

特鲁多抵京的第二天，周恩来在人民大会堂宴会厅为他们举行盛大欢迎宴会。

周恩来致辞说：中加两国人民一向是友好的。辽阔的太平洋可以把我们两国在地域上隔开，却隔离不了我们之间的友谊。加拿大是个美丽富饶的国家，加拿大人民是勤劳智慧的人民。在中国，谈到加拿大朋友，人们就会想起白求恩大夫。他为了帮助中国人民，献出了自己宝贵的生命。毛主席《纪念白求恩》这篇非常著名的文章，充分表达了中国人民对白求恩大夫的崇敬和悼念，并且已经成为铭刻中加两国人民深厚友谊的历史篇章。

特鲁多热情回应："加中两国人民可以彼此学习和共同分享的东西很多。他们都要求和平与安全、社会正义以及尊严和幸福的生活。有一位胜过旁人的加拿大人曾献身于帮助中国人民追求这些目标。他的贡献已为毛泽东主席的著作赋予不朽的声名。我敢相信，他所建立的我们两国之间的友谊仍然是坚不可摧的，这种友谊将从善意和辛勤的工作得到抚育和增进，成长为可以经受住任何风暴的友好谅解的关系。"

宴会洋溢着隆重而又欢乐的气氛，军乐团演奏着中加两国的经典名曲。朗宁被周恩来和特鲁多热情地安排在他们俩人的座位之间，就像是一座搭起的友谊之桥。当特鲁多他们听到熟悉、亲切、悦耳的《红河谷》《魁北克幻想曲》等加拿大乐曲时，都情不自禁地击节伴奏或随着演奏歌唱起来。宴终席散返回驻地钓鱼台国宾馆时，大家还在回味这美好的时刻。

10 月 13 日，特鲁多在人民大会堂举行答谢宴会。在宴会前，周恩来总理和特鲁多总理分别代表本国政府签署贸易协定。双方外长还分别签署关于互设总领馆的领事协定、关于家人团聚的谅解备忘录、关于延长最惠国待遇协议以及民航合作协议等。

签字仪式后，特鲁多向中国人民赠送礼品。那是白求恩大夫亲自发明和使用过的外科手术工具——"铁质助理医生"和肋骨切断机。周恩来代表中国人民愉快地接受了这份珍贵的礼物。他说，这些礼物体现了中加两国人民的永恒友谊，寓意深长。

在答谢宴会上，特鲁多为自己作为第一个访问中国的加拿大总理感到自豪，他的答谢辞情真意切、充满诗意：

"十三年前，我坐在这个大会堂参加中国国庆的宴会。在那次宴会上，我想到加拿大总有一天要同中华人民共和国建立外交关系。当时，我怀着钦佩的心情从远处看到了中国的领导人。今天晚上，我能作为主人在这个大会堂里宴请中国的一些领导人，这是非常令人感动的。如果征兆有意义，那么今天这个吉兆肯定预示加中人民的友谊会有光明的前途和希望。"宴会大厅响起热烈的掌声。

特鲁多接着说："我来北京的旅途是漫长的。用里程衡量，它是漫长的。用时间衡量，它是漫长的。在我们两国以往的历史上，还从来没有一个加拿大总理曾经到过中国。漫长的旅行对我们两国人民而言并不是陌生的。毛主席写过一个'不远万里'的旅行者（指白求恩大夫）。加拿大和中国的历史都记载了许多这样的壮举。有些是危险和艰巨的，有些是富于想象和灵感的，有些旅行穿过广阔的土地，要求付出巨大的体力，有些旅行则越过更为困难的思想和态度的阻隔，要求做出另一种坚韧的努力。"

"妨碍了解的最大障碍并不是高山、林海和大河，而往往是人们头脑中形成的顽固不化的观念。当今世界上仍然存在着战争的危险。加拿大外交政策的目的是谋求避免紧张，加强国际合作机构，帮助新独立国家的经济发展。我们信赖并致力于避免冲突和缓和紧张局势。"

周恩来致辞中说：加拿大在1970年承认了中国，在70年代北美是第一个；中加建交推动了一系列欧洲的西方国家采取同样的行动。加拿大与中国建交并在联合国大会上投票支持恢复中国在联合国的合法席位，影响极大。

特鲁多和周恩来的致辞，全文发表在次日的《人民日报》上。

其间，朗宁虽然没能参加官方会谈，但陪同特鲁多和夫人一行参观了香山、北海、颐和园、故宫、天坛公园，登上八达岭长城，

特鲁多对身穿中山装的朗宁说："你是一个加拿大人，但更像一个中国人。……由你做特使，是我此行最明智的选择之一。"

一起观看了中国芭蕾舞剧团演出的现代舞剧《红色娘子军》，共同感受着中国的传统文化和现代艺术，还有中国人民的友谊和热情。

特鲁多拉着朗宁的手感慨地说："你是一个加拿大人，但更像

1973 年 10 月 13 日晚，朗宁（周恩来左后）与李先念（二排左一）、邓小平（二排左三）等在北京火车站为特鲁多一行前往洛阳参观送行

一个中国人。这次访问如此顺利圆满，说明由你做特使，是我此行最明智的选择之一。"

朗宁笑着说："总理别忘了，我可是吃中国奶娘的奶水长大的。希望总理下次到中国，还是我来迎接你。"

10月13日晚，加方答谢宴会之后，特鲁多访华团将在周恩来的陪同下，乘专车离开北京，前往洛阳龙门石窟参观访问，然后由邓小平陪同观光广西桂林。在车站举行有数千群众参加的隆重欢送仪式上，参与送行的朗宁与周恩来、李先念、邓小平和特鲁多等中加领导人一一握别，第二天便开始了河北农村、内蒙古、新疆等地愉快的考察访问之旅。

十三、用自己的眼光看中国

　　1974 年 1 月 30 日，《人民日报》一篇题为《恶毒的用心，卑劣的手法》的评论员文章，引发了一场旷日持久的大批判。批判的对象是意大利著名电影导演米开朗基罗·安东尼奥尼（Michelanglo Antonioni）和他的纪录片《中国》。

　　起因是中意建交后的 1971 年 7 月，意大利国家电视台从增进友好的愿望出发，表示希望在中国拍摄一部反映中国社会主义建设中人们生活状态的纪录片。随后，安东尼奥尼被派往中国，用了近一个月的时间，拍摄完成了大型纪录片《中国》。让人始料未及的是该片在 1974 年威尼斯艺术双年展上映之后，引发了这场轩然大波。

　　"安东尼奥尼对于中国人民在'文革'中取得的伟大成就不屑一顾，而是偏重于捕捉日常生活场景。拍什么'偏远的农村''荒凉的沙漠''孩子的出生''人的死亡'等等"。"在镜头的取舍和处理方面，凡是好的、新的、进步的场面，他一律不拍或少拍，或者当时做做样子拍了一些，最后又把它剪掉；而差的、旧的、落后的场面，他就抓住不放，大拍特拍。"安东尼奥尼从此戴上了反华的帽子。

尽管安东尼奥尼自以为："我的纪录片将仅仅是一种眼光，一个身体上和文化上都来自遥远国度的人的眼光。"但是很不幸，他的片子偏离了当时中国政府所希望的"革命与火热的社会主义建设"宣传主题。

如此重大国际影响的事件，自然引起身在大洋彼岸的朗宁的高度关注和震惊。他虽然没有观看过那部影片，但对该片给中国造成的国际负面影响感到愤愤不平，就像一个赤子不能容忍任何人对母亲的羞辱。

那段时间，朗宁食不甘味，夜不能寐。书桌上的那盏台灯时常亮到深夜，桔黄色的灯光之下，神色凝重的朗宁，一手拿着放大镜，一手握着红蓝铅笔，无数次地在那幅珍藏的中华人民共和国地图上凝视和标注，图上蓝色的河流"汉水"和"长江"，已在他的笔下划上重重的红道道。长江是中国最长的河流，汉水是长江最大的支流，而这两条河流又是自己最为熟悉的地方，也是最能表达情

夜色沉沉，朗宁还在思索着为中国拍一部纪录片，写一部书

感的地方，他想就从这些地方开始，去拍摄一部反映新中国革命和建设的纪录影片。同时再写一部书，以一个见证者的身份，用自己在中国的亲身经历、所见所闻，来反映中国的沧桑巨变。

他把这个想法告诉了远在美国纽约的三女儿奥黛丽。奥黛丽积极地表示，摄制组的事就由她来负责。因为在此前的 1972 年，奥黛丽就曾作为美国全国广播公司《故宫》纪录片摄制小组的顾问，有过到中国拍电影纪录片的经验。

朗宁兴奋地致电中国驻加拿大大使姚广，表达了这个愿望。但得到的答复是，欢迎朗宁访华，却婉言谢绝他在中国拍摄纪录片的请求。原因可想而知，安东尼奥尼事件所造成的国际政治影响余波未平。

1975 年 9 月 8 日，正是金秋时节，朗宁还是带着他的摄制组，飞越太平洋，再次踏上中国这片热土。已为此做了大量准备工作的朗宁，是不会轻易放弃自己的计划的。他一直很自信，他不同于其他外国人。中国是他的故乡，浓厚的故乡之情，承载着他无比的忠诚与热爱，这是中国领导人周恩来都赞赏过的。他相信一定能够得到中国方面的理解，那张凝视过千百次的中华人民共和国地图，就装在贴身的口袋里。

然而，在上海入关的时候，他们携带的两部 16 毫米电影摄影机和 5 箱电影胶片，毫不意外地被全部暂扣。海关人员善意地告诉他们，这些物品将在他们出关离港时原物奉还。安东尼奥尼事件之后，中央对电影拍摄设备的进入，作出了更为严格的审查规定。

"安东尼奥尼拍了反华影片，我们是想拍一部好片子来宣传中国的。"朗宁焦急地解释。

"可这是中央的规定，我们没有放行的权力。"

"你们不允许外国人来拍片，是不是指不能拍商业用的纪录片？如果是这样，我们拍摄的影片就只供教学用。"朗宁把限制境外拍摄进入理解为类似于安东尼奥尼摄制的商业影片，退了一步。

"这次来中国拍摄纪录片，是为了报答中国对我们一家的感情的。"奥黛丽也在一旁不断地作补充解释。

九年前的 1966 年夏天，她从派驻的香港踏上中国大陆，在罗湖桥入关时也曾遇到过类似的麻烦。海关检查员查看了她携带的三部相机，并要求检查她的胶卷。她打开箱子，从鞋里和各种挤出的空间不断掏出胶卷。

关员神情严肃地问："你到底有多少胶卷？"

"大概 60 卷吧。"

"你只能带 36 卷，剩下的留在这儿，出关时再取。"

"可没人告诉我这个规定呀。"她恳求着。

"等一下我去请示上级。"

她心想这下完了，可能去不了中国了，他们一定发现自己的丈夫是位美国记者，而她又在为《纽约时报》工作。

那位关员领来的领导看着一堆胶卷，怀疑地问："你为什么需要带这么多胶卷？"

她灵机一动说："中国太美了，我想尽可能多拍些照片给我的五个孩子看。"说完就心虚地等着被揭穿。

"五个孩子？"他挑了一下眉毛，"都是男孩？"

"一个是。"她骄傲地告诉他，"最小的一个是男孩，叫查理。"

那位领导看着一脸真诚的奥黛丽说："你要真的拍些照片给你那些孩子看，我们就特批你带进去吧。"

奥黛丽喜不自禁千恩万谢地赶忙把那一堆胶卷装回了箱子。她的机智和幽默，一点也不比她的父亲朗宁差。她说的那个叫查理的最小男孩，实际上是她家养的宠物，一只被视为家庭成员跟了她许多年的雄性鹦鹉。

可这次无论他们怎样解释都无济于事。如果这些拍摄器材带不进去，此行的计划就落空了。更为难堪的是，朗宁感觉自己的面子挂不住，乘兴而来的摄制组会怎么看他呢？迎头一盆凉水，无论如何都是这位年逾八旬的老人所难以承受的。朗宁要求面见海关关长。

那位关长虽然对朗宁的善意深表理解，却面露难色地告诉他：“这种可以拍摄商业影片的电影机和胶片入关，必须报经中央批准。”

朗宁从这句话中似乎又看到了一线希望，立即在脑海里搜寻着求助对象。可是，这时该找谁呢？朗宁一时又犯了难。直接找周恩来吧，他实在不忍心再给他添麻烦，他知道总理积劳成疾病情加重。找外交部吧，人家事先就婉言拒绝过这个要求。找老朋友黄华吧，他远在美国出任常驻联合国及其安全理事会代表。

朗宁思来想去想找王炳南试试。王炳南虽然因种种原因早些时候离开了外交部副部长的位置，但听说好像最近刚刚复出，担任了中国人民对外友好协会会长。

当此事报告到王炳南那里，王炳南大为震惊，深感事关重大而且棘手。但他又十分了解朗宁的性格和心情，便立即报告中央，帮助做争取工作。在他的亲自斡旋下，迅速补办了入关手续，这些设备才得以放行。

中国人民对外友好协会为了给朗宁一行访华提供方便，专门向有关的省和地区发了一份《关于加拿大友人朗宁一行访华接待计划的指示》。文件称：经中央批准，加拿大友人朗宁偕次女梅姆·威斯特莱因（中国名字美美）、三女儿奥黛丽·托平及外孙、外孙女一行，将于9月初来我国访问6周。朗宁此行主要是收集材料，写有关中国的书。

鉴于朗宁是老朋友，在加、美有一定社会地位和影响，积极从事中加友好工作，对其一家来访，拟作热情友好接待，给予一定礼遇，适当满足其要求。为帮助他把书写好，参观和情况介绍可稍深入一些，内容力求生动具体，使其进一步了解我国社会主义革命和建设成就，新的社会风尚和人民精神面貌、民族政策和少数民族地区的变化。但他究系西方人士，宣传时要掌握分寸，注意内外有别。如其要求会见旧友，拟商有关单位酌情满足。

对于拍摄纪录片一事，由于过于敏感而未写入文件。但在电话通知里作了特别交代。湖北和襄阳是朗宁访问和拍摄的重点地区，省革委会立即将文件和相关要求转达襄阳地区革委会。

接待拍摄电影的外宾同接待一般参观来访不同，出了问题是很难补救的，湖北省和襄阳地、市都对此格外重视。

此时身为省革委会副主任的潘振武，因为有过4年前组织接待朗宁的经验，再次受命，亲临襄阳指导接待工作。省革委会外事组提前派人前往襄阳协助具体筹备。襄阳地、市委分别召开两次常委会进行研究，并确定地委副书记张怀念，常委刘传贵等领导具体负责接待工作。

为迎接朗宁拍摄电影，襄阳方面从重点单位到一般单位，从领导到群众，从工厂、企业、机关、学校到街道市民，层层发动，进行了广泛的思想动员。市政工程队维修外宾必经道路，整治重点参观单位的环境。木材综合加工厂协助襄江商场，制作和维修橱窗。

1975 年 10 月，朗宁（前排中）带领摄制组回到故乡襄阳，受到热烈欢迎（前排左为襄阳地委副书记张怀念）

广播器材厂提前刷新外宾必经路口的毛主席语录牌。市东风粮店大搞技术革新，在较短时间内完成了电子售米、售油和粮食风运自动化，等等。

10 月 9 日，潘振武亲自主持地、市相关部门和驻市各单位党委书记参加的接待工作筹备会，做最后的部署和督查。

潘振武说：中央提出"热情友好接待，给予一定礼遇"。要勤俭办外事，在生活接待上，不要摆阔气，讲排场，当然也不能太寒酸，要恰如其分，这是一个政治问题。我们是发展中国家，人民生活水平还不高，如果在接待中搞铺张浪费，对内对外影响都不好。襄樊与其他城市不一样，是他出生和工作过的地方，因此更要体现出"热情友好"。在参观红卫小学、市一中、卫校时，可以考虑组织二三百学生夹道鼓掌欢迎。可以写欢迎标语"热烈欢迎加拿大贵宾来我校（厂）参观！""中加两国人民的友谊万岁！"

要坚持政治挂帅，突出两个变化。在分析外宾的思想实际、他的观众和读者，满足其要求的同时，对拟供拍摄点恰如其分地增添有政治内容的新人新事。针对 1971 年曾访问襄樊，宣传介绍突出"文化大革命"和朗宁来襄樊前后的对比，充分运用突出生动的事例谈发展、讲变化，反映工、农、商、学等各条战线的迅速发展，人民群众的精神面貌和社会主义的幸福生活，显示毛主席革命路线的正确，"文化大革命"的胜利，社会主义制度的优越。

对于朗宁他们要求去的地方，潘振武安排得更加细致。他提出，襄樊棉纺织印染厂要准备一台文艺晚会，加紧排练，如果节目不够也可以向兄弟单位借点儿来。檀溪大队的社员家庭还要再好好地收拾一下，特别是环境和家庭卫生。隆中入口的那块水泥牌子要作处理，上面"评水浒批宋江"的宣传画要换成毛主席题词。用什么题词好，要提出具体意见上报审查。

对于推荐他去看的单位，如市第一机床厂、襄江商场和十字街等，也要提前做好安排。同时，还要预留一些单位作为后备，如东风路粮店、中医院、胶轮车厂、卷烟厂等。所有相关单位，都必须深入细致，做到事无大小，分工到人。

就在湖北和襄阳方面全力做着准备工作时，朗宁一行已经开始了访问和纪录片拍摄的行程。他们先去了北京，然后飞抵重庆。

朗宁自从 1946 年离开重庆，就再也没有机会去过。原来的神仙洞街早已改名，他住过的使馆小楼还在，面貌依旧，但早已物是人非了。他们在这里作短暂停留拍摄之后，乘中国新造的"东方红号"客轮沿长江而下，饱览了三峡风光。

朗宁一行在重庆拍摄纪录片时，与当地的小学生们在一起

经过一周的航程，朗宁一行 10 月 13 日到达武汉，入住胜利饭店，受到省革委会的热情接待。抵汉当晚，省革委会副主任潘振武和省对外友协宴请了他们一行。

按照预定计划，他们选择在东湖风景区拍摄。拍摄人们欢度假日和学生开展文艺、体操、球类表演的校外活动等情景。

3 个小时后，朗宁和他的摄制组匆匆登上开往襄阳的火车。14 日下午 6 点 39 分，当他们抵达襄阳火车站时，地、市革委会领导张怀念、刘传贵等已在车站迎候。

1975 年的襄阳，在工业学大庆、农业学大寨的火红建设中，已发生了翻天覆地的变化。鄂西北的旱包子土地在引丹大渠的灌溉下已变成万顷良田。市区在创建全国明星城市中面貌焕然一新。从市中心的大庆路到瓷器街的解放路已互联贯通。老樊城在襄江商场

1975 年 10 月，朗宁在襄阳观看文艺演出后，与演职员们合影留念（二排左四为朗宁）

文艺晚会节目单

1. 舞 蹈：热烈欢迎加拿大贵宾
2. 歌 舞：工业学大庆
3. 剑 舞：
4. 京剧清唱：学唱革命样板戏《智取威虎山》选段
　　　　　　"共产党员时刻听从党召唤"
5. 体操表演：为革命锻练
6. 扬琴独奏：① 浏阳河
　　　　　　② 红星歌
7. 舞 蹈：骑兵练武
8. 舞 蹈：小红戴上了红领巾
9. 歌 舞：大干快上迎跃进
10. 歌 舞：苗山新歌
11. 歌 舞：大寨亚克西

体育表演：平衡木
歌　舞：上学路上
唢呐独奏：百鸟争鸣
幼儿体育
表演：椅子操
歌　舞：我为公社放鸭忙
器乐合奏：① 井岗山上太阳红
　　　　　② 我们是校办工厂小工人

1975 年 10 月，襄阳接待朗宁一行的文艺晚会节目单与人民广场的辉映下格外繁华。朗宁在望江街举目四望，感受着这人间正道的沧桑巨变，万般感慨涌上心头，一种对家乡的自豪感油然而生。

10月15日上午，由市革委会副主任江长发向他们介绍襄樊市的情况。朗宁说："对你们这个既明确，又简要的介绍，我代表全家表示感谢！"

当谈到为什么会有这样的变化时，朗宁插话："中国人民是有智慧的。1949年以前，中国人民没有这样的机会建设自己的祖国。1949年以后，在共产党领导下的人民解放军和中国人民夺取了政权，从本质上使中国人民的智慧得到充分发挥。"

接下来的几天里，朗宁和他的摄制组在地方领导的陪同下，有计划地展开实地拍摄，所有迎接参观拍片的单位都准备了书面材料。

为了展现襄樊现代都市的繁华，市里建议把拍摄现场选在樊城十字街。虽然当时城里行驶的机动车辆还比较少，但组织起来的几十部大小汽车、上百部自行车有秩序地进入镜头，显示出这座城市川流不息秩序井然的建设新貌。

襄江商场是当时襄樊市区最大的商场，经过彻底整治、精心设计，增加了商品数量和花色品种，营业员"百问不烦，百选不厌"，顾客任意选购，反映出社会主义"发展经济，保障供给"的繁荣市场。

在拍摄时，朗宁对橱窗里陈列展示的襄樊地方产品和商场营业员使用电子机械售烟酒糖果、扯布等，很感兴趣。他感慨地告诉陪同的市领导："你们的商场东西真多，电子卖布在我们国家都还没有见过，一个顾客要买哪种布，电钮一按布就扯下来，送到他手里了。这些电子机全是你们自己造的，为人类做出这么大的贡献。我相信你们这种精神，将来会取得更大的胜利。"

朗宁并不知道，此时，他的故乡正以非常之眼光和勇气，展开着一场面向全国招揽科技人才的"破冰之举"。襄樊市的领导们在计划经济体制下，不惜冒着严重的政治风险，打破人才管理的政策限制，广泛招贤纳士，进行着以科技人才为引擎的工业革命。在这个名不见经传的内陆小城，已经聚集了上千名从国家高级科研院所、高等院校投奔而来的科研技术人员。这批科技力量，不仅推动了企业生产一线的技术革新，而且催生了一批为经济建设服务的科研机构，如商业自动化所、银行自动化所等。这些成果，都是科技人才聚集所释放巨大效应的一部分。

在休息室里，朗宁一行向商场负责人详细询问商场情况，从多少职工、平均工资、平均年龄、生活福利，到有多少专柜、多少商品等等。朗宁特别关注商品的价格，从缝纫机、电视机、手表，到棉衣、衬衣、粮、煤，价格是否稳定。商场负责人回答："解放20多年来，我们的物价一直是稳定的，而且趋于下降。"张怀念补充说："特别是人民群众必需品，如煤、米、盐、棉布，不仅稳定，有的还降了。煤原来三分五一斤，现在降为一分九一斤。"

奥黛丽问大米是什么价格。江长发说：一角三分七一斤。这个价格是国家统一制定的。这与旧社会不同，旧社会有句俗话叫："眼下一言为定，早晚市价不同。"

朗宁在一旁连连点头："是的，是的。没有经过旧社会的人不了解米价的重要。那时候农民收获时，米价就下降再下降，等到收获完了，吃得差不多了，米价就一直往上涨。那时美国有个机构在中国分配大米搞救济，解放后这个机构撤了，当时有人说，美国人走了，中国人就要给他下跪。其实呢，情况完全相反，中国不仅把米价稳定下来，还出口锡兰。"

下午，朗宁一行参观和拍摄襄樊棉纺厂。参观拍摄结束，他们观看了该厂工人业余宣传队演出的文艺节目。当乐队演奏加拿大民歌《红河谷》时，朗宁请乐队重奏一遍，并激动地高举双手忘情地打着拍子，随音乐高唱起来，把演出推向高潮，结束时朗宁一行与演员合影留念，摄影师把这激动人心的一幕全程记录下来。

在襄城庞公公社檀溪大队，朗宁一行参观拍摄了大队办的养猪场、油坊、粉坊、缝纫组、代销店，还拍了菜园、拖拉机耕地和推土机平整土地以及在公社社员张国斌（实为大队书记）家里做客的镜头。

朗宁观看文艺演出后，向演员们表示谢意

张国斌家的小院，半人来高的竹篱笆充当围墙，上面攀满豆藤，缀着成串的扁豆、豇豆，挂着沉甸甸的南瓜、丝瓜，一片秋实累累。青砖灰瓦的农舍，简朴而干净整洁。朗宁饶有兴趣地东瞅瞅西瞧瞧，仿佛是进了当年自家的院子般亲切。

奥黛丽和他们的摄影师，不断调整着摄影机的机位和镜头，从厨房里张的妻子剖鱼、下锅炒菜，到大女儿在寝室里整理床铺内务，二女儿骑上自行车去上班，三女儿身背赤脚医生药箱出诊，四女儿在家复习功课，小儿子快乐地摆弄着手里的玩具等等，全家每个人的生活状态都摄入镜头。他们试图从各个角度来反映这个中国人民公社社员家庭的生活常态。

接着朗宁一行来到襄阳地区卫校。这曾是当年鸿恩医院的所在地，朗宁的长子奥尔顿就出生在这里，如今不仅环境变了，教学和医疗方法也变了。在对教学大楼、生物化验室和针灸教学进行拍摄时，朗宁最感惊奇的是针麻。在针麻状态下，接受大型外科手术的病人竟然可以毫无痛苦地同主刀大夫说话。

在襄阳为期一周的拍摄中，摄制组先后拍摄了 16 处，包括 8 个单位和朗宁出生、生活过的地方。从所拍内容看，涉及工、农、商、学、文艺、城市建设、风景名胜、人民群众假日生活、社员家庭等多个方面共 50 多组镜头。

朗宁结束为期一个多月的拍摄和采访，回到加拿大后便一连几个月蹲在家里，静下心来整理父亲和自己保存下来的关于中国的历史档案资料，还有自己对新中国数次参观访问中的记录。

他的《回忆革命中的中国——从义和团到中华人民共和国》一书很快完成，并由美国万神殿出版社出版。这部书记述了中国近代史上饱受西方帝国主义列强蹂躏的耻辱；记录了辛亥革命的遗憾；

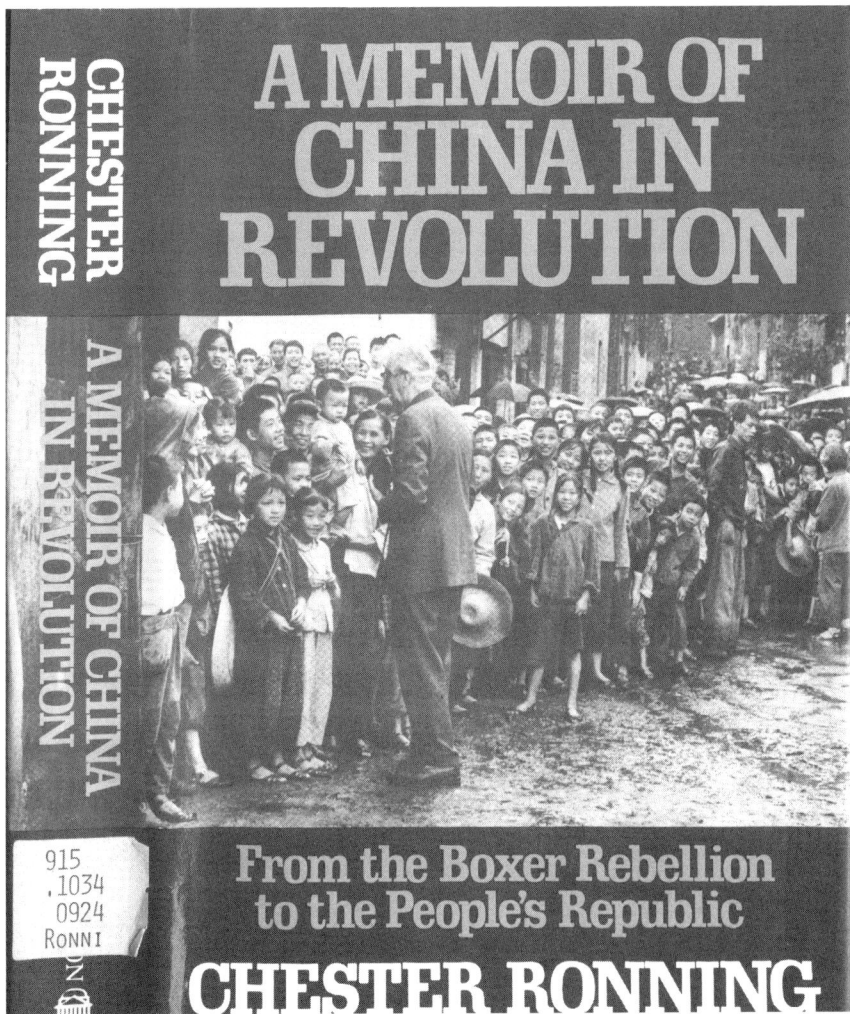

朗宁著《中国革命回忆录——从义和团运动到人民共和国》英文版

揭露了 20 年代蒋介石叛变革命的行径；引用自己的书信、日记介绍了中国的进程；他把中国新旧作了对比，以一个有中国生活和西方教育双重背景的中国问题专家特有的眼光，审视中国历史和现状。

该书出版后，在美国和加拿大引起强烈反响。前加拿大外交部长马丁称赞："切斯特·朗宁的《回忆革命中的中国》引人入胜，是中国追求民族大业的生动记录。出自这位颇有见地的加拿大人之手，字里行间充满了同情。朗宁一直是描述令人注目的中共进步的同行中的佼佼者。"美国著名外交家艾弗里尔·哈里曼说："切斯特·朗宁的《回忆革命中的中国》令人着迷，内容丰富，是一个对中国人民有着深刻了解并充满爱心的人为本世纪中华民族作的写生。在世人都把目光投向中国的今天，这本书具有特殊价值。"

而朗宁策划拍摄的那部纪录片，由于种种原因未能公开放映，这也是朗宁信守不作商业传播的承诺。但那些珍贵的镜头却见证了中国那个特殊的年代，为研究中国社会的历史变迁，留下了不可多得的原始影像档案资料。

十四、最后的心愿

"一、二、三……"朗宁家的小阁楼里传出琅琅汉语声。

"一、二、三……"一帮孩子大声地跟着学。

"两只手加起来一共是多少个手指头？"

"十。"孩子们异口同声。

"很好，你们都答对了！"接着，朗宁又变换着手指，用老樊城猜拳行酒令的俚语，把从一到十的数字连起来："一定高升两厢好，三星四季五魁首，六顺七巧八匹马，九（久）长十（实）在满福寿。"尽管那些孩子们并不理解其中的意思，但对这种生动活泼的教法兴趣盎然。

停车坐爱枫林晚，枫叶红于二月花。在朗宁家的那幢木屋，朗宁以他当教师的天赋，用老樊城的家乡话，以最简单的方法为周围邻居家的一群孩子教习中文，还围着四壁悬挂的中国字画，向孩子们讲述中国画的写意和技法。

老樊城的童谣，也穿越时空飞到了地球另一端的卡姆罗斯小镇。"正（这）方儿、恁（那）方儿，总是肚子疼，花茴香、胡椒面儿吃了都不疼。咿哟——哦……呵呵……""勤快，勤快，都

朗宁很热心地教当地的孩子们学习中文

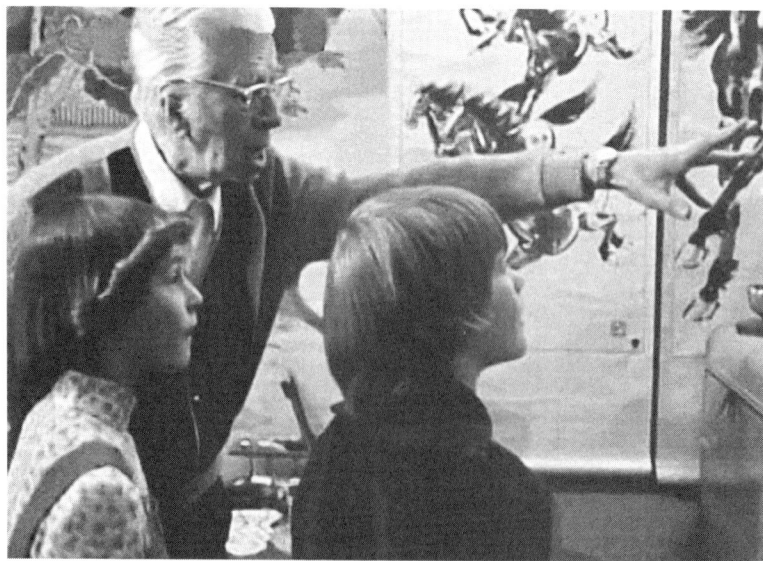

朗宁家的小楼成了孩子们的乐园

勤快！筷子来了，嘴——张开！"小楼充满生气，这也是朗宁的快乐时光。

朗宁已经80多岁了，自从夫人英佳去世之后，他就独自一人住在这栋老房子里。子女们在世界的不同地方成了家，他除去有

朗宁在家里还是习惯吃中国饭和用中国餐具，端着"寿"字碗大声喊道："筷子来了——嘴张开！"十分开心

时间轮着到他们那里小住时日，已不再像过去那样经常出远门了。卡姆罗斯的弥赛亚教堂是他去得最多的地方，他指挥起教堂合唱队来，潇洒不减当年。

他常念叨着一句中国谚语："活到老，学到老，还有三分学不了。"

奥黛丽曾问父亲："您长寿的秘诀是什么？"

"参与社会！"朗宁满怀激情，不假思索地说。

朗宁虽然远离了政治中心，但同中国的联系却没受到大的影响。中国驻加使馆的简报每期都会按时寄到他家里，也常会有人到卡姆罗斯去看他。

1976年周恩来和毛泽东相继逝世后，朗宁不胜悲哀痛惜。11月20日，他在加拿大外交部双月刊《国际展望》发表的纪念毛泽东的文章，两天后被中国的《人民日报》(11月22日第五版)转载。题目是《加拿大友好人士朗宁著文悼念毛主席——赞颂毛主席

奠定了建设新中国的基础》。

祭文写道："中国人民深切悼念他们极其尊敬的导师和解放者毛泽东主席。""（中国）人民称赞毛泽东奠定了整个新中国据以建立的动力和思想基础，他们理所当然的对（新中国的）成就感到自豪，但是他们一向意识到，毛主席对他们的信任鼓舞着他们……"

1978年，加拿大国家电影局组织拍摄电影纪录片《朗宁的中国使命》。1980年4月26日，该片在阿尔伯塔大学礼堂举行首映式。这部由奥黛丽撰稿，加拿大国家电影局埃德蒙顿摄制组历时两年、耗资150万加币的影片，记录了朗宁的一生，引起很大反响。观众认为，反映加拿大最杰出的中国问题专家传奇经历的电影只用一个小时，时间太短了。制片人解释说，他们为摄制这部影片，搜集了大量资料，其中包括朗宁1975年在中国拍摄的影像。但是考虑到那些资料还要做教学片用，在电视台播放也受时长限制，只好忍痛割爱了。

然而，朗宁确实老了，尽管看上去精神还不错，但毕竟年届九旬。加上中过一次风，记忆力也明显减退了。

1983年夏天，奥黛丽约了几位兄弟姐妹一起回到卡姆罗斯看望父亲。一家人围坐在那间熟悉的屋子，周围摆满了中国的小物件，那都是老人的精神寄托，他现在只能时常靠摆弄这些物件来追忆那些过去的人生往事了。

朗宁向孩子们讲诉起自己的三个愿望。想在去见先辈之前，让孩子们和他一起再回中国看看。一是去湖北的樊城敬祭母坟。二是看看敦煌石窟。三是到万里长城的西端看看牢不可破的嘉峪关。

孩子们都十分惊讶，这几个愿望可都不是容易实现的。虽然他们也迷恋父亲说的这几个地方，但无法想象他年迈的身体能否承受如此艰难的漫长旅程。

但随着他的热情高涨，孩子们的激情也被点燃了。"好吧，我们都去。"奥黛丽说："全家都去，我们可以在父亲出生的地方庆祝他90岁生日！"

朗宁的眼里立刻迸发昔日的光芒。"正中我意！"接着他站起来，把那根银白色的拐杖举起来在空中一划，大声说道，"开步——走！"兴奋得好像马上就要出发一般。

天随人愿，就在此后不久，奥黛丽接到了参加北京举办斯诺国际研讨会的邀请。奥黛丽于是借着这个机会向王炳南表达了父亲的愿望。王炳南也对这位忠诚的老朋友十分想念，立即表示，就由中国人民对外友好协会出面发出邀请。

1983年9月20日，中国对外友协给襄阳发来一份《关于加拿大友人朗宁一行接待计划》的"机密"文件。文件要求："对朗宁一行拟以热情友好接待，给予适当礼遇，对其合理要求尽量予以满足。在参观游览过程中，相机阐明我三中全会以来执行的对内搞活经济和对外开放的政策，结合具体事例介绍近几年来我国发生的巨大变化，表明我国人民克服困难，建设四化的坚定信心。因朗宁年迈，活动日程要注意劳逸结合。"并对具体活动安排了详细的日程表，附在文件后面。

此时，襄阳作为国家体制改革的试点，刚刚完成了襄阳地区与襄樊市的机构合并，成立了新的以市带县的襄樊市。市政府迅速根据《接待计划》制定具体方案。决定由副市长李正洪和相关部门领导陪同活动，市长章治文等会见并宴请。安排参观樊城十字街、市一中、红卫小学、襄阳卫校等地，市公安局负责安全保卫。参照中央在《人民日报》发消息的做法，由本地主要媒体《襄樊日报》和襄樊人民广播电台分别给予报道。

1983 年 10 月 14 日凌晨两点半，朗宁携家人一行 8 人，经过 17 个小时的飞行抵达北京。对外友协的同志在机场迎接，并告诉他们，第二天中午，王炳南要在人民大会堂设宴招待他们。一辆旅行车和几辆轿车把他们送到一个宾馆，那是蒋介石曾经住过的宾馆。

次日，朗宁的精神状态让所有人都感到惊讶。因为大家都有时差反应，而他却精神饱满、兴高采烈。

"您再次回到中国来，我们感到荣幸！"王炳南热情地握着老朋友的手说。

"是啊，"朗宁眨了眨眼睛一本正经地说，"不知道是不是荣幸，反正是你把我安排在你们的老对手蒋介石住过的房子。"

王炳南稍微愣了一下，接着开怀大笑起来："看来你还没醒过味来。我们把你安排在这里，是因为你既是新中国的朋友，也是旧中国的朋友嘛。"朗宁也忍不住笑了起来。老朋友相会，气氛亲切热烈。

第二天晚上，朗宁又接受了全国人大常委会副委员长、前外长黄华和夫人何理良在钓鱼台国宾馆的宴请。黄华对朗宁不顾高龄再次来华表示欢迎，并希望他能多住些日子，以便多看看他于 1975 年访华以来中国各地发生的变化。

在北京稍事休息之后，朗宁一行起程心愿之旅。在西安，他们参观了秦始皇兵马俑，然后坐火车到甘肃兰州。

甘肃省长陈光毅在为朗宁举行的招待会上，送给他一件珍贵的礼物——"马踏飞燕"的仿真复制件，这让朗宁十分开心。"马踏飞燕"是 1969 年出土于甘肃省武威市雷台汉墓的东汉青铜器，被视为中国古代高超铸造技术的象征，为国宝级文物。就在朗宁一行来访的几天前，"马踏飞燕"刚刚被国家旅游局确定为中国旅游业的形象标志，并为后来一直所沿用。

朗宁不停地抚摩着"马踏飞燕"，爱不释手，喃喃自语道："往后无论什么时候看到它，我的思念就会随同这中国缪斯飞马回到中国。"殷殷之情，让所有在场的人无不为之慨叹。

从兰州飞往敦煌，参观了中国最大的佛教艺术宝库之一莫高窟。他们看了492个石窟中的10个，朗宁的腿脚不便，一把椅子从这个石窟搬到那个石窟，以供朗宁坐下细细欣赏壁画。当参观宏伟的130号唐代洞窟9层造型的大佛像时，朗宁禁不住走下椅子，绕着佛像沿顺时针方向转了3圈，以求好运。

他们乘坐汽车沿古丝绸之路，穿过戈壁沙漠，来到长城的西端嘉峪关。

古道夕阳，落日黄沙，气势雄浑的嘉峪关巍然壮观，透着刚毅和苍凉。

朗宁向孩子们描述1922年他和夫人在北京接受培训时，曾骑着毛驴登上长城东段八达岭时的情景。60年后，他终于到达了万里长城的西端尽头，"天下第一雄关"的牌匾就在头顶高悬。

朗宁心里说，在见上帝之前恐怕是不会再有这样的机会了。尽管腿脚已有些颤颤巍巍，他却仍然坚持要登嘉峪关头。于是，他在家人的搀扶下，踏着斜阳金辉，缓缓穿越关城，登上了嘉峪关城楼。

朗宁伫立光化门前，环顾城门内外。内城外墙勾连环接，箭楼角楼相倚相望。他细细触摸着嘉峪关刻满历史痕迹的斑驳夯土城墙，穿越时空，极力搜寻着想象中的历史瞬间。万里烽火狼烟，千年世事沧桑，征战沙场的金戈铁马，丝路商旅的悠远驼铃，还有羌笛胡笳的无尽哀怨，这边塞关城，深深铭刻着无尽的悲切与辉煌。

放眼望去，祁连山脉连绵逶迤，蜿蜒的长城，在漫漫黄沙戈壁之间时隐时现，宛如游龙舞动。在这夕阳即将沉入桔黄色的地平线之时，一支丝路商旅驼队，伴着清脆的驼铃声叮当而来又渐渐远去，直到缓缓地消失于大漠深处的幻影之中，犹如一幅凝聚着边塞苍凉的历史画卷。朗宁不禁牵起儿时汉江帆影的记忆，眼前不由得浮现出当年那迎着夕阳逆流而上的船队，那吟着低沉豪壮的纤夫曲渐行渐远的纤夫。生生不息的生命旅程啊，原本就是这样，几多温暖，又几多悲壮。

忽而，一阵戈壁凉风扑面，朗宁从悠远的情思回到眼前。"'不到长城非好汉！'我不仅到了长城，还与这'天下第一雄关'比肩而立。"朗宁不由得从心底升腾起一股豪迈，举起他的拐杖放声喊道："开步——走！"

10 月 28 日，朗宁一行抵达襄阳，下榻在襄樊市第一招待所。前两次回来，他们都是被安排在襄阳城那边的襄阳地区招待所。这次他请求能不能在樊城这边住一回。因为樊城是他的出生地，从小对这里的记忆也更深刻。接待的领导热情地满足了朗宁的这个小小心愿，从这里到他的出生地和曾经工作的地方不过几条街的距离。

第二天早晨，一场夜雨过后的街上有些泥泞，但朗宁还是坚持清晨散步的习惯。

一位上了年纪的老太太上前搀扶有些蹒跚的朗宁，关切地说："老先生，让我来帮您一把。"

朗宁用樊城话连声表示感谢，并很礼貌地问她高寿。

"我周岁 75，您多大年纪了？"

1983 年 10 月，朗宁最后一次回到自己当年的母校

"我周岁 89。"朗宁答道。

这让老太太十分惊讶，禁不住停下脚步仔细端详着这个满头银发的洋老翁："您的本地话咋说得这么好呢？"

"因为我就是这里的人呀！就出生在这个城里。"朗宁用拐杖点了点脚下的土地。

老太太盯着朗宁的蓝眼睛疑惑地问："那您咋长得不像我们这里的人呢？"

"噢！您看，"朗宁一手挂着拐杖，一手指了指跟在后面不远处的子女，凑近老太太神秘地说："我在加拿大住了那么长时间，结果长得就像他们了。"朗宁到老也没失去这幽默的天性。

老太太忍不住呵呵笑了起来："啊呀！您这个老人家可真有意思！"她一边说着，一边轻轻拍打着朗宁的手臂，不住地对周围的人重复着刚才同朗宁的对话。好奇的旁观者越来越多，他们都来看这些从大洋彼岸到这里为他们的先人扫墓，并为他们的父亲过90岁生日的白皮肤、蓝眼睛的一家人。

"他长得倒像个外国人，"一个人开玩笑地说，"可他更像个土包子。"在当地人看来，满口的地方土话就是"土包子"。

"嗯！不错，"朗宁毫不隐讳地说，"我真是个'土包子'，和你们一样。"大家都开心地笑了，祝福朗宁老先生健康长寿。

谢过他们，朗宁举起手杖，喊道："开步——走！"迈开了大步。几个月来，家人从未见他走得这么快，步伐这么轻盈。他的孩子们，还有越来越多友好的樊城人跟在他的身后。

他带着子女到母亲墓前祭扫，了却他们此次访华之行的最后一个愿望。

一家人手拉着手默默地绕墓碑围成一个圆圈，任凭眼泪下淌。深秋的冷风，肆意吹散着朗宁稀疏的白发和飘拂的衣衫，他双手紧紧挂着拐杖，努力让自己瑟瑟的年迈之躯站稳，静静地立在墓前像一尊慈祥的玉石雕像。他神情凝重、目光幽远，颤抖的嘴唇嚅动了几下，却没发出声来，谁也不知道此时老人的心里在念叨着什么。朗宁家族有9人出生在襄阳，有3人永远留在了这里。他意识到这也许是同故乡的诀别，风烛残年的身体再也无法支持他漂洋过海，回这生他养他的地方，先前泛着笑意的脸上，变得忧郁而沉默。

陪同的人和周围的一大群中国人无不为之动容，他们为这家外国人也像本地人一样虔诚地祭奠先祖，深深感动。

晚上，襄樊市长为朗宁举办了隆重的生日宴会，市委、市政府领导张怀念、章治文、王根长、李正洪等会见并出席宴会，按照中国人过生日男过虚岁的算法，庆祝他90岁生日。

家人、朋友和当地政府官员围坐在装饰得富有喜庆、祝寿气氛的圆桌旁，桌上一只用黄油雕琢的仙鹤占据中心位置。厨师还特地准备了寿桃、寿面。朗宁把筷子伸出，举得高高的才把它夹起来。老朋友、老同学和一些当地认识他的人前来祝寿，还燃放鞭炮，以示庆贺。

童年的伙伴宋涤华已先他而去，宋涤华的儿子宋少华赋诗一首，特地请当地著名书法家王树人挥毫相赠，"书与朗宁仁翁长寿留念"。诗曰："远涉重洋披风尘，耄耋之年仍精神。携眷三访出生地，随处自称樊城人。串巷走街不问径，至今未改幼时音。当年家严身健在，曾叙友情共举樽。"至此，朗宁的中国之行画上一个圆满的句号。

朗宁如愿以偿了，回到卡姆罗斯不久身体就每况愈下。他知道，该是到另一个世界去见先祖的时候了。他平静地对孩子们说，永远不要背弃中国，也不要忘记那里还有一个叫襄阳的故乡。

1894 年 12 月 13 日，朗宁生于中国湖北襄阳樊城。1984 年 12 月 31 日，他带着安详逝于地球另一端的加拿大阿尔伯塔卡姆罗斯，去往天国。令人惊异的是，他的生日和忌日是同样的几个数字翻来转去，这会不会是冥冥之中暗合了某个神秘的密码，才赋予了这个平凡的生命以传奇色彩呢？

1985 年 1 月 4 日下午 2 点，朗宁的葬礼在卡姆罗斯弥赛亚教堂隆重举行。朗宁的遗体安放在榆木棺中，四周摆满了鲜花。加拿大联邦众议院议员阿诺尔德·马罗恩代表外交部长、阿尔伯塔省负责省际事务的部长霍斯曼等出席了葬礼。中国驻加拿大大使王栋，代表中国政府为这位"中国人民的伟大朋友"作最后送别。加拿大前驻华大使碧福称朗宁是"一位事实上把他的一生都献给中国人民

朗宁的葬礼

Ronning's life bridged East and West

By LINDA GOYETTE
Journal Staff Writer

Chester Ronning, an outspoken retired diplomat whose life was a bridge between East and West, is dead at the age of 90.

The respected Albertan died of pneumonia early New Year's Eve at Bethany Nursing Home in Camrose. His daughter Sylvia Cassady said he had been in poor health for some time.

Ronning was a man of a thousand interests: a homesteader, horse-breaker, teacher, politician, military intelligence officer, secret peace negotiator, author and a diplomat in five countries.

But he will be remembered — in Camrose and Peking — for his lifetime passion for China.

"Mr. Ronning loved the Chinese people and the Chinese people loved Mr. Ronning," Duan Jin, first secretary

and press officer at the Chinese Embassy in Ottawa, said in a tribute.

"The people of China will always feel the loss of this old friend."

Born to missionary parents in Francheng, Ronning spoke fluent mandarin Chinese, but no English, at the age of six. As an adult, he served as a senior Canadian diplomat in Chungking and developed an international reputation for his knowledge of the Far East.

Realizing his health was failing in 1983, he approached his family with a special request.

"I wish I could revisit my birthplace in China just once more before I kick the bucket," he told his daughter, Audrey Topping. His children accompanied him on the final journey to celebrate his 89th birthday.

"I think it was very important and most fulfilling for him," Topping said in a telephone interview from Scarsdale, N.Y.

Tributes flowed in over the holiday. Jim Horsman, minister of federal and intergovernmental affairs, spoke on behalf of Premier Peter Lougheed who is on vacation.

He described Ronning as "a man of considerable vision who, long before most

Canadians, recognized the importance of strengthening our ties to China and other countries of the Pacific Rim."

Brian Evans, a specialist in Chinese history at the University of Alberta, said Ronning was "very much a treasure of Western Canada.

"He was exceptional in his ability to command the attention of people and to

communicate his understanding of China to Canadians."

Ronning was named a companion of the Order of Canada in 1972 and also received the Alberta Order of Excellence.

A public funeral service is scheduled at Messiah Lutheran Church in Camrose at 2 p.m. on Friday.

An adventurous life/A15

Ronning with children at a school concert in Francheng
... life was marked by a passion for China

1985 年 1 月 5 日，卡姆罗斯市报刊记者林达报道朗宁病逝的消息，所配彩照系 1971 年朗宁访问襄樊时米公小学学生为朗宁表演节目的情景。文章标题：朗宁毕生致力于架设东西方之间的桥梁事业的人"。曾出任加拿大总理的克雷蒂安称他是"中加友谊的奠基人"。

朗宁的子孙们扶棺步出教堂，送行的人群浩浩荡荡，一路将灵柩护送到卡姆罗斯公墓，他同夫人英佳长眠在了一起。

在朗宁的墓碑上，镌刻着一行平实而简洁的墓志铭："Companion of Canada（加拿大的同行者）。"没有歌功颂德，没有传奇的生平介绍。但一眼望去，却是那么醒目，那么让人感到亲切而温然于心。

人们不会忘记，他的传奇人生见证了平凡之中的伟大，他的忠诚品格、执着精神和博爱胸怀正在世间传递。在加拿大驻华大使馆里，至今保留有"朗宁厅"，加拿大阿尔伯塔大学，设立有"切斯特·朗宁研究中心"，在阿尔伯塔省战河教育局至今保留着以他名字命名的"切斯特·朗宁小学"。而在他的故乡中国，云南师范大

朗宁的墓碑上写道："加拿大的同行者"

学（该校的前身为抗战时期由北京大学、清华大学和南开大学内迁后合并组建的国立西南联合大学）设立有"朗宁加拿大研究中心"，他的出生地湖北襄阳有朗宁家族档案图片陈列展。在襄阳市档案馆的展示厅里，由他的女儿奥黛丽亲手雕塑的那尊朗宁铜像，永远带着慈祥的微笑，不断闪耀着人性纯粹的光辉！

斯人去矣，精神永存！

附录：

来自大洋彼岸的世纪回眸
——奥黛丽·朗宁·托平捐赠"百年襄樊老照片"纪实

金秋十月，桔黄桂香。湖北襄樊市档案馆迎来了来自美国的尊贵朋友——西默·托平（Seymour Topping）、奥黛丽·朗宁·托平（Audrey Ronning Topping）夫妇一行，他们是应邀前来捐赠"百年襄樊老照片"的。

随着襄樊市档案馆主办的"石花杯百年襄樊老照片展"征集活动的深入，我们将视角延伸海外，而切斯特·朗宁家族则成为最为重要的征集线索之一。

切斯特·朗宁，祖籍挪威，加拿大著名外交家、中国人民的老朋友。1894年12月出生于襄樊。13岁时随父离开襄樊定居加拿大。1922年至1927年受聘回襄樊，就职襄阳鸿文中学（现襄樊市一中），任校长。1945年至1949年任加拿大驻华使馆首席外交官和代理大使，后为推动加拿大与新中国建交作出了重要贡献。加拿大前总理克雷蒂安称赞他是"中加友谊的奠基人"。他多次应周恩来总理邀请以国宾身份来华访问。其中，1971年、1975年、1983

年 3 次回故乡襄樊访问。

在美国朋友的帮助下，经多方查询，我们终于与居住在美国纽约州斯卡斯代尔的奥黛丽·朗宁·托平（朗宁的三女儿）取得了联系。

奥黛丽曾是美国《国家地理》杂志资深摄影记者、著名作家、纪录片撰稿人、雕塑家和中国问题专家。其夫西默·托平，是美国《纽约时报》前总编辑、普利策奖评审委员会前任主席，美国哥伦比亚大学国际新闻学教授，中国问题专家。曾于 1946 年以国际新闻社记者身份派驻北平报道中国内战，1948 年在南京加盟美联社。现受聘清华大学新闻与传播学院国际顾问团主席。他们都是中国人民的老朋友。1972 年尼克松总统访华期间，奥黛丽是 NBC 电视台《中国报导》节目评论员。1973 年 10 月曾与其父陪同加拿大总理特鲁多访华，是第一个见证秦始皇兵马俑史诗性发掘的西方记者。西默·托平是第一个把中国人民解放军占领南京总统府的消息向全球报道的美联社记者，也是"文化大革命"期间第一个获准单独采访周恩来总理的美国记者。

当他们得知我们关于征集"百年襄樊老照片"的意图之后，十分赞赏，并希望能亲手向故乡捐赠。襄樊市档案馆报经市委、市政府批准，当即发出邀请。

10 月 8 日，西默·托平、奥黛丽·朗宁·托平夫妇携其女儿卡伦·科恩、外孙托林·爱伦·科恩一家三代四口，经北京回襄樊。

在武汉天河机场一见面，奥黛丽一行与我们前来接机的同志就像久别重逢的亲人，热烈拥抱，互致问候。回到阔别多年的故里，奥黛丽兴奋异常，毫无旅途倦意。激情洋溢的神采，轻盈快健的步履，让人难以想象她已年逾八旬。老太太时而眺望车窗外的山川河流，问这问那，时而兴致勃勃地讲述那些遥远的回忆，从汉口到襄樊 300 多公里路程似乎在不知不觉中化作咫尺。她不无感慨地说：她的祖父母当年从汉口到襄樊只能乘船，需要三周以上。20 世纪 70 年代她随父亲经汉口回襄樊坐上了火车，走了 8 个小时。如今，这里的高速公路四通八达，乘汽车只需 3 个小时。故乡的经济发展已步入现代化的高速时代了！

夜幕降临，当车子缓缓穿过襄阳西门时，迎面霓虹灯勾勒之下逶迤连绵的高大城墙，西门桥两侧波光粼粼、灯影婆娑的护城河，使奥黛丽再次惊叹：古城墙长高了，护城河变宽了，不愧"华夏第一城池"的美称。没想到古城能保护得这么好。

对于这座古城，朗宁家族有着太深的情结。尽管他们祖籍挪威，后辗转于中国、美国，定居加拿大，但切斯特·朗宁在他的回忆录中写道："中国是我的第一故乡。只要回到中国去，就如同回到家里，倍感亲切。"1893 年，其父哈尔沃·朗宁等一批牧师来到素有"南船北马、七省通衢"之称的鄂西北重镇襄樊，传播基督教义和西方文化，在这里开设了当地最早的西医院——鸿恩医院和第一所新式学校——鸿文书院。朗宁是靠吃中国奶妈的奶水长大的，从小与当地的小伙伴们一起玩耍、学习和生活，讲得一口地道的襄樊话。朗宁家族先有 9 人生于襄樊，而他的母亲、姑母等 3 人卒于襄樊，永远地留在了这里。寻根问祖，传承友谊，是他们此行的重要内容之一。

在为期两天的参观访问中，他们先后去了位于谷城薤山的"朗宁别墅"、襄阳北门古城一条街、襄樊市一中、襄樊米公小学、市档案馆等地。

在薤山"朗宁别墅"，奥黛丽久久凝望着先辈使用过的物品，思绪万千。她向管理人员要求，认养了别墅旁一棵有几十年树龄

2008 年 10 月 10 日，奥黛丽·朗宁·托平、西默·托平及家人寻访故里襄阳，捐赠百年襄阳老照片。图为访问襄阳市档案馆

2008 年 10 月 12 日，奥黛丽·朗宁·托平、西默·托平一行在谷城薤山"朗宁别墅"前合影

的杉树。她说："我回家了，我找到了家族的根！因为祖父和父亲，我们来到这里，我们将竭尽所能地传递我们的友谊，把这里介绍给更多的朋友。我把家族的第四代和第五代带到这里，将来他们会带来第六代、第七代……"

离开"朗宁别墅"，宾主一行沿着襄阳古城的滨江大道，来到号称"荆襄屏障""北门锁钥"的小北门外。奥黛丽向家人介绍，30多年前陪父亲回襄樊曾在这里拍摄过许多难忘的镜头，现在比以前更漂亮了。目光穿过洞开的城门、古朴的牌坊，沿着石板故道和古色古香的店铺看去，远处雄伟壮观的钟鼓楼清晰可见。转身隔江眺望，掩映在林立高楼之下的樊城，便是父亲出生的地方。当年过江得靠摆渡，现在已有两座大桥横跨其间，喧闹的码头和游弋江面的小船已失去原有功能成为观光一景。奥黛丽顺手抄起街旁公用电话亭里的电话，试着想把此刻激动的心情传递给大洋彼岸的亲朋。外孙托林·爱伦·科恩兴奋地说，作为朗宁家族的第五代，穿越襄樊的城门甚感荣耀！

第二天上午，当奥黛丽·托平、西默·托平一行出现在襄樊市一中（原鸿文书院）校园时，正值课间，眼尖的同学认出了满头银发的奥黛丽，大胆的学生喊出了"朗宁"的名字。同学们把最热烈的掌声献给百年之前这所学校创办者的后人。奥黛丽一行疾步走到教学楼前，向师生们挥手致谢。目睹虽经世纪风雨至今仍熠熠生辉的"崇德鸿文、励行树人"鸿文校训，浏览校史展室，徜徉于环境优美的"花园式校园"，穿行在一流的教学大楼、运动场之间，朗宁家人甚感欣慰，欣然留言。

随后，他们一行来到米公小学。奥黛丽看到祖母当年种下的法国梧桐十分激动。当初的小树而今已擎天冠盖、几人合抱，虽逾百载仍枝繁叶茂。她向陪同接待的全校长说，祖母当年在这里建立的是湖北省第一所女子学校。祖母于 1907 年去世，墓碑至今保存完好。奥黛丽、托平夫妇及家人在墓碑前肃立默哀，抚摸着墓碑，久久不愿离开。这时，西默·托平得知有米公小学的小记者随同采访，这位已 87 岁高龄，享誉国际新闻界的大师级记者，特地走过去与小记者们亲切握手，并邀合影留念。

奥黛丽、西默·托平一行来到市档案馆。在参观了馆舍和展览之后，市档案馆馆长尚明洋请他们在馆接待大厅通过多媒体观看了"石花杯百年襄樊老照片展"征集活动的部分成果。他们从播放的老照片幻灯中，细细地回眸中国社会变迁和急剧转型发展，试图找到某种参照和回忆。特别是看到市档案馆收集的朗宁家族在襄樊留下的珍贵档案资料后，奥黛丽动情地说："我们这次回来，将祖辈留下的东西回赠故乡，算是找到可以信赖的永久归宿了！"奥黛丽代表朗宁家族，郑重地向市档案馆捐赠近两百件经过细心整理的老照片、图片、纪录片等影像资料和部分实物，并亲手签名赠送他们的著作《朗宁回忆录》（切斯特·朗宁）、《鹦鹉查理》（奥黛丽）、《在新旧中国间穿行》（西默·托平）。

奥黛丽指着这些泛黄的图片和模糊的字迹，娓娓地讲述每一张照片背后的故事。这些史料的时间跨度为 1891 年至 1983 年，内容涉及政治、经济、文化教育、百姓生活、老城旧影等多个方面，对于了解襄樊当年历史具有十分重要的价值。特别是加拿大国家电影局 1978 年拍摄的纪录片《朗宁的中国使命》中，采用了大量 19 世纪末、20 世纪初与襄樊有关的原始照片、图片和影像资料，填补了影像记载襄樊当年历史的空白，弥足珍贵。

奥黛丽表示，因为时间关系，许多资料来不及整理，此次捐赠

2008 年 10 月 12 日，西默·托平向襄阳时任市长李新华赠送他的著作《在新旧中国间穿行》

只是其中的一小部分。随后，他们将动员家族成员，尽快把所有相关资料，包括重要的实物进行清理、整理，捐赠给襄樊市档案馆保存，共同为故乡留下一笔文化遗产。

了解在交流中深化，友谊在继承中传承。市长李新华，市委常委、秘书长陈文海等市领导在南湖宾馆会见了奥黛丽·托平、西默·托平一行。

李新华在会见中说，朗宁先生作为国际著名外交家，曾为中、加友谊做出了重要贡献，故乡人民为他感到骄傲和自豪。朗宁家族托平夫妇一行的来访，一定能够为双方友谊续写新的篇章。

奥黛丽激动地说，这次回来虽然时间很短，但已深刻感受到故乡日新月异的变化。襄樊取得"中国历史文化名城""国家园林城

2008 年 10 月 12 日，襄阳时任市长李新华会见应邀来访的奥黛丽·朗宁·托平、西默·托平一行

2008 年 10 月 12 日，本书作者（右二）与来访的奥黛丽·朗宁·托平、西默·托平一行合影

市""中国优秀旅游城市""中国魅力城市"等荣誉，而且上了美国《福布斯》"中国大陆最适合开办工厂的城市"排行榜，令人振奋。并表示，今后将多宣传襄樊、推介襄樊，帮助襄樊推进国际间的经济、技术和文化的交流与合作，寻找更多加快发展的机遇。

西默·托平得知襄樊已成为中国内陆最大的汽车工业基地之一和高新技术产业聚集区，高兴地说，如果有生之年再回襄樊，一定要亲自驾驶襄樊生产的汽车。

最后，双方就在朗宁的故乡襄樊筹建"朗宁纪念馆"事宜达成初步意向。朗宁家人表示，他们将全力支持配合，为建馆提供相应的资料和实物。

我们深信，乡谊仍然继续，友情正在延伸。

（原载于《中国档案报》"档案大观"2008 年 11 月 7 日星期五388 期第 1 版　作者：姚景灿）

主要参考文献

［1］ 切斯特·朗宁《回忆革命中的中国》

［2］ 西默·托平《在新旧中国间穿行》

［3］ 奥黛丽·朗宁·托平《东方欲晓》《鹦鹉查理》《中国使命》

［4］ 加拿大国家电影局拍摄纪录片《朗宁的中国使命》，1978 年

［5］ 刘广太《朗宁传》

［6］《新中国外交大事记》

［7］ 中央新闻纪录电影制片厂《欢庆五一国际劳动节》纪录片，1971 年

［8］《人民日报》1971 年 5 月、1973 年 9—10 月合订本

［9］《人民画报》1973 年第 10 期

［10］ 新华社《参考消息》相关报道

［11］ 襄阳市档案馆档案：21-1-4；21-1-1

［12］ 朗宁家庭档案

［13］《襄阳市志》

［14］《襄阳市教育志》

［15］《襄阳文史资料》

［16］ 宋少华《切斯特·朗宁的中国情结》

后　记

　　第一次知道切斯特·朗宁这个名字，是一次偶然的机会。那是我刚参加工作到襄阳市档案馆不久。1984 年的一天，馆里突然接到上级指示，要求查询上报朗宁相关档案资料，馆长把这个任务交给了我。当时我很诧异，襄阳怎么会有外国人的档案。

　　在查阅和复制整理那些档案中，我知道了这位叫朗宁的加拿大人出生在襄阳，早年在襄阳一中（原鸿文中学）当过校长，后任加拿大驻华大使，曾于 1971 年、1975 年和 1983 年三次访问故乡襄阳。让我惊喜的是，他的每次来访，襄阳方面都留有非常详细的记录。让我印象最深的是他在襄阳活动的一组照片，那是一位气质儒雅、慈祥可亲的老人，身材高大、满头银发、精神矍铄、激情洋溢。但随着时间的推移，这些印象慢慢沉入了记忆的深处。

　　2008 年 3 月，市档案馆"百年襄阳老照片展"征集活动启动。在梳理征集线索时，朗宁的名字不由得一下浮现在我的脑际。他们家族在襄阳生活时间长，而且是为数不多的拥有相机的人，尤其是档案中还有朗宁 1975 年回襄阳拍摄纪录片的记载，心想，他的家族一定留有与襄阳有关的影像。这一重要线索让我兴奋不已。

　　然而，时过多年，到哪里去寻找他们的行踪呢？朗宁健在的可能性极小，算下来应该有一百多岁了，而且档案中也没有留下任何有关他们住址和联系方式的记载。

　　不甘失望的我，又重新从这些档案中搜寻线索。这时，一个熟悉的名字——奥黛丽·托平再次激起我的希望，她是朗宁的三女儿，美国人。我发现朗宁每次来访都有她陪同。可激动之余又犯了难，要想在异国他乡茫茫人海寻找一个陌生人，无异于大海捞针！

　　机缘往往巧合，正在一筹莫展的时候，我的美国朋友何新华博士来了，我抱着一线希望请他协助。何博士十分热心地表示试一试，尽管家庭住址及联系方式，在美国属于保密的个人隐私，查询难度很大。

　　两个月后的一天凌晨，一阵急促的电话铃声把我从梦中惊醒。电话是何博士从大洋彼岸美国打来的，他欣喜地告诉我，奥黛丽的家庭住址和联系方式找到了。这个消息令人振奋，我当天便迫不及待地给奥黛丽女士发去一封热情洋溢的信，以一个故乡人的身份，表达了取得联系的愿望，并希望得到他们对征集活动的支持。

　　在翘首以待的第10天，我突然接到一个陌生的电话。对方名叫廖忠，是加拿大驻重庆领事馆的文化专员。他在确认了我的身份之后解释说，奥黛丽将我的信从网上转给了他，委托他与我联系。后来我才知道，奥黛丽只有几个女儿，廖忠被她认作干儿子，成为朗宁家族的荣誉成员，英文名字叫彼特·廖·朗宁。

　　有了廖忠做中英文沟通桥梁，一切都变得方便多了。我从他那里知道了奥黛丽曾是美国《国家地理》杂志的摄影记者、自由撰稿人，她的丈夫西默·托平曾是美国著名媒体《纽约时报》总编辑，还担任过国际新闻大奖普利策执行委员会主席，此时受聘为中国清华大学国际新闻与传播学院客座教授，他们退休后住在纽约斯卡斯代尔。

奥黛丽和托平非常热心，首批与中国和襄阳有关的影像，很快经由廖忠捐赠给了我们。当我看到这些珍贵的影像资料时，别提多兴奋了，有些可以说填补了19世纪末到20世纪初襄阳历史影像的空白，特别是那部1978年由加拿大国家电影局拍摄的电影纪录片《朗宁的中国使命》。

当得知他们将于10月到清华大学讲学的消息后，我建议市档案馆报请市领导批准，向他们发出重访襄阳故里的邀请。

10月8日下午，奥黛丽、托平夫妇携其女儿卡伦·科恩和外孙托林·爱伦·科恩一家三代四口应邀访问襄阳，又向襄阳市档案馆捐赠了新近清理出的一批老照片和文字资料，还有他们的著作《朗宁回忆录》、托平的《在新旧中国间穿行》、奥黛丽的《鹦鹉查理》等。

在强烈的好奇心驱使下，我开始对这批档案资料进行阅读和研究。随着渐渐深入，我深深地被这个平凡而伟大的家族所震撼，他们不仅为中国做出过许多重要贡献，而且对这片故土有着常人难以理解的赤子情怀。朗宁家族的百年历史之于襄阳甚或中国，是一座蕴藏着珍贵人文资源而又亟待开发的富矿。这使我萌生了要为朗宁写一部书的强烈愿望，虽然这对我来说将是一次严峻的挑战。

于是，我开始着手广泛地搜集相关档案和资料。从馆内到馆外，从本地到外地，穷尽自己所有掌握的史料线索，列出一串长长的清单。包括奥黛丽他们捐赠的书籍、史料和影像，襄阳相关的档案、地方志书、文史资料，《朗宁传》，朗宁友人的回忆和口述史，南京市档案馆相关档案，等等。随着对这些史料的梳理和悉心研读，朗宁的形象在我的心目中也渐渐从平面变得清晰、立体而愈加生动鲜活起来，我仿佛走进了朗宁生活的时代和空间。

在写作过程中，我努力把朗宁这个人物放进他所处的时代背景和环境里来写。不仅写他本人，还要反映他的家族其他重要成员与中国的关系。比如他的父母，他的女儿和女婿等。注重从他们的故事中彰显人格魅力和人文情怀——他们为什么深深地爱着这片饱经沧桑而又充满温情的土地。

真实，是纪实文学的生命。书中涉及许多人物、事件、时间和地点，由于历史久远记忆误差，加之资料的来源不一，相关信息有一定的出入。面对大量的素材，除了精心选择之外，还必须对一些存疑的材料进行甄别考证。为此，我不得不千方百计地去查找当年可能出现记载的线索，如主流媒体《人民日报》、《参考消息》、《人民画报》、中央新闻纪录电影制片厂拍摄的《新闻简报》，还有《中国外交大事记》以及朗宁的回忆录、托平的《在新旧中国间穿行》等等。通过相互比对和印证，不仅扩大了视野，增长了历史知识，而且有效地维护了本书史料的真实性。襄阳是朗宁出生和多年生活的地方，为了更接地气，我又查阅这座老城当年的地图，踏访了老街巷、旧码头的印迹，寻找当年的氛围和感觉。

在此书写作过程中，我得到了许多老师和朋友的热心支持与鼓励。加拿大驻重庆领事馆廖忠先生始终关心帮助，河北师范大学教授、文史学者刘广太先生无私地提供了大量珍贵的相关资料，作家王建琳老师、彭小年先生提出宝贵意见，中国寓言文学研究会会长凡夫先生帮助对书稿进行了细致的审校，奥黛丽·托平女士不仅给予了热情鼓励，还欣然为本书作序，青年翻译家位晓军不辞辛苦，为本书的英文序言作翻译，宋少华先生提供了与朗宁家族交往的回忆，襄阳市档案馆提供了重要原始档案及图片等等，特别是襄阳市政协为本书的付梓出版给予鼎力支持，才使得它能够面世以飨广大读者，在此一并表示谢忱！

由于本人才疏学浅，加之对于主人公家族历史研究不够，书中一定会有诸多疏忽错讹之处，敬请读者不吝赐教！

姚 景 灿

2023 年 9 月